ATRIUM

IRISH CRIME

Sam Millar

Die satten Toten

Ein Fall für Karl Kane

Deutsch von Joachim Körber

Atrium Verlag · Zürich

Ich widme dieses Buch meinem guten Freund
Gerry (Blute) McDonnell von der University of LK und
seiner Frau Christine für ihre freundliche Unterstützung
in den dunklen Jahren meines Lebens.

Mögen die Götter für immer über euch wachen.

Prolog

»Er war ein wilder, mordlustiger Bursche, dem schon die Natur schlimme Gaben verliehen, und den die sozialen Umstände nicht besser gemacht hatten. So war er zur menschlichen Bestie geworden, furchtbar wie ein gewaltiges Raubtier.«
Jack London, *Wolfsblut*

»Du riechst so gut, wenn du gewaschen bist«, sagte die Frau und sah ihm zu, wie er Wassertropfen von seinem Körper frottierte.

Er lächelte schüchtern, da ihm gefiel, wie sie ihn ansah, wie sie den Blick langsam über seinen nackten Körper gleiten ließ.

Sie kam zu ihm, streute ihm großzügig Talkumpuder auf die Haut und massierte es in die Poren.

»Das gefällt dir, nicht wahr?«, flüsterte sie.

»Ja …«, brachte er mit vor Erwartung krächzender Stimme hervor.

Es gefiel ihm nicht nur; er genoss es. Er liebte die Magie, die aus ihren tastenden Fingern in seinen Körper einströmte; liebte den Geruch des Talkumpuders auf der Haut und das Gefühl, das es ihm vermittelte: als wäre er neu geboren. Manchmal, wenn er ganz gehorsam und brav gewesen war, rieb sie seinen Penis mit Babyöl ein, sodass er glänzte wie die

Waffe eines griechischen Kriegers, der sich auf die Schlacht vorbereitet.

Als sie mit dem Talkum fertig war, musste er ihr den Rücken zuwenden, das Gesicht zum angelehnten Fenster, wo ihm sein geisterhaftes Spiegelbild entgegensah.

Die Blätter einer der zahlreichen Eichen vor dem Haus bewegten sich auf unheimliche Weise. Ein Vogel, der in den Ästen nistete, gab sich merkwürdig schweigsam und beobachtete voyeuristischen Blickes und offenbar fasziniert jede Bewegung in dem Zimmer. Es war ein Rabe, der den Schnabel hin und her bewegte, als würde er geheime Zeichen geben.

Irgendwo unmittelbar hinter sich hörte er den Stoff ihres Kleides rascheln und sah im Geiste, wie sie es aufreizend abstreifte und Slip und Büstenhalter gehorsam folgen ließ.

Sanft presste sie sich an ihn, und ihr dichtes, drahtiges Schamhaar strich wie eine Bürste über seine glatten Pobacken, dann glitt sie mit dem Körper weiter und hielt ihn dabei an den Hüften fest, als wäre er ein Rad aus Fleisch und Blut, das sie fahren musste. Er spürte ihre kühlen, blassen Brüste am Rücken.

Ein leichter Windhauch wehte plötzlich in das Zimmer, strich über seinen nackten Körper und kitzelte ihn am Schamhaar. Er spürte, wie sich sein Penis langsam versteifte, als der Duft von frisch gemähtem Gras in das Zimmer drang und eins wurde mit dem angenehmen Geruch vom Talkum und ihrem Parfüm, das sie nur bei speziellen Anlässen auflegte. Und auch den anderen Geruch nahm er wahr; den salzigen Eisengeschmack der Menstruation.

»Du bist schön. So unglaublich schön«, flüsterte sie, und bei ihren Worten spürte er ein Kribbeln im Nacken.

Er betrachtete weiterhin sein gespenstisches Spiegelbild im offenen Fenster; sah ihr verzerrtes Gesicht über der rechten Schulter. Langsam glitt sie mit den Händen an seinen Hüften hinab zum Penis.

Beide gaben gleichzeitig einen Seufzer von sich – ein dunkler Trommelwirbel, so leise, dass man ihn kaum hören konnte.

»Schön?«, fragte sie und zog sanft, aber fest an seinem anschwellenden Glied.

»Ich ... ich kann es nicht halten«, sagte er, und seine Stimme verlor sich fast in dem großen Schlafzimmer.

»Du kannst und du *wirst*«, zischte sie mit schlagartig veränderter Stimme und drückte den erigierten Penis mit Fingern und Daumen zusammen, um den unvermeidlichen Erguss zu verhindern. »Kontrolle ist *alles* ... sie erntet stets reichen Lohn ... Kontrolle ist Gott. Sprich mir nach.«

»Kontrolle ... Kontrolle ist Gott.«

»Schön. Und jetzt hör genau zu«, sagte sie mit leicht zögerlicher Stimme. »Ich muss dir etwas sagen. Etwas sehr Wichtiges. Wir können das ... das nicht mehr machen ... was wir lieben. Es ist ... zu gefährlich geworden. Verstehst du?«

Ihre Worte verschlugen ihm den Atem.

»Aber ... du ... du hast es versprochen. Du hast versprochen, dass du mich immer liebst ... immer.«

»Und das stimmt. *Immer.* Aber nicht so. Nicht mehr. Verstehst du das?«, fragte sie und drückte seinen Penis noch fester. Die Schmerzen waren überwältigend. Und so wunderschön; dunkelrote Schatten tanzten hinter seinen Lidern.

»Nein ... ich verstehe es nicht. Du ... du hast es versprochen ...«

»*Irgendwann* verstehst du es, mit der Zeit. So ist das eben. Bis dahin kontrollierst du deine Gefühle für mich. *Hast. Du.*

Verstanden?« Die letzten drei Worte hatten einen bedrohlichen Unterton.

Er spürte, wie ihm Tränen in die Augen schossen, und verabscheute seine Schwäche auf der Stelle.

»Bitte«, flehte er.

»Bitte, bitte, bitte! Immerzu dieses Bitte«, schimpfte sie und schüttelte angewidert den Kopf.

»Tut mir leid.«

»Psst. Schon gut. Schon gut«, flüsterte sie, küsste seinen Hals, seine Schultern und glitt mit den Lippen an seiner Wirbelsäule hinab. Er spürte ihre Lippen auf dem Talkum, ihre Stimme zwischen seinen Pobacken. »Genieße es einfach … und dann machen wir uns fertig, bevor die Thompsons und die anderen Gäste kommen. Diesmal wird es etwas ganz Besonderes …«

Sie griff nach dem Öl.

Der Nachmittag war herrlich, kaum ein Wölkchen verunzierte den sonst meist verhangenen Himmel über Belfast. Perfektes Jagdwetter. Die überwiegend, aber nicht ausschließlich männliche Jagdgesellschaft, die sich versammelt hatte, war bestens ausgerüstet; sie glich einer Miniaturarmee vor der Schlacht. Manchem Teilnehmer hatte der Wein bereits die Zunge gelockert und den Verstand umnebelt. Im Widerspruch zu der gefährlichen Situation hatte die Szene fast die komische Aura einer Burleske. Die Vorstehhunde, die die ledrigen Schnuppernasen in den Wind hielten, bellten aufgeregt in Erwartung von Blut und Fleisch, das sie bald zwischen die Zähne bekommen würden.

»Weidmannsheil!«, rief der Jagdleiter, worauf die Gruppe in Jubelrufe ausbrach, ausschwärmte und der Zickzackspur der Hunde folgte, die nur darauf warteten, dass die ersten Tiere aus ihren Bodenmulden emporgestoben kamen.

Wildes Heidekraut sprenkelte die Sumpflandschaft von Laub und Farnen. In der konturlosen Landschaft konnte man leicht die Orientierung verlieren und sich verirren.

Keine fünfzehn Minuten später knurrten die Hunde leise, fast verstohlen. Die am Boden nistenden Vögel waren nicht mehr weit.

»Robert? Alles klar?«, fragte Frankie Gilmore, der Sohn des Jagdleiters. »Du siehst ein wenig mitgenommen aus.«

»Was? ... Oh ... ja. Bei mir ist immer alles klar. Und jetzt kümmere dich um deinen Kram!«

Aber bei ihm war nicht alles klar. *Sie* beachtete ihn gar nicht, blickte nicht einmal in seine Richtung, und ihr zotiges Lachen wirkte so ansteckend, dass die Männer – und sogar einige Frauen der Jagdgesellschaft – darin einstimmten. Darin war sie gut. Im Manipulieren. Redete sie über ihn? Erzählte sie ihnen, wie jämmerlich er war, dass er im Schlafzimmer wie ein kleines Kind weinte? War das der große Lacher?

Plötzlich verspürte er pochende Kopfschmerzen. Ihr Lachen bohrte sich in seinen Schädel, aus ihrem grinsenden Mund drang nur noch das kehlige Plärren eines Esels. *Hiaa hiaa. Hiaa hiaa. Hiaa Scheißdreck hiaa ...*

Er betrachtete ihr Gesicht ein weiteres Mal, bevor er behutsam den Abzug der Schrotflinte drückte. Der Schuss riss das Firmament entzwei und verhallte in der Weite des Himmels. Er sah, wie die ausgeworfene orangerote Patronenhülse einen Sekundenbruchteil, nachdem sie winzige Granatapfelkerne aus schwarzem Metall fächerförmig wie einen Schwarm Fliegen hinauskatapultiert hatte, langsam zu Boden fiel, wie in Zeitlupe.

Der Knall der Schrotflinte folgte unmittelbar und unüberhörbar. Sie lachte nicht mehr. Keiner lachte mehr. Binnen eines Sekundenbruchteils war alles vorbei; eines Sekundenbruchteils, der den Höhepunkt einer wissentlich und kaltblütig getroffenen Entscheidung darstellte.

Sie drehte sich mit verwirrtem Gesicht zu ihm um. Sperrte den Mund auf, brachte aber nichts heraus. Tastend griff sie mit der Hand an den Hinterkopf. Sie betrachtete die blutigen Finger, dann brach sie unvermittelt zusammen und fiel in ein dünnes Rinnsal von brackigem Wasser und warmer Hundescheiße.

Alle eilten zu ihr. Alle außer ihm.

Ein beunruhigender Rausch, der zu gleichen Teilen von Angst und Staunen gespeist wurde, kam plötzlich über ihn, während er zusah, wie sie am ganzen Körper konvulsivisch in Schlamm und Unrat zuckte. Im Handumdrehen wurden ihre Augen trüb. Schatten erfüllten ihre Augenhöhlen. Das Urteil war vollstreckt. Der Henker in seinen Händen hatte gesprochen. Sie hatte diese Vergeltung gewollt und bekommen. Die schnelle, brutale Zufriedenheit, die er verspürte, kam ihm in ihrer Heftigkeit fast wie Sex vor.

Sie existierte nicht mehr.

Das war wahrhaft wunderschön.

Erster Teil

Das Böse naht

Kapitel Eins

»Tief ins Dunkel späht' ich lange,
zweifelnd, wieder seltsam bange ...«
Edgar Allan Poe, *Der Rabe*

In dem gruftartigen Gebäude stach totes Licht von hohen, vernagelten Fenstern auf den roten Betonboden herab und wurde von den rissigen Fliesen um Toilette und Waschbecken herum reflektiert. Schatten wuchsen auf den massiven Schlössern der schweren Türen mit ihrer abblätternden Farbe.

Das nackte und völlig verängstigte junge Mädchen schlich verstohlen, mit Blasen an den blutigen Füßen dahin. Zaghaft berührte sie die lepröse Wand mit den Händen und tastete sich in der Dunkelheit voran.

Die Oberfläche bröckelte augenblicklich unter der Berührung.

Scheiße! Schuppen der Metallfarbe bohrten sich schmerzhaft in ihre Finger. Blut floss. Hastig schmierte sie das Blut an die Wände und wusch die Fingerspitzen in Staub und Spinnweben. Es tat höllisch weh, doch sie gab keinen Laut von sich.

Nach jedem Wandabschnitt unterbrach ein Alkoven die Gerade. Irgendwelche Metalltüren. Könnte sie doch nur besser sehen. Der Gestank von Angst durchdrang die stickige Dunkelheit. Als wäre die Dunkelheit etwas Lebendiges.

S-s-so k-k-kalt. Ihre Zähne klapperten. Sie schlotterte unkontrolliert, als die Mischung aus Angst und Kälte ihre Wirkung tat. Sie biss die Zähne zusammen, damit das kastagnettengleiche Klappern *ihn* nicht auf sie aufmerksam machte.

Sie tastete sich langsam voran und fühlte sich schrecklich aufgebläht. Zu dicke Schenkel. Das ungewohnte Körpergewicht vereitelte jeden Ansatz von Schnelligkeit. Eine fremde Masse. Das überflüssige Fett belastete ihre Gelenke; sie atmete schwer.

Die halten dem Druck nicht mehr lange stand. Nicht mehr lange, und sie knicken so ein, dass ich stürze. Das Fett, dieses abscheuliche Fett, erstickt mich. Plötzlich fühlte sie sich hässlich, als wären ihre Gliedmaßen entstellt und unproportioniert, ohne jede Symmetrie.

Sie verharrte einen Augenblick und horchte. Das Herz schlug ihr bis zum Hals und löschte alle anderen Geräusche aus. Sie wollte das Pochen ausblenden. Sie musste hören, was vor sich ging. *Wo ist er? Beobachtet er mich in diesem Augenblick mit dem Nachtsichtgerät auf seiner hässlichen, grinsenden Visage?*

Neben ihrem Herzschlag hörte sie Wasser auf den überschwemmten Betonboden tröpfeln. *Woher kommt das? Ist es dasselbe Tröpfeln, das mir seit Wochen an den Nerven zerrt? Müsste ich mich nicht davon entfernen, statt mich ihm zu nähern?*

Die Wand, an der sie sich orientierte, war Teil eines Labyrinths, das sie bei jedem Schritt mehr verwirrte.

Völlig unerwartet glitt sie aus und landete auf rauen Ziegelsteinen. Die grässlichen Schmerzen entlockten ihr einen Aufschrei und ein leises Stöhnen. Die aufgeschürfte Haut brannte wie Feuer. Sie blutete, aber irgendwie fühlte sie sich dadurch lebendiger.

Sie holte insgesamt drei Mal tief Luft und atmete langsam aus. Danach fühlte sie sich ein wenig schwindelig, ging aber dennoch vorsichtig weiter und platschte mit den bloßen Füßen im Wasser auf dem Boden, dass es von der Mauer widerhallte.

O Gott! In der Ferne ein Licht, ein winziges Rechteck aus Milchglas.

Ein Fenster? O Gott, bitte ...

Sie näherte sich dem Licht, dessen rechteckiger Umriss kontinuierlich größer wurde.

Lass es nicht aus den Augen. Allmählich tat das Licht ihren Augen weh. *Nicht blinzeln! Bloß nicht ...*

Da! Da drin!

Hastig betrat sie den Raum, in den Licht von außen einfiel. In einer Ecke stand ein kahles Bettgestell mit einem Rost aus Metall. *Scheiße,* dachte sie und erschauerte unwillkürlich. Alte Zeitungen bedeckten den Boden. Fotos aus Zeitschriften zierten die Wände. Nackte und halb nackte junge Frauen in anzüglichen Posen. Die aussahen, als würden sie sie verspotten.

Ihr Magen krampfte sich zusammen.

Über ihr ein großes, vergittertes Drahtglasfenster. Halsbrecherisch hoch oben. Einen Spalt offen. Sie hörte die Geräusche von Autos in der Ferne. Stimmen. Gelächter. Heimelige nächtliche Laute, die sie in den unbeschwerten Zeiten genossen hatte, als sie noch frei gewesen war. Wann? Vor Wochen? Monaten? Die Zeit war zu einem schwarzen, elastischen Band geworden, das sich ihrem Verständnis entzog.

Sie wollte um Hilfe rufen, doch die Angst und ihr Instinkt geboten ihr zu schweigen. Möglicherweise lockte sie damit keine Helfer an …

Denk nach! Stress und Panik loderten wie ein Feuer in ihrer Brust. *Das Bettgestell!*

So leise wie möglich rückte sie es in Richtung des Fensters und versuchte verzweifelt zu verhindern, dass es auf dem kahlen Boden quietschte.

Als sie sich auf das Bett stellte, kam sie verlockend nahe an das Eisengitter heran. *Noch ein paar Zentimeter … du schaffst es …*

Sie reckte sich verbissen und schaffte es schließlich, die Gitterstäbe zu packen. Verzweifelt wollte sie sich hochziehen. Zu schwach. Zu schwer.

Von wegen! Du bist stark. Nicht schwach. Zieh! Zieh deinen fetten Arsch hoch; lass nicht zu, dass er gewinnt und dich runterzieht. Ziiieh!

Unter Aufbietung aller Willenskraft gelang es ihr, sich hochzuziehen, bis sich ihr Gesicht vor einer geborstenen Stelle des Drahtglases hinter dem Gitter befand. Sie blickte hinaus und sah grünen Wildwuchs. Wucherndes Unkraut? Gras? Davon abgesehen jedoch keine Spur von etwas Lebendigem.

»Martina?«

Die Stimme des Mannes erschreckte sie. Er lag auf dem Bauch, sah zu ihr herein, und nur die schmutzige Drahtglasscheibe trennte sie voneinander. Mit der Nachtsichtbrille auf dem grinsenden Gesicht sah er wie ein riesiger Grashüpfer aus, der sich im Dickicht versteckt.

»Du bist ein böses Mädchen, Martina. Ich habe dir doch gesagt, du sollst nicht versuchen, aus meinem Königreich zu fliehen.«

»Bitte …« Ein Krächzen. Ihre Stimme? War das ihre

Stimme? »Lassen Sie mich gehen. Ich … ich mache, was Sie verlangen.«

»Du *hast* schon gemacht, was ich verlangt habe, Martina. Weißt du nicht mehr? Ich bin im Nu bei dir. Rühr dich nicht vom Fleck. Ich komme. *Ich ko-hoomme …*«, rief der Mann, sprang auf und verschwand.

Kapitel Zwei

»Durch diese schäbigen Straßen muss ein Mann gehen, der selbst nicht schäbig ist … ein gewöhnlicher und doch ungewöhnlicher Mann. Er redet wie der typische Mann seiner Zeit, geistreich, rüde, mit einem ausgeprägten Sinn für das Groteske.«
Raymond Chandler, *Die simple Kunst des Mordes*

Karl Kane folgte häufig seinen Eingebungen. So auch an diesem Tag, als er in seinem Büro / Apartment in der Hill Street in Belfast auf seinem Lieblingssessel saß. Private Dickey lief im Rennen um fünfzehn Uhr. Das Pferd bevorzugte festen Untergrund. Beim letzten Rennen hatte es den fünften Platz belegt. Besser als davor, als es als Achter ins Ziel kam, wie ein Betrunkener an einem Samstagabend.

Karl, der sich von nüchternen Statistiken nie beeindrucken ließ, setzte – so beiläufig und entspannt, wie es nur an einem Samstagnachmittag möglich ist – sein Kreuz bei einer Quote von acht zu eins.

»Bei dir habe ich ein gutes Gefühl«, sagte Karl und wischte sich zum x-ten Mal die Stirn ab – ein verzweifelter Versuch, den Schweißfilm loszuwerden, der sich auf seiner Haut bildete. Zwei Mal hatte er in der zurückliegenden Stunde kalt geduscht, und dennoch überzog die unerträgliche Hitze seinen Körper schon wieder mit einer unangenehmen

Nässe, sodass das Nikotinpflaster an seinem Oberarm wellig wurde.

Er stand auf, ging zu dem offenen Fenster und versuchte, es noch weiter zu öffnen. Der Windhauch, der schwach hereinwehte, fühlte sich wie Gummi auf Karls Haut an. Dem trägen Ventilator über seinem Kopf gelang es kaum, die stickige Luft umzuwälzen. »Verfluchte Hitze«, murmelte Karl und kratzte sich heftig an seiner Unterhose, auf der ein Schriftzug prangte: *I am home, take me drunk.*

Er widmete sich wieder der Zeitung, wurde jedoch jäh aus seinen Gedanken gerissen, als jemand mit schriller Stimme seinen Namen rief.

»Karl!«, rief eine junge Frau, die den Kopf zur Tür hereinstreckte und Lippenstift auftrug, während sie redete – eine Leistung, die Karl immer wieder in Erstaunen versetzte, sooft er auch Zeuge davon wurde. Die außerordentlich attraktive und gelenkige Naomi Kirkpatrick hatte einen dunklen Teint, große Mandelaugen und unbändiges schwarzes Haar, das in alle Richtungen abstand. Ihre Stimme wies den Akzent des Nordens auf, vermischt mit der Melodie des Südens. Naomi, zwölf Jahre jünger als Karl, hatte ihn vor drei Jahren im John Hewitt Pub kennengelernt, wo sich Karl gerade eine Schlägerei mit einem Schriftsteller lieferte. Um ihn vor einer Verhaftung zu bewahren, hatte die amüsierte Naomi den betrunkenen Karl hastig in die Nacht hinausbugsiert. Zwei Tage später – als der hoch verschuldete Karl ihr einen Job als Sekretärin anbot – nahm sie widerwillig und unter der ausdrücklichen Bedingung an, dass es kein Techtelmechtel zwischen ihnen geben würde. Karl, der gerade eine hässliche Scheidung hinter sich hatte, die ihn das letzte Hemd kostete, stimmte zu. An diesem Punkt im Scherbenhaufen seines Lebens wünschte er sich nichts weniger als eine neue Beziehung. Eine Woche nach dieser Übereinkunft waren sie ein Liebespaar.

»Hm?«, murmelte Karl.

»Warum stehst du da mit der Zeitung in der Hand und glotzt zum Fenster raus? Du bist noch nicht mal angezogen!« Naomis Stimme klang vorwurfsvoll.

»Können wir nicht einfach hier essen und uns das ganze Getue sparen, Naomi? Und später gehen wir in Nick's Warehouse was trinken. Vergiss nicht, wir haben noch angebrochene Flaschen Hennessy und Bacardi im Kühlschrank, die danach schreien, geleert zu werden.«

»Nein, wir können nicht hierbleiben«, antwortete Naomi und riss Karl blitzschnell die Zeitung aus den Händen. »Fünf Tage hier in diesem Loch sind Strafe genug. Und jetzt zieh dich an. Ich bin gleich fertig. Und achte diesmal darauf, dass du deine Brieftasche einsteckst. Ich übernehme die Rechnung garantiert *nicht* noch mal. Und vergiss nicht, wir essen vegetarisch. Auf keinen Fall Fleisch.«

»Kein Fleisch?« Karl verzog das Gesicht. »Angesichts dessen, dass du erst vor sechs Wochen zur Vegetarierin geworden bist, bist du ganz schön militant.«

»Spar dir den Sarkasmus. Du weißt, dass ich den Geschmack von Fleisch nicht mehr ertragen kann.«

»Darauf fiele mir ein geistreicher Konter ein ...«

»Ich war schon immer Vegetarierin, es war mir nur nicht klar, bis ich diese schreckliche Schlachthof-Doku gesehen habe. Es ist nicht richtig, lebendige Geschöpfe zu essen.«

»Falls es dir noch nicht aufgefallen ist, Naomi, für gewöhnlich sind sie *tot*, wenn sie auf dem Teller landen.«

»Lass es, Karl.«

»Dann beantworte mir das: Wenn Gott nicht wollte, dass Menschen Tiere essen, warum zum Teufel hat Er sie dann aus Fleisch gemacht, das angebraten so verdammt lecker schmeckt?«

Naomis Gesicht lief im Sekundentakt dunkelroter an. »Dafür bin ich jetzt echt nicht in Stimmung. Beeil dich und zieh dich an, bevor unsere Tischreservierung ...«

Eine Etage tiefer läutete die Büroklingel.

»Das glaube ich jetzt nicht«, sagte Karl. »Kann denn heute keiner mehr lesen? An der Tür steht doch groß und deutlich: Samstag und Sonntag geschlossen. Und wenn das nicht ...« Es läutete erneut, nervtötend lange. »Der klebt wohl mit dem Finger fest. Ich hätte gute Lust, da runterzugehen und ...«

»Du gehst dich höchstens anziehen«, sagte Naomi. »Wenn du jetzt da runtergehst, fällst du wieder auf eine rührselige Geschichte rein. Könnte auch der Briefträger sein.«

»Vermutlich mein jüngstes Manuskript, abgelehnt und per Boten zurückgeschickt«, sagte Karl mit einem schiefen Lächeln im Gesicht. »Aber höchstwahrscheinlich sind es nur Zeugen Jehovas. Sag ihnen, dass wir Scientologen sind und Tom und Katie nachher auf Tee und Kekse vorbeischauen. Samstags missionieren? Das sieht den Arschlöchern ähnlich.«

Naomi stapfte nach unten, während Karl sich anzog und schließlich in ein Paar hübsche Lederschuhe von Samuel Windsor schlüpfte, während er die aufgeschlagene Zeitung überflog und nach weiteren potenziellen Siegern suchte. Als ihm gerade einer ins Auge fiel, verspürte er ein nerviges Jucken im Hintern.

»Herrgott noch mal ... nicht jetzt.« Rasch zog er eine

Schublade auf und nahm eine Tube Hämorrhoidensalbe mit der Aufschrift »Roid Rage« heraus. Er ließ die Hose runter, trug hastig die Salbe auf die schmerzende Stelle auf und seufzte erleichtert, als die kalte Creme die pochende, heiße Stelle kühlte.

»Karl!«, ertönte Naomis Stimme von unten.

»*Herrgott noch mal* ...«, zischte er und ließ beinahe die Tube fallen.

»Karl! Ich brauche dich hier unten.«

»Einen Augenblick, verflucht!«, brüllte Karl, zog eilig die Hose hoch und warf die Tube wieder in die Schublade.

»Karl? Könntest du bitte *sofort* hier runterkommen?«

Karl streifte fluchend sein Jackett über, lief die Treppe hinunter und stolperte in seiner Hast.

»Fast hätte ich mir den Hals gebrochen, Naomi. Ich habe dir doch gesagt, dass ich ...«

»Karl«, sagte Naomi sanftmütig, »das ist Geraldine Ferris. Sie ist aus Dublin gekommen.«

Geraldine Ferris sah für Karl nicht älter als dreizehn aus. Hübsch, aber ungesund dünn, wie frisch aus dem Konzentrationslager, mit eiternden Pickeln im Gesicht und einer Haarfarbe, die aussah wie Rost auf Metallschrott. Große Puppenaugen beherrschten den Rest ihres Gesichts.

»Ja«, sagte Karl leicht verwirrt. »Was können wir für dich tun ... Geraldine?«

»Ich suche meine kleine Schwester, Mister Kane. Die Leute in dem Jugendheim, wo sie normalerweise wohnt, sagten mir, dass sie vor über einem Monat weggelaufen ist. Aber sie ist *nicht* weggelaufen. Ich empfange Schwingungen von ihr. Sie hätte es mir gesagt. Ich weiß, dass die alle lügen. Sie müssen mir glauben ...«

»Ruhig. Ruhig. Vergiss nicht, Luft zu holen«, sagte Karl lächelnd. »Komm erst mal ein bisschen runter.«

»Tut mir leid.«

»Ehrlich gesagt, arbeiten wir samstags nicht, Geraldine, und normalerweise kümmern wir uns auch nicht um Ausreißer. Warst du schon bei der Polizei?«

»Ja«, sagte Geraldine und nickte halbherzig.

»Was haben die gesagt?«

Geraldine presste die Lippen zusammen. Es sah aus, als würde die Gesichtshaut über den Schädelknochen gleich reißen. »Die lügen.«

»Was sie Geraldine auch gesagt haben, Karl, offensichtlich hat es ihre Bedenken nicht ausgeräumt«, sagte Naomi. »Ist es nicht so, Geraldine?«

Geraldine nickte.

»Lass doch Geraldine antworten, Naomi«, sagte Karl unverhohlen gereizt. »Geraldine?«

Geraldine schluckte.

»Die ... die haben gesagt, dass sie nicht zum ersten Mal weggelaufen ist und sie keine Zeit haben, sich um Ausreißerinnen zu kümmern. Sie sagten, dass sie wahrscheinlich unten in Dublin ist.«

»Stimmt das? Dass sie nicht zum ersten Mal weggelaufen ist?«, fragte Karl.

»Ja«, sagte Geraldine und warf Naomi einen Hilfe suchenden Blick zu. »Aber in Dublin ist niemand mehr, zu dem sie gehen könnte, außer mir.«

»Du weißt doch, wie Polizisten sind, Karl«, unterbrach Naomi sie. »Die haben keine Zeit für Teenager und deren Probleme. Die wollen Fälle, die Schlagzeilen machen.«

»Danke für den Hinweis, Oprah. Das war sehr erhellend«, sagte Karl und wandte sich wieder Geraldine zu. »Wenn du die Frage gestattest, Geraldine, warum suchen nicht deine Eltern nach deiner Schwester, sondern du? Du bist doch kaum älter als ... vierzehn? Fünfzehn?«

»Ich werde nächsten Monat siebzehn – ein Jahr älter als meine Schwester, wenn Sie es unbedingt genau wissen wollen«, antwortete Geraldine erbost. »Mein Vater sitzt im Gefängnis Mountjoy. Er hat zwanzig Jahre bekommen.«

»Zwanzig Jahre?«, sagte Karl und spürte ein ungutes Jucken. Seine Hämorrhoiden meldeten sich wieder. »Und deine Mutter?«

»Meine Mama ist tot, Mister Kane. Sie war auf Heroin – genau wie ich.«

»Das tut mir leid ...«

»Meine erste Erinnerung an eine Nadel ist, dass sich meine Mutter vor meinen Augen eine Spritze setzte. Die Nadel ist ihr oft abgebrochen, und ich hab mit der Spritze gespielt, wenn sie fertig war. Ich weiß, alle haben ihr gesagt, dass das Heroin ihr Tod sein würde. Die haben sich geirrt. Am Ende hat sie ein Mann getötet. Mein Vater.«

Naomi trat dicht zu Geraldine und berührte sie sanft am Ellbogen.

»Du bist bei uns genau an der richtigen Adresse, Geraldine. Wenn jemand deine Schwester finden kann, dann Karl. Er ist der beste Privatdetektiv in ganz Belfast. Ist es nicht so, Karl?«

Karl entgleisten um ein Haar die Gesichtszüge. »Wir wollen doch nichts überstürzen, Naomi – oder übertreiben.« Er warf ihr einen Blick zu, in dem »Was zum Teufel soll das werden?« zu lesen stand.

»Setz dich da drüben hin, Geraldine«, sagte Naomi und zeigte auf einen Sessel. »Karl wollte uns gerade etwas zu essen bestellen. Stimmt doch, Karl?«

»Was? Oh … na klar«, antwortete Karl, zog das Jackett aus und streifte die Samuel-Windsor-Schuhe ab.

»Wie kommst du ausgerechnet auf Karl, Geraldine?«, fragte Naomi.

»Deswegen«, antwortete Geraldine und gab Naomi eine von Karls Visitenkarten. »Die liegen haufenweise in den Telefonzellen in der Royal Avenue herum. Als ich sie das erste Mal sah, dachte ich, es wären andere Karten. Sie wissen schon, mit Telefonnummern von nackten Frauen.«

Naomi warf Karl einen Blick zu. »Sag mir nicht, dass du deine Visitenkarten einfach so überall rumliegen lässt.«

»Manchmal landet man einen Glückstreffer«, antwortete Karl, der aussah, als wäre ihm etwas mulmig zumute. »Außerdem, hätte ich sie dort nicht ausgelegt, wäre Geraldine jetzt nicht hier und würde mich um Hilfe bitten. Oder? Etwa nicht?«

»Du hast auf alles eine Antwort.«

»Hast du aktuelle Fotos von deiner Schwester, Geraldine?«, fragte Karl, der Naomis Sarkasmus überhörte.

»Eines«, entgegnete Geraldine und kramte ein Foto aus ihrer winzigen Handtasche. »Das wurde letztes Jahr aufgenommen. Es ist ein wenig zerknittert, aber ein besseres habe ich nicht.«

Karl sah ein zum Skelett abgemagertes Mädchen in einer zu großen Jeansjacke. Spitze Hüftknochen ragten über den Bund ihrer Jeans heraus. Ihr Gesicht wirkte ernst, als hätte sie keine Freude mehr im Leben; ihre Finger spielten nervös mit den Zähnen eines Kamms. Karl fiel sofort ihr linkes Auge auf.

»Jemand hat ihr einen Kugelschreiber ins Gesicht gestochen, als sie zehn war«, sagte Geraldine, als hätte sie Karls Gedanken gelesen. »Sie verlor das Auge und bekam eins aus

Glas ... ein künstliches. Sie hasst es und hat schreckliche Komplexe deswegen, weil sie denkt, dass jeder sie anstarrt. Sie glaubt nicht, dass sie bildschön ist. Aber das ist sie. *Darum* starren sie alle an.«

»Ich muss dich das fragen, Geraldine, aber nimmt deine Schwester Drogen?«, fragte Karl.

»Sie ...« Geraldine dachte anscheinend über die Frage nach. »Ja, aber sie ist seit fast sechs Monaten clean – wir beide. Warum? Heißt das, dass Sie dann nicht nach ihr suchen?«

»Im Augenblick stecken wir bis zum Hals in Arbeit, Geraldine. Ich weiß ehrlich nicht, ob ich noch einen Fall übernehmen kann. Das wäre dir und deiner Schwester gegenüber nicht fair. Und selbst wenn ...«

»Keiner deiner aktuellen Fälle ist ein Vermisstenfall, Karl«, warf Naomi ein.

»Wirklich? Das wusste ich gar nicht«, antwortete Karl giftig und warf Naomi einen vernichtenden Blick zu.

»Ich habe etwas Geld gespart. Sie müssen nicht umsonst arbeiten, Mister Kane. Sagen Sie mir, wie viel Sie berechnen, und ich beschaffe es – so oder so.«

Bevor Karl antworten konnte, lächelte Naomi. »Ich wäre bereit, umsonst zu arbeiten, Karl«, sagte sie. »Wenn ich mich recht entsinne, stehen mir noch ein paar Wochen *Urlaub* zu.«

»Urlaub?«, antwortete Karl zähneknirschend. »Für dich ist jeder Tag hier Urlaub. Und Erpressung verstößt gegen das Gesetz. Das weißt du doch, oder nicht?«

»Was ich über Gesetze weiß, das habe ich von *dir* gelernt, du großer, starker Mann. Soll ich meine Koffer für den Urlaub packen, oder nicht?«

»Okay, Erpresserin. Du hast gewonnen. Aber komm mir nicht wieder mit deinem Gehalt.«

»Ich sagte doch schon, Mister Kane«, wandte Geraldine ein, »irgendwie kratze ich Ihr Honorar zusammen.«

»Darüber können wir uns später unterhalten, Geraldine. Jetzt musst du dich erst mal ein wenig beruhigen. Wenn man sich dauernd Sorgen macht, nützt das gar nichts, sondern bauscht das Problem nur auf. Okay?«

Geraldine nickte langsam.

»Chinesisch oder Pizza, Geraldine?«, fragte Naomi.

»Ich hab echt keinen großen Hunger ...«

»Klar, du siehst ja auch aus wie das blühende Leben«, kommentierte Karl, der eine Speisekarte aus der obersten Schublade seines Schreibtischs zog. »Hier. Such dir was aus. Entweder sagst du Naomi, was du willst, oder ich muss raten. Und du willst ganz sicher nicht, dass ich rate.«

Zum ersten Mal, seit sie das Büro betreten hatte, lächelte Geraldine zaghaft, nahm die Speisekarte und überflog sie.

Naomi lächelte Karl inbrünstig-liebevoll zu. Er erwiderte das Lächeln blitzschnell mit einem vernichtenden »Warte, bis ich dich allein erwische«-Blick und zischte leise: *»Und du besitzt die Stirn, mir zu sagen, dass ich auf eine rührselige Geschichte hereinfalle?«*

Karl betrachtete das Foto eingehender. »Wie heißt denn deine Schwester, Geraldine? Ich glaube, das hast du uns noch nicht gesagt.«

»Pardon. Sie heißt Martina, Mister Kane. Martina ...«

Kapitel Drei

»Mir scheint, die größten Schurken sind die, die ihre Ehrlichkeit stets am meisten betonen.«
Anthony Trollope, *The Three Clerks*

Karl parkte sein Auto – einen Ford Cortina GT – in der Tiefgarage des Jugendheims, dann schlenderte er zur Vorderseite des viktorianischen Bauwerks in der Victoria Street.

Eine Überwachungskamera schwenkte herum, als er auf den eingegipsten Summer an der baufälligen Wand des Heims drückte. Die Sekunden verstrichen, doch in dem Gebäude tat sich nichts. Er summte erneut, diesmal länger.

»Ich habe Sie schon beim ersten Mal gehört, *Sir*. Sie müssen den Knopf nur ein Mal drücken«, ertönte eine gelangweilte Stimme aus der Sprechanlage. »Hier ist der Wachdienst. Wie kann ich Ihnen helfen?«

»Ich habe einen Termin bei einer Mrs Beverly Thompson. Ich habe vor einer Stunde mit ihr telefoniert.«

»*Miss* Thompson«, verbesserte der Wachmann. »Ihr Name, *Sir?*«

»Kane. Karl Kane«, antwortete Karl, dem die Geringschätzung in dem Wort *Sir* sofort auffiel.

»Augenblick bitte, *Sir* …«

Aus Sekunden wurden Minuten. Karl wollte schon erneut

läuten, als ein lautes Klicken ertönte, gefolgt vom Geräusch der Eingangstür, die aufging.

Als er das kleine Foyer des Heims betrat, drang Karl der Geruch von verkochtem Essen in die Nase. Die Hintergrundgeräusche erinnerten ihn an eine Schule oder ein Krankenhaus.

»Der Parkplatz ist nur für Personal, *Sir*«, sagte der Wachmann, der unangreifbar in seinem Kabuff aus Panzerglas saß. »Sie sollten Ihr Auto wirklich nicht vor dem Gebäude parken – schon gar nicht an einem Montagmorgen.«

»Auto? Das ist nicht nur ein Auto. Wissen Sie, woher es stammt?«

Der Wachmann ließ sich nicht zu einer Antwort herab.

»Okay, dann sage ich es Ihnen. *Die Füchse.* Erinnern Sie sich noch an diese Kultserie? Das ist genau das Auto, das die in der Serie gefahren haben.«

»Ich müsste einen Ausweis sehen, *Sir*«, bat der sichtlich unbeeindruckte Wachmann.

»Klar«, antwortete Karl und schob seine Visitenkarte durch eine Öffnung, die kaum größer war als ein Mars-Riegel. »Die drehen keine Sendungen wie *Die Füchse* mehr. Nur noch sogenannte Talent-Shows, in denen Leute ohne jegliches Talent auftreten.«

»Ich sehe nicht fern, *Sir.*«

Das ist eher ein Gefängnis als ein Scheißjugendheim, dachte Karl und betrachtete den Wachmann. Der Bursche bestand nur aus Fettpölsterchen, billigem Rasierwasser und hatte eine gewisse Ähnlichkeit mit Peter Lorre – mit einem Mund voller Zähne, die von zu viel Nikotin und Kaffee karamellisiert waren.

Peter Lorre ließ sich von Karls Visitenkarte nicht beeindrucken und bat um einen Ausweis mit Foto.

Karl nahm den Führerschein zur Hand, schob ihn durch den Mars-Riegel und ließ ein verschlagenes Lächeln sehen. »Wäre ich paranoid, könnte ich denken, Sie wollen mich unter keinen Umständen da reinlassen.«

»Ich mache nur meine Arbeit, *Sir.* Sorge für die Sicherheit der Bewohner«, sagte Peter Lorre und studierte erst den Führerschein und dann Karls Gesicht. »Okay, *Sir.* Nehmen Sie den Fahrstuhl da drüben. Fahren Sie in den vierten Stock. Wenn Sie aus dem Lift gehen, liegt Miss Thompsons Büro gleich rechts. Sie erwartet Sie.«

»Danke«, sagte Karl und steckte hastig den Führerschein ein, während er zum Fahrstuhl ging.

Die Tür von Beverly Thompsons Büro ging auf, als Karl aus dem Fahrstuhl trat. Eine große, rundliche Frau mit einem Gesicht, das einen wütenden Grizzlybären eingeschüchtert hätte, winkte Karl mit einer Bewegung ihres pummeligen Armes herein.

»Ein Privatdetektiv? Holla«, sagte Beverly Thompson lächelnd und gab Karl zu verstehen, dass er auf dem Stuhl gegenüber Platz nehmen sollte, »wie aufregend ist *das* denn?«

»Nicht besonders«, antwortete Karl und machte es sich bequem. »Es ist nicht so, wie man es im Fernsehen sieht. Wenig Aufregung und noch weniger Lohn.«

»Also ein wenig wie *Detektiv Rockford?*«

»Na ja, Rockford war ständig pleite und in Schwierigkeiten, daher könnte man schon von einer gewissen Übereinstimmung sprechen.«

»Ich liebe James Garner. So ein herber Charme. Sie erinnern mich etwas an ihn, Mister Kane.«

»Ja, das höre ich oft«, antwortete Karl, der sich für Beverlys Schmeicheleien erwärmte. »Ich selbst bin allerdings eher ein Fan von *Columbo.*«

»Für den konnte ich mich nie begeistern. Dieser ›Ach, eines noch‹-Spruch ist mir immer auf die Nerven gegangen. Möchten Sie Tee oder Kaffee?«

»Kaffee, bitte, wenn es nicht zu viel Mühe macht.«

»Warum sollte es Mühe machen?«, fragte Beverly lächelnd und griff zum Telefon. »Alison? Bitte eine Kanne Kaffee und Kekse. Danke, Liebes.«

Der Duft von Blumen durchzog Beverly Thompsons Büro. Alles schien von dem Geruch durchdrungen zu sein. Karl spürte, wie sich ein Niesen zusammenbraute.

»Also, Mister Kane«, sagte Beverly, die den Hörer wieder auflegte, »Sie hatten am Telefon nach einer unserer ehemaligen Bewohnerinnen gefragt, Miss Martina Ferris.«

Karl nickte. »Ihre Schwester hat sich vor zwei Tagen mit mir in Verbindung gesetzt. Sie sagte, dass sie sich Sorgen um sie macht. Sie hat sie seit fast einem Monat nicht mehr gesehen.«

»Um ehrlich zu sein, Karl – ich darf Sie doch Karl nennen?«

»Aber unbedingt ... Beverly.«

»Um ehrlich zu sein, Karl, ist es uns nicht gestattet, Informationen über unsere Gäste preiszugeben – auch nicht über ehemalige Gäste. Fällt unter die Schweigepflicht.«

»Das ist mir durchaus bewusst, Beverly, daher bin ich Ihnen umso dankbarer, dass Sie mir Ihre Zeit opfern. Ich wollte nur wissen, ob sie Probleme hatte, solange sie hier war. Damit ich ihre Schwester, wenn möglich, beruhigen kann.«

»Ganz unter uns?«

»Ganz.«

»Na ja ... Marina war kein unproblematischer Gast. Manchmal wurde sie gewalttätig gegen das Personal und andere Bewohner. Dennoch haben wir versucht, ihr den

Aufenthalt so angenehm wie möglich zu machen. Wussten Sie, dass sie mehrmals von hier weggelaufen ist?«

»Nein«, log Karl. »Tatsächlich?«

»Oh, ja; *das* hat Ihnen ihre Schwester natürlich nicht verraten«, antwortete Beverly recht steif. »Und trotzdem haben wir sie jedes Mal, wenn sie wiederkam, mit offenen Armen aufgenommen. So schlecht kann es demnach hier nicht gewesen sein, wenn sie immer wieder zurückwollte. Oder?«

»Ich verstehe, was Sie meinen.«

Eine junge Frau klopfte an und unterbrach das Gespräch.

»Ah, Alison«, sagte Beverly lächelnd. »Seien Sie doch so lieb und schenken uns ein, ja?«

Alison stellte das Tablett ab und goss für Karl Kaffee in eine große, blaue Tasse.

»Milch und Zucker?«, fragte Alison.

»Schwarz, Alison. Danke«, sagte Karl, nahm die Tasse, trank einen Schluck und nickte beifällig. »Toller Kaffee. Sie müssen mir die Marke verraten, bevor ich gehe.«

»Freut mich, dass Sie ihn mögen«, sagte Beverly. »Ich trinke ihn schon seit Jahren. Importiert. Etwas teuer, aber sein Geld wert.«

Karl trank noch einen Schluck, diesmal einen größeren. »Ich habe mich gefragt, ob ich einen Blick in Martinas Zimmer werfen könnte, um zu sehen, in welcher Verfassung sie sich befand, bevor sie verschwunden ist.«

»Oh, das Zimmer wurde schon vor Wochen geräumt. Wir haben es neu streichen lassen«, antwortete Beverly. »Und es hat sogar schon eine neue Bewohnerin.«

»Was ist mit Martinas Habseligkeiten? Was wurde daraus?«

»Das wäre alles, Alison«, sagte Beverly, als ihre winzige Tasse voll war.

Alison nickte und ging hastig aus dem Zimmer.

»Martina hatte nicht viele Habseligkeiten, Karl«, fuhr Beverly fort. »Ein schwarzer Koffer, wenn ich mich recht erinnere. Wir haben ihn aufbewahrt, solange es ging, aber da ihn niemand abholen kam, mussten wir ihn entsorgen. Für ihre ach so fürsorgliche Schwester war es offenbar zu viel, die Sachen abholen zu kommen. Wir haben nicht viel Platz und können nicht alles ewig aufbewahren, Karl. Das verstehen Sie doch sicher?«

Karl nickte und trank noch einen großen Schluck Kaffee.

Die nächsten fünfundvierzig Minuten verbrachten sie mit Geplauder. Karl entging nicht, dass Beverly ebenso hartnäckig auswich, wie er nachfragte.

»Tja, ich muss dann mal wieder«, sagte Karl, der sich geschlagen gab und aufstand, vorher aber noch den Kaffee austrank.

»Tut mir leid, dass Sie die Fahrt vergeblich auf sich genommen haben«, sagte Beverly lächelnd, stand ebenfalls auf und reichte ihm die Hand.

»Ich glaube, keine Reise ist jemals vergeblich – solange man sie zu Ende bringt«, sagte Karl, erwiderte das Lächeln und schüttelte die ausgestreckte Hand. »Guten Tag, Beverly. Es war schön, Sie kennenzulernen. Und danke für den köstlichen Kaffee.«

Auf dem Flur drückte Karl die Taste des Fahrstuhls. Hörte das Getriebe in dem Schacht brummen. Augenblicke später ging die Fahrstuhltür auf und Alison kam heraus.

»Danke für den Kaffee, Alison. Er war …«

Alison drückte ihm etwas in die Hand, lief hastig weiter zu Beverlys Büro und sah sich nicht einmal mehr um.

Karl sah Beverly Thompson, die ihm mit einem maskenhaften Lächeln vom Fenster ihres Büros aus nachsah.

Alison trat unverzüglich ein und stellte die Tassen auf das Tablett.

Karl betrat den Fahrstuhl, wartete aber, bis die Tür geschlossen war, ehe er ansah, was er bekommen hatte. Einen Zettel. Krakelige Handschrift. Er knüllte ihn in der Faust zusammen; Sekunden später ging die Fahrstuhltür auf, und Peter Lorre erschien.

»Miss Thompson sagt, dass Sie hier warten möchten, *Sir*, im Foyer. Sie kommt gleich herunter. Muss Ihnen dringend etwas sagen.«

Karl trat aus dem Fahrstuhl und hörte, wie er nach oben fuhr.

Scheiße! Beverly muss Alisons ungeschickter Taschenspielertrick aufgefallen sein! Karl ballte die Faust mit dem Zettel noch fester. Und fragte sich, wie er ihn loswerden könnte, ohne dass Peter Lorre es mitbekam.

Der Fahrstuhl kam nach unten. Peter Lorre ließ Karl nicht aus den Augen.

Zieh den alten Husten-Trick durch. Dalli! Schluck ihn runter!

Als er gerade die Hand zum Mund führen wollte, kam Beverly Thompson aus dem Fahrstuhl gestürmt und drückte ihm ein kleines Päckchen in die Hand.

»Rio«, sagte sie lächelnd.

»Pardon?«

»Rio, der Kaffee. Ich hatte noch ein Päckchen im Schrank. Für Sie.«

Bevor er sich bedanken konnte, rauschte sie wie ein fleißiges Bienchen summend wieder in die Fahrstuhlkabine.

Draußen kühlte Karl sein heißes Gesicht in der kühlen Brise ab. Das Päckchen Kaffee zog seine rechte Hand wie eine schwere Last nach unten. Der Zettel in seiner linken Hand schien indessen noch viel schwerer zu sein.

Kapitel Vier

»... eine Aura der unterschwelligen Wildheit umgab ihn,
so als hätte er die Wildnis noch im Blute,
als schliefe der Wolf in ihm nur.«
Jack London, *Wolfsblut*

»Sauberkeit ist eine Zier. Das solltest du nie vergessen, Martina«, sang er und setzte sie auf die glatten, schwarzen Fliesen; dann richtete er den Duschkopf so aus, dass das Wasser auf ihren schmutzigen, blutigen Körper niederprasselte.

Martina saß starr vor Entsetzen da und drückte die Knie an die Brust, bis er ihr behutsam die Beine spreizte, damit er ihre intimste Stelle einseifen konnte.

Zehn Minuten später war er fertig und drehte das Wasser ab. Es herrschte völlige Stille, in der man lediglich ihren keuchenden Atem hören konnte.

»Gut. Fast wieder wie neu«, sagte er lächelnd und hob sie mühelos vom Boden empor. »Du würdest dich gar nicht wiedererkennen. So schön rund, nicht mehr das Knochengestell, das du einmal gewesen bist. Und blitzsauber! Mann! Weißt du noch, wie du mit Läusen und Flöhen hierhergekommen bist? Und dem grässlichen Gestank von ungewaschener Haut und zerlumpter Kleidung? Und sieh dich jetzt an. Praktisch neu geboren!«, rief er aus, presste den Kopf in ihr nasses Haar und schnupperte wie ein neugieriger Hund. »Du riechst so gut, wenn du gewaschen bist. Ja, genau!«

Martina wollte etwas sagen. Geräusche kamen ihr über die Lippen, doch die Worte glichen stumpfen Münzen, als wüsste sie gar nicht mehr, wie man Sprache formt.

Behutsam legte er sie auf einen Edelstahltisch. Sie fror augenblicklich und zitterte. Ledergurte legten sich wie Tentakel um sie.

»Bald hast du es wieder warm und gemütlich. Aber vorher müssen wir noch ein paar Kleinigkeiten erledigen.«

Er holte mit der hohlen Hand etwas aus einem großen Plastikbehälter und verteilte es auf ihrem Körper.

Egel.

Sie wollte schreien, brachte aber keinen Ton heraus.

»Hab keine Angst«, ertönte seine Stimme über ihr, während er mit der Hand noch mehr Egel auf ihren Körper schaufelte. »Das sind deine Freunde, die dir helfen, das böse Fleisch loszuwerden. Egel haben einen üblen Leumund. Die Leute bringen sie immerzu mit dem Tod in Verbindung und wissen nicht, dass sie Leben retten können, wenn man sie richtig einsetzt.« Er verteilte die Egel auf ihrem Körper. »Dieser Fluchtversuch neulich, das war sehr dumm von dir. Weißt du denn nicht, dass dort draußen nur das Böse auf dich wartet?«

»Bitte …« Ihre Zähne klapperten vor Kälte. »Lllassen … Sie mmmich dddoch … gehen … ich … ich … sssage kein Wort … ich … ich versprrreche es …«

»Nicht reden. Du bist jetzt in Sicherheit, Kleines. Alles wird gut. Du musst unsere kleinen Freunde ihre Arbeit machen lassen.«

Er schob ihr behutsam einen Arm unter den Nacken, neigte ihren Kopf schräg und flößte ihr eine kleine Menge einer seltsamen Flüssigkeit durch den geschwollenen Mund ein. Die Flüssigkeit strömte in ihren Magen, blieb jedoch nur wenige Augenblicke dort, dann schoss sie wieder über die rissigen Lippen des Mädchens.

»Sachte ... sachte ...«, forderte er sie auf. »Nichts überstürzen.«

Er versuchte es erneut, diesmal mit mehr Erfolg.

»Gut. Viel besser«, sagte er. »Und jetzt bleib ganz ruhig und lass die Medizin wirken.«

Plötzlich rumorte es in ihrem Magen. Ein wachsender Druck baute sich in ihrem Bauch auf, stechende Schmerzen peinigten ihre Eingeweide, in denen es brodelte wie in einem Geysir.

»Ich ... ich kann es ... nnnicht halten ...«

»Du kannst, und du wirst!«, zischte er mit schlagartig veränderter Stimme. »Kontrolle ist *alles* ... sie erntet stets reichen Lohn ... Kontrolle ist Gott. Sprich mir nach.«

»Kontrolle ... ist ... Gggggg ... Gott ...«

»Gut. Gleich noch mal.«

Bevor sie die Worte aussprechen konnte, versagten ihre Eingeweide ihr den Dienst; alles ergoss sich auf den Edelstahltisch.

»Dreckiges Biest!«, schrie er auf und wich mit einer Fratze des Ekels von dem Tisch zurück. »Sieh nur, was du gemacht hast! Kannst du dich nicht mal beim Scheißen beherrschen?«

Sie verspürte eine Mischung aus Scham und Erleichterung, während der Gestank von Pisse und Scheiße immer stechender wurde.

»Ich ... kkkonnte nicht anders. Sei ... sei nicht bbböse auf mich ... Bitte ...« Tränen liefen ihr über das versteinerte Gesicht.

»Bitte! Bitte! Bitte! Ständig dieses *Bitte!* Jetzt muss ich dich wieder waschen«, sagte er und schüttelte voller Ekel den Kopf. »Aber diesmal bin ich nicht so rücksichtsvoll.«

Er riss einen kleinen Medizinschrank auf und holte eine lange Silikonröhre heraus.

Die Augen traten ihr vor Angst fast aus den Höhlen.

»Bitte … nnnicht das … bitte … ich … ich nehme mmmeine Medizin … bbbitte …«

»*Pst*. Du musst still und ruhig sein. Es ist nur gefährlich, wenn du redest. Und jetzt schön weit aufmachen.«

Sie überlegte, ob sie sich wehren sollte, dachte aber an ihren letzten Versuch und fügte sich ergeben.

»Schon besser«, lobte er sie. »Schön aufmachen. Braves Mädchen.«

Sie spürte, wie die eingeölte Röhre ihre Speiseröhre hinab bis in den Magen geschoben wurde. Sie wollte sich erbrechen, doch die Röhre machte das unmöglich.

Er goss eine braune Flüssigkeit in einen Trichter am anderen Ende der Röhre.

Unverzüglich schwoll ihr Bauch an. Sie spürte, wie die Flüssigkeit in ihrem Inneren blubberte. Und glaubte, ihr Magen müsste jeden Moment explodieren.

O Gott … o Gott … lass ihn mich töten … damit es vorbei ist …

»Ah, viel besser«, rief er aus und strich ihr zärtlich über den Bauch. »Wirklich, viel, viel besser. Du hast fast das goldene Gewicht erreicht. Schon sehr bald. Dann ist es vorbei, das verspreche ich dir.«

Kapitel Fünf

»Bringt sie in das Land der Gebieterin ›Sie‹. Schafft also die Männer heraus und auch das, was sie bei sich haben.«
Henry Rider Haggard, *Sie*

Karl widmete sich wieder dem Zettel, den ihm Alison am Morgen zugesteckt hatte. Die Handschrift der jungen Frau war nahezu unleserlich, doch mit Naomis Hilfe und viel Geduld gelang es ihm schließlich, sie zu entziffern. Offenbar hatte Martina mit einer Gruppe Obdachloser am Custom House Square gelebt, nicht allzu weit von dem Jugendheim entfernt. Alison hatte einige Male mit Martina gesprochen und ihr Essen gebracht, das sie aus der Heimkantine hinausschmuggelte. Die Begegnungen fanden ein ominöses Ende, da Martina irgendwann nicht mehr zu dem vereinbarten Treffpunkt kam.

»Ich bin in einer Stunde wieder da«, sagte Karl und steckte den Zettel ein.

»Wohin gehst du?«, fragte Naomi.

»Raus.«

»Red nicht so dumm.«

»Dann frag nicht so dumm«, sagte Karl und nahm Schlüssel und Brieftasche vom Küchentresen. »Diese verfluchte Hitze ist schlimm genug, da musst du mich nicht noch reizen.«

»Du willst doch nicht ernsthaft da raus?«

»Soll ich mir ein Clownskostüm anziehen, damit ich nicht so ernsthaft wirke?«

»Hast du den Wetterbericht nicht gehört? Die Meteorologen haben ausdrücklich gesagt, dass man nur ins Freie soll, wenn es sich nicht vermeiden lässt«, erwiderte Naomi und verschränkte energisch die Arme.

»Die Meteorologen. Was wissen die schon vom Wetter? Außerdem *lässt* es sich nicht vermeiden. Und ich gehe ja nur zum Custom House. Einer Eingebung folgend.«

»Bitte sei vorsichtig.«

»Bin ich das nicht immer?«, antwortete er, lächelte und küsste sie auf den Mund. »Habe ich dir übrigens gesagt, dass Peter Mullan diesen Mittwoch eine Signierstunde bei Eason's am Donegal Place hat?«

»Wer ist Peter Mullan?«

»Wer ist Peter Mullan, fragt sie. Das beweist, dass du mir nie zuhörst. Peter Mullan hat sechs Bestseller geschrieben.«

»Ist ja toll. Aber ich kann mich nicht erinnern, dass du je eines seiner Bücher gelesen hättest.«

»Äh … also ehrlich gesagt, sind sie nicht gerade meine Art von Literatur.«

»Warum dann das Interesse, wenn du kein Wort von ihm gelesen hast?«

»Weil Peter und ich als Kinder dieselbe Schule besucht haben. Ich wollte ihn bitten, sich mein Manuskript anzusehen, ob er mir vielleicht ein kleines Zitat geben würde. Das könnte mir bei den Verlagen Tür und Tor öffnen.«

»Das ist toll, Karl!«, rief Naomi aus und küsste ihn ebenfalls auf den Mund. »Ich habe das Gefühl, dies wird das Jahr, in dem du verlegt wirst. Ganz ehrlich. Du wirst es allen zeigen, die dein Buch abgelehnt haben.«

»Mir gefällt, wie deine Augen leuchten, wenn du schwindelst, aber ich liebe dich trotzdem dafür. Wir sehen uns in zwei Stunden.«

»Oh! Ehe ich es vergesse, im Billy Holidays steigt am Freitagabend eine Party zu Ivanas Geburtstag. Wir müssen ein Geschenk besorgen.«

»Ich bin nicht in der Stimmung für Partys.«

»Ich habe ihr versprochen, dass wir kommen. Sie rechnet mit uns. Wir dürfen sie nicht enttäuschen. Wie viel Geld hast du? Ich kaufe ihr etwas Hübsches.«

»Würden eine Flasche billiger Wein von Tesco und eine Karte nicht auch reichen?«

Naomi lächelte und streckte eine Hand aus. »Her damit, her damit, her damit, her damit«, sang sie.

»Okay, okay. Mach nicht so ein Theater«, sagte Karl, nahm die Brieftasche zur Hand und zückte widerwillig zwei Zwanziger.

»Etwas mehr sollte es schon sein. Ich habe bei Lunn's eine hübsche Halskette gesehen. Die kostet zweihundert.«

»Zwei ...? Hast du den Verstand verloren, Naomi? Es ist der Geburtstag von Ivana, nicht der Scheißgeburtstag von Elizabeth Taylor.«

»Hör auf zu jammern. Sie ist meine beste Freundin. Sie hat sich um mich gekümmert und mich bei sich aufgenommen, als ich nach Belfast gekommen bin, lange bevor du auf der Bildfläche erschienen bist. Gib mir einfach noch zwei Zwanziger, den Rest lege ich dann drauf.«

»Am Monatsende ist wieder die Scheißmiete fällig«, brummelte Karl, rückte das Geld heraus und floh aus dem Zimmer.

Als er in der nachmittäglichen Hitze auf die Hill Street hinaustrat, fühlte er sich augenblicklich, als hätte ihm jemand eine Plastiktüte über den Kopf gestreift. Heiß. Drückend. Die Sonne stand in einem geisterhaften Dunst am Himmel. Er sog die Luft ein. Sie schmeckte nach Abgasen. Wo er auch hinsah, atmeten die Leute die toxischen Verkehrsgase ein wie Fische auf dem Trockenen.

Die Leute sagten, dass dieses drückende, erstickende Wetter die Menschen in Belfast um den Verstand brachte. Manchmal machten sie die seltsamsten Dinge. Darauf erwiderte Karl stets liebenswürdig, dass die Menschen in Belfast keine Ausrede brauchten, um die seltsamsten Dinge zu tun.

Ein Wetter für Mad Dogs and Englishmen, dachte Karl und fuhr sich mit einem feuchten Taschentuch über die Stirn, während er an dem palastartigen Merchant Hotel in der Waring Street vorbeiging. *Du bist weder das eine noch das andere, du Trottel, also warum lässt du dir hier draußen dein restliches bisschen Hirn von der Sonne ausdörren?*

Von seiner Wohnung aus waren es nur fünf Minuten zu Fuß, doch die drückende Hitze laugte ihn aus und machte ihn noch gereizter, als er es ohnehin schon war. Und als wäre das noch nicht genug, brachten ihn seine Stirnhöhlen um; seine Augenlider fühlten sich jedes Mal wie Schmirgelpapier an, wenn er Schweiß wegblinzelte. Zum Glück nervten ihn wenigstens seine Hämorrhoiden nicht.

Als er eilig die Victoria Street überquerte und den Custom House Square betrat, erblickte er eine Gruppe Obdachloser im Schatten einer alten, verfallenen Kirche, nicht weit von dem eindrucksvollen, im italienischen Renaissancestil erbauten Gebäude des Custom House. Die Obdachlosen sahen halb verhungert aus und saßen nebeneinander an der Kirchenwand, aufgereiht wie Bleistifte in einem billigen Schreibwarengeschäft, bis sie plötzlich im Inneren verschwanden.

»Was für ein Leben«, murmelte Karl.

Die menschenunwürdigen Bedingungen, unter denen die Obdachlosen in seiner Heimatstadt existieren mussten, schockierten Karl immer wieder. Er war der festen Überzeugung, dass ihre wachsende Zahl durch eine obszöne Dichotomie gefördert wurde, da nur wenige Straßen entfernt, an der Uferpromenade, die Wohlhabenden die Kassen von korrupten und schmierigen Politikern und Stadträten füllten und deren Pläne unterstützten, die Obdachlosen mithilfe von Schlägern mit und ohne Uniform aus dem öffentlichen Blickfeld zu verbannen.

In der brütenden Hitze hatte Karl den Eindruck, als würde sich die Kirche aufblähen und noch längere Schatten auf die Straßen werfen. Die Tage der Klingelbeutel und brennenden Kerzen waren längst gezählt, aber dennoch sah er die Kirche in seiner agnostisch vorbelasteten Fantasie mit unheilvollen Engeln bevölkert, deren Gesichter ausnahmslos dem farbenfrohen Baldachin des Betonhimmels zugewandt waren.

»Hallo? Ist hier jemand?«, fragte er laut und streckte probehalber den Kopf zur großen, verschnörkelten Tür der Kirche hinein. »Hallo? Ist da …?«

»Steck bloß nicht deinen verdammten Kopf in unser Haus!«, brüllte jemand so lautstark, dass Karl hastig zurückwich.

Ein Bär von einem Mann mit einem wahren Urwald von Bart im Gesicht und Augen so hart wie Feuersteine kam zur Tür heraus. Die Haut, so weit sichtbar, sah ungesund gelblich aus – genau wie die vereinzelten Zahnstummel. Ein Bluterguss von der Größe einer Babyfaust verunzierte die Stirn. Der Mann trug Kleidungsstücke, die unverkennbar einen Vorbesitzer gehabt hatten; aus einer seiner Taschen ragte eine Flasche Wein.

»Ich ... ich habe nur ein paar Fragen«, sagte Karl. »Es geht um ein Mädchen, das vermisst wird ...«

»Willste mich verprügeln, du Wichser?«, fragte der Obdachlose und kam schwankend auf Karl zu. »Schlag mich besser tot – sonst bist du nämlich dran! Siehst du? *Siehst du?* Was sagste dazu?« Blitzschnell zog der Mann etwas Langes und Glänzendes aus der Manteltasche.

»Wir wollen doch nichts Dummes oder Voreiliges machen, Freund«, beschwor Karl den Angreifer, folgte den Blicken des Mannes und versuchte gleichzeitig, auf plötzliche Handbewegungen zu achten.

Der Mann gab ein knurrendes Heulen von sich, einem wilden Tier nicht unähnlich. Es sah aus, als würde er mit der Waffe in der Hand zum Sprung ansetzen. Karl wappnete sich.

»Lass den Mann in Ruhe, John-Jack«, sagte ein anderer Obdachloser, der plötzlich zur Tür der Kirche herauskam. »Was hat dieser Fremde dir denn getan?« Der Mann hatte Dutzende kleine Metallringe in den Ohren und einige in der Nase. Das graue Haar hatte er zu einem langen, zerfransten Pferdeschwanz gebunden.

»Er steckt seine große Nase hier rein, das hat er getan. Will wahrscheinlich unsere Vorräte stehlen, Michael«, antwortete John-Jack und hielt den Gegenstand in seiner Hand noch fester. »Wie würde es ihm denn gefallen, wenn einer von uns unerlaubt einen Blick in seine Küche werfen würde?«

Karl hob die Hände. »Du hast hundertprozentig recht, John-Jack«, sagte er. »Dafür entschuldige ich mich. Aber ehrlich gesagt, wusste ich nicht, wie ich sonst jemanden auf mich aufmerksam machen sollte.«

»Okay, John-Jack? Siehst du? Der Mann hat sich entschuldigt. Und jetzt geh wieder rein und iss zu Ende.«

Langsam schlurfte John-Jack zum Eingang zurück, aber zuvor streckte er Karl noch die Zunge heraus. Tomatensauce und Schwären bedeckten die Zunge.

»Er ist harmlos«, erklärte Michael, als John-Jack außer Hörweite war. »Nur ein wenig paranoid. Einer der Risikofaktoren, wenn man obdachlos ist.«

»Ich würde nicht von harmlos sprechen, wenn jemand ein Messer zückt.«

»Messer? Oh ... Sie meinen das hier?«, antwortete Michael und ließ den fraglichen Gegenstand sehen: ein mit Alufolie umwickeltes Gummirohr.

Karl kam sich albern vor.

»Es sah so echt aus ...«

»Wenn man Angst hat, sieht so manches echt aus. Machen Sie sich nichts daraus. Ein Vorteil am Obdachlosendasein ist, dass einen die Leute *sowieso* für halb verrückt halten. Ein Mythos, der uns hilft, Illusionen zu erwecken, wie zum Beispiel Gummirohre, die zu tödlichen Edelstahlmessern werden. Darum lassen uns die Leute in Ruhe.« Michael lachte ein wenig nervös, dann hielt er Karl die Hand hin. »Michael Graham.«

»Karl Kane«, antwortete Karl, schüttelte Michael die Hand und betrachtete dabei sein Gesicht. Michael sah älter aus, als er war; sein Gesicht wirkte teigig, als hätten sich die Hunde der Armut jeden Knochen darin geholt. Seine Nase war so wulstig wie die eines Boxers. Für Karl stellte Michaels Gesicht die Landkarte eines harten, entbehrungsreichen Lebens dar.

»Was kann ich für Sie tun, Karl? Nehmen Sie es mir nicht übel, aber Sie sehen nicht aus, als wollten Sie sich unserer Nomadenfamilie anschließen.« Die Augen in dem verwitterten Gesicht strahlten.

»Ich bin Privatdetektiv«, sagte Karl, fischte eine Visitenkarte aus der Tasche und gab sie Michael. »Ich suche nach einem Mädchen, das seit fast zwei Wochen vermisst wird.« Karl hielt das Foto von Martina Ferris hoch. »Haben Sie die hier schon mal gesehen?«

Michael holte eine dicke Brille aus der Jackentasche und betrachtete das Foto.

»Meine Augen sind nicht mehr die besten. Und das Foto ist ziemlich körnig.«

»Zugegeben, es ist nicht das beste Foto, aber ein anderes habe ich momentan nicht.«

Michael betrachtete die Fotografie erneut. »Sie kommt mir irgendwie bekannt vor. Haben Sie Geld dabei?«

»Nur Kleingeld. Sie ziehen dann aber nicht los und betrinken sich, oder?«, fragte Karl und bedauerte die Frage, kaum dass er sie gestellt hatte.

»Ah, noch so ein Mythos. Alle Obdachlosen sind Trunkenbolde und Diebe. In Wahrheit bin ich ein langweiliger Abstinenzler und einer der letzten übrig gebliebenen Hippies.«

»Es war nicht so gemeint.«

»Inzwischen habe ich mich daran gewöhnt«, sagte Michael mit einem verkniffenen Lächeln.

»Wie viel wollen Sie?« Karl nahm einen Zehner aus der Brieftasche.

»Es ist nicht für mich«, antwortete Michael. »Sagen wir, zwanzig?«

»Zwanzig ...« Allen quälenden Zweifeln zum Trotz tauschte Karl den Zehner gegen einen der wenigen Zwanziger aus, die er noch in der Geldbörse hatte, und reichte ihn widerwillig Michael, zusammen mit dem Foto von Martina.

»Warten Sie hier, Karl. Ich muss mit jemandem reden. Geben Sie mir fünf Minuten.«

Karl wartete, ließ dabei die Geschichte des benachbarten Custom House Revue passieren und stellte sich den viktorianischen Schriftsteller Anthony Trollope vor, wie er im neunzehnten Jahrhundert an seinem Schreibtisch im Postamt des großen Gebäudes saß und sich krumm und bucklig schuftete, bis ihm schließlich der große Durchbruch als Schriftsteller gelang. *Ich wette, du hast auch jede Menge Ablehnungsschreiben bekommen, Tony, alter Knabe. Natürlich nicht waschkörbeweise, so wie meinereiner.*

Aus fünf Minuten wurden zehn; statt wie in einem Ofen fühlte sich Karl inzwischen wie in einer Mikrowelle. Schweiß rann ihm den Rücken hinab und sammelte sich zwischen seinen Gesäßbacken. Es kam ihm vor, als hätte er sich bepisst. Und es stank ihm, dass man ihn möglicherweise verarscht hatte. Er überlegte, ob er die Kirche betreten und nach dem langweiligen Abstinenzler Michael suchen sollte, der ihm einen Zwanziger abgeknöpft hatte.

»Tut mir leid, dass es doch etwas länger gedauert hat«, rief Michael, der plötzlich zu einer Nebentür herauskam. »Cathy hat einen tiefen Schlaf. Hinter ihrem Rücken nennt man sie Cathy die Katze, weil sie meist nachtaktiv ist. Sie ist *de facto* unsere Anführerin.« Michaels Grinsen wurde schalkhaft und breit. »Kommen Sie. Aber passen Sie auf, wo Sie hintreten. An manchen Stellen ist es etwas heikel.«

»Wie um alles in der Welt können Sie so leben?«, fragte Karl und stieg über achtlos weggeworfene Kisten mit verdorbenem Obst.

»Als Obdachloser, meinen Sie? Also, freier kann man gar nicht sein. Man kann um Mitternacht durch diese Stadt gehen und muss keine Angst haben, dass man ausgeraubt wird, weil man rein gar nichts besitzt«, sagte Michael lächelnd.

Im Inneren der Kirche herrschte ein organisiertes Chaos aus behelfsmäßig errichteten, wie Ölpfützen verteilten Zelten. Bänke – die wenigen, die sie nicht als Feuerholz verheizt hatten – standen schräg wie gestrandete Kanus an einer Wand. Die geschnitzten Engel und klassischen Götter, die die restlichen Wände und Nischen zierten, machten einen erstaunlich unversehrten Eindruck und blickten auf die zusammengedrängten Massen herab. Den ausgestreckten Armen vergessener Heiliger war es freilich nicht so gut ergangen; sie dienten als Wäscheleinen und Halterungen für Satellitenschüsseln, die tatsächlich Signale für die verschiedenen abgewrackten Schwarz-Weiß-Fernseher empfingen, die unheimlich im Halbdunkel flackerten. Ein großes Kruzifix hing bedrohlich über allem, und der gefolterte Christus schaute auf eine übel zugerichtete Madonna herab, der das halbe Gesicht fehlte.

Karl erinnerte der Gesamteindruck an *Apocalypse Now*, und als Michael ihn zur ehemaligen Sakristei führte, die zu einem behelfsmäßigen Schlafzimmer umgerüstet worden war, hoffte Karl inbrünstig, Cathy die Katze würde sich nicht als Colonel Walter E. Kurtz mit rasiertem Schädel erweisen.

»Cathy?«, flüsterte Michael und klopfte zaghaft an. »Cathy …?«

»Ich habe dich schon beim ersten Mal gehört!«, ertönte eine zischende, schneidende Stimme aus dem Inneren. Danach erst bat die Frau sie herein.

Die spindeldürre Cathy lag auf einer fleckigen, verdreckten Matratze und hatte ihren Kopf auf einem Haufen Kissen aus dem Sperrmüll gebettet. Ihr rotes, fächerförmig drapiertes Haar erinnerte an einen Sonnenaufgang. Die Augen waren grün und leuchtend, wie Absinth. An den Ohrläppchen prangten Ohrringe in Form von Davidssternen. Sie trug ein Anarcho-Oberteil mit einem geborstenen, umgekehrten Champagnerglas und den Worten »Fuck the System« in schwarzen, strategisch zwischen zwei deutlich sichtbaren Brustwarzen positionierten Buchstaben. Verblasste Tätowierungen – die aussahen, als wären sie in einem Gefängnis selbst gemacht worden – zierten ihre Oberarme. Nur eine davon schien von einem Profi zu stammen. Besonders detailliert: ein pausbäckiger Engel mit einer Spritze in den Flügeln, die sie in scharfe Klingen verwandelte, von denen Blut tropfte. »Hell's True Angel«, lautete die Legende direkt unter den Füßen des Engels.

So zierlich Cathy auch wirkte, schienen ihre muskulösen Arme für Klammergriffe geeignet, und es schauderte Karl bei dem Gedanken, mit dem Kopf in ihren Schwitzkasten zu geraten.

In dem Zimmer roch es feucht und rostig. Ein vages Aroma von Urin und übel riechenden Chemikalien, die wie faule Eier in Farbverdünner stanken, durchdrang alles.

»Hallo«, sagte Karl und hielt Cathy die Hand hin. »Mein Name ist …«

»Ich *kenne* deinen Namen und weiß, warum du hier bist. Was *genau* willst du?«, fragte Cathy, die Karls Hand geflissentlich übersah. Sie drehte eine Eieruhr um und sah verträumt zu, wie der Sand rieselte und die untere Hälfte füllte. »Ich würde sagen, du hast keine zwei Minuten mehr.«

»Man sagte mir, Sie könnten mir vielleicht bei meinen Ermittlungen helfen. Michael meinte, Sie …«

»Michael kann Hunger ertragen, aber schweigen war stets reine Folter für ihn. Er kann einfach nicht sein Plappermaul halten. Ist es nicht so, Michael?«

Michael antwortete nicht, sondern schlurfte betreten davon und ließ Cathy und Karl allein.

Cathy sah Michaels schwindendem Schatten nach, während Karl kahle Stellen auf Cathys Kopf auffielen.

»Weil zahllose Flaschen darauf zertrümmert wurden«, sagte Cathy, der Karls Blick nicht entging, fast blasiert. »Die Verletzungen haben Spuren hinterlassen, wo nie mehr Haare wachsen. Hübsch, nicht?«

»Ich wollte nicht aufdringlich sein.« Trotz der hässlichen Narben sah Karl, dass Cathy einmal außergewöhnlich schön gewesen sein musste.

»Hier hast du dein Foto wieder«, sagte Cathy, stand langsam auf und ließ ihr Haar über ihre Schultern fallen. »Ich mag weder dein Aussehen noch deinen Geruch. Du stinkst nach Bulle.«

»Bullen sind das genaue Gegenteil von mir. *Persona non grata* ist der Ausdruck, den die für mich haben.«

Cathy sah Karl einige Sekunden lang ins Gesicht. »Wie heißt sie, das Mädchen auf dem Foto?«

»Martina. Martina Ferris.«

Cathy gähnte wie eine träge Katze. »Sie sagte, ihr Name wäre Angela Reilly. Sie kam vor ein paar Wochen hier reinspaziert und wollte sich ›anpassen‹. Sie machte auf mich nicht den Eindruck, als könnte sie sich irgendwo anpassen, schon gar nicht in *dieser* Welt.«

»Sie haben sie nicht aufgenommen?«

»Dies ist mein Reich.«

»Mir ist aufgefallen, dass keine anderen Frauen hier sind.«

»Das ist besser für die Familie. Es würde die Männer verwirren. Ganz gleich, wie sie aussehen, ihr Testosteron haben sie noch. Und deshalb schweifen ihre Gedanken in die Dunkelheit ab, und sie werden geil.«

»Ich verstehe.« Karl hüstelte verhalten. »Fühlen Sie sich von den vielen Männern hier nicht bedroht?«

Einen Moment lang leuchtete ein Flackern in Cathys grünen Augen auf. Ihr Gesicht wirkte kurz verkrampft, doch sie entspannte sich ebenso schnell wieder. Plötzlich stand sie unmittelbar vor Karl, ihr Gesicht dicht vor seinem, den Mund verführerisch geöffnet. Ihr Atem roch nach alter Medizin. Zum ersten Mal bemerkte Karl die Metallstifte in ihrer Zunge. Er musste an silberne Pilze denken.

»Sehe ich aus, als ließe ich mich leicht einschüchtern?«

»Ganz und gar nicht, Cathy. Das war eine dumme Frage. Sie müssen mir verzeihen. Ich bin berüchtigt dafür, dass ich dumme Fragen stelle.«

»Gut. Freut mich, dass wir uns verstehen«, antwortete Cathy und warf einen Blick auf die Eieruhr. »Ich glaube, deine Zeit ist abgelaufen, *Karl*.«

»Was ist mit Martina? Können Sie mir noch etwas sagen? Sie könnte in Gefahr sein.«

»Dafür, dass du – *angeblich* – kein Bulle bist, bist du ausgesprochen hartnäckig. Was springt für dich dabei raus?« Cathy strich mit einem spitzen Fingernagel über Karls Wange. Strich am Kieferknochen entlang. »Schickst du sie auf den Strich? Ist deine fette Gans, die goldene Eier legt, aus ihrem Käfig geflohen und hat dich beschissen?«

»Nichts dergleichen. Ich will mich nur vergewissern, dass sie unversehrt ist.«

Cathys Fingernagel wanderte zu Karls Mund und fuhr dessen Konturen nach.

»Sie sagte, dass sie runter nach Dublin wollte, einen Freund suchen, der in einer Art Krankenhaus arbeitet«, sagte Cathy. »Und jetzt geh. Die Besuchszeit ist zu Ende.«

Kapitel Sechs

»Und wenn er in den stillen, kalten Nächten die Schnauze zu den Sternen reckte und sein langes Wolfsgeheul ausstieß, dann waren es seine längst gestorbenen, zu Staub verfallenen Vorfahren, die die Schnauzen zu den Sternen reckten und durch die Jahrhunderte mit seiner Stimme heulten.«
Jack London, *Der Ruf der Wildnis*

»Jetzt ist es nicht mehr weit, Max«, sagte der Mann und tätschelte dem Hund den Kopf, ehe er seine Wanderschaft zum Black Mountain auf dem Weg fortsetzte, den sie Mountain Lonely nannten. Wenige Minuten später überquerte er Hatchet Field – so getauft, da die Umrisse an eine alte Streitaxt erinnerte – und ließ den Hund von der Leine, obwohl ein Warnschild das strikt untersagte.

»Na los, Max! Guter Hund!«

Der Hund schoss wie eine Gewehrkugel davon und bellte vor Aufregung.

Keine dreißig Minuten später erreichte der Mann schließlich den Gipfel des Black Mountain und genoss mit einem Pentacon-Cobra-Fernglas die spektakuläre Aussicht auf Belfast.

»Herrlich!«, rief er aus, drehte sich langsam im Kreis, erblickte Donegal in der Ferne und danach Schottland, die Küste Englands und die Isle of Man, und das alles mit einem einzigen Panoramaschwenk. »Wo sonst in der Welt könnte man an einem Mittwochmorgen so eine Aussicht genießen, was, Max?«

Max bellte einmal, als er die Stimme seines Herrchens hörte, dann trank er hastig aus einem dünnen Rinnsal, das von dem Berg herabfloss. Sekunden später nahm der Hund blitzschnell die Jagd auf eine bunte Schar verlauster Kaninchen auf, die sich an diesem schönen Vormittag etwas frühmorgendlichen Gruppensex gönnten.

»Max! Obacht, Junge! Lauf nicht zu weit weg.«

Unvermittelt blieb der Hund wie angewurzelt stehen, erstarrte regelrecht und knurrte einen kleinen Erdhügel an, in den sich eines der Kaninchen gerettet hatte. Plötzlich sträubten sich die Nackenhaare des Hundes beunruhigend.

»Max! Zum Teufel, komm jetzt wieder her!«

Der sonst so gehorsame Hund reagierte nicht.

»*Max!* Komm hierher!«

Max wird alt und *taub*, erklärte sich der Mann das ungewöhnliche Verhalten des Hundes.

Als er näherkam, heulte Max, schnupperte am Boden und fuhr zurück, als hätte er mit der Nase etwas Heißes berührt.

»Max? Ich habe jetzt keine Zeit für deinen Unsinn mit den Kaninchen.«

Max hörte nicht mehr auf zu bellen und scharrte mit den Pfoten im Erdreich.

»Max! Hörst du jetzt auf damit? Sieh nur, in was für einem Zustand du ...«

Plötzlich stoben ganze Fliegenschwärme – mit grünlichtransparenten Flügeln – wütend in die Höhe, dem Mann ins Gesicht, und einige gerieten ihm sogar in Mund und Hals.

»Mistviecher!«, brüllte er und erstickte fast an der

schwarzen Brut. Die Fliegen schmeckten nach Exkrementen und rohem Fleisch. Er verspürte einen Brechreiz, wehrte sich aber tapfer dagegen. »Dreckige Mistviecher!«

Max bellte noch lauter.

»Max! Verdammt, geh weg von …«

Genau im richtigen Augenblick kam die Sonne ins Spiel; ihre Strahlen fielen auf etwas Weißes, das in der dunklen Erde versteckt lag.

»Was um alles in der Welt …?«

Der Mann bedeckte den Mund mit einer Hand und kratzte mit der Schuhspitze Erde weg. Der Boden war weich und schwammig und bot dem Stiefel keinen Widerstand. Die aufgeworfene Erde hatte einen vage metallischen Geruch; der Mann musste an faulende Zwiebeln denken.

Zuerst hielt er das Weiße für die Scherbe eines Tellers oder einer Tasse, Überreste eines Picknicks. Erst, als er noch mehr Erde entfernt hatte, sah er die Wahrheit.

»Großer Gott …«

Das Gesicht war hinter einer Maske aus Laub und Sand verborgen. Der Schädel war so ausgebleicht, dass die Schatten in seinen Konturen pechschwarz wirkten; Zähne und Kiefer ragten in dem dunklen Höllenloch der Sonne entgegen. Das Fleisch – so weit noch vorhanden – sah winterlich blass und stellenweise gelblich aus, wie Hartkäse in einem dunklen Schrank. Farblose Augenhöhlen klafften in dem schwarzen Gefängnis.

Plötzlich ging der Mann in die Knie, als wollte er beten, und übergab sich heftig.

Der Mann war kein Experte, doch während er in seinem nachtschwarzen Albtraum würgte, schloss er aus den Spangen an den Zähnen, dass es sich um den Schädel eines Kindes handeln musste, das kaum älter als zehn Jahre war.

Kapitel Sieben

»Er kennt den Tod bis in das Mark.«
W. B. Yeats, *Tod*

»Hallo, Tom«, sagte Karl, der an der Tür des Büros seines besten Freundes stand, des Gerichtsmediziners Tom Hicks.

»Karl? Was zum Teufel machst du denn hier?«

»Schöne Begrüßung. Hab dich alten Brummbären seit einer Ewigkeit nicht gesehen, und mehr fällt dir nicht ein?«

»Weißt du nicht, dass Wilson oben in seinem Büro ist? Herrgott, Mann, du könntest wenigstens *ein Mal* deinen Verstand benutzen – obwohl ich bezweifle, dass du einen hast.«

»Das bewundere ich immer so an dir. Deine Ehrlichkeit. Egal, mein Exschwager steht momentan ganz weit unten auf der Liste meiner Prioritäten.«

»Es ist mein Ernst, Karl. Ich weiß nicht, was da zwischen euch ist, aber die Spatzen pfeifen es von den Dächern, dass er dich aus tiefster Seele hasst.«

»Der Tag, an dem ich mir Sorgen über einen Wichser wie Wilson mache, ist mein letzter Tag als Privatdetektiv. Du solltest besser als jeder andere wissen, dass ich mich nicht einschüchtern lasse, Tom.«

»Ich bin zu alt für Männer, die sich kindisch aufführen.«

»Dann bist du von uns beiden der Einzige, der sich alt findet. Egal, ich habe dir ein Geschenk mitgebracht«, sagte Karl und gab Hicks ein Buch.

»Sag bloß, du hast endlich einen Verlag gefunden«, sagte Hicks, nahm das Buch und betrachtete den Einband. »Peter Mullan? Kann es sein, dass mir der Name bekannt vorkommt?«

»Sollte er. Wir waren ein Jahr in derselben Klasse. Er hat wie ein Frettchen ausgesehen. War ständig am Nörgeln.«

»Ah, ja ... jetzt erinnere ich mich«, sagte Hicks lächelnd. »Er ist Schriftsteller?«

»Bestsellerautor, der Dreckskerl. Ich musste das heute Morgen bei Easton's kaufen, wo er eine Signierstunde hatte. Fünfzehn Mäuse hat mich das Scheißding gekostet. Ist es da ein Wunder, dass die Leute keine Bücher mehr kaufen? Ich habe es für dich signieren lassen. Das ist mein Geschenk für deinen Geburtstag nächsten Monat. Nicht, dass du noch mal was erwartest.«

»Hat er sich an dich erinnert?«

»Natürlich hat er sich an mich erinnert. Ich habe ihm in der Schule ein paarmal den Arsch gerettet. Er steht in meiner Schuld«, polterte Karl. »Darum habe ich ihm eine Kopie meines neuen Manuskripts gegeben und ihn gebeten, einen Blick darauf zu werfen. Vielleicht schreibt er mir eine Empfehlung. Manchmal reicht das schon, um einen Verlag von sich zu überzeugen.«

»Ich schäme mich für dich.«

»Musst du nicht. Ich schäme mich ja auch nicht. Außerdem, wer nicht wagt, der nicht gewinnt. Wenn man nicht fragt, kriegt man garantiert keine Antwort.«

»Du hast mir immer noch nicht gesagt, woher dieses böse Blut zwischen dir und Wilson kommt.«

»Ist besser, wenn du es nicht weißt.«

»Als ich euch das letzte Mal zusammen gesehen habe, musste ich dich wegzerren, weil ihr euch im Schlamm gewälzt und windelweich geprügelt habt – und das auf der Beerdigung einer ermordeten Polizistin«, sagte Hicks und warf Karl einen Blick zu, bei dem dessen Hals zu jucken anfing. »Die arme Jenny Lewis. Was für eine schreckliche Tragödie – sie und ihre Mutter. Nicht zu vergessen die Detectives Cairns und McKenzie, natürlich.«

»Natürlich.«

»Den – oder die – Mörder haben sie nie gefunden. Man sollte meinen, die Ermordung von drei Kollegen sollte für Wilson oberste Priorität haben, oder nicht?«

»Hat er schon neue Leute eingestellt?«, fragte Karl und wich der Frage damit wissentlich aus.

»Bis jetzt einen jungen Detective. Extrem grün hinter den Ohren, wie es aussieht. Es heißt, dass Wilson noch zwei Leute sucht, um seine dezimierten Reihen aufzufüllen, aber nach dem Debakel mit Jenny Lewis will er auf keinen Fall mehr eine Frau.«

»Hat Wilson versucht, dir das Leben schwer zu machen?«, entgegnete Karl. »Immerhin hat er dir nach der Beerdigung mehr oder weniger offen gedroht.«

»Das war in der Aufregung so dahingesagt. Im Moment machen wir einen großen Bogen umeinander. Wenn wir uns in der Öffentlichkeit über den Weg laufen, nicken wir einander höflich zu, als wäre nichts passiert.«

»Freut mich, dass wieder Friede, Freude, Eierkuchen zwischen euch herrscht. Dabei fällt mir ein. Hast du Lust, morgen Abend mit zu einer Geburtstagsparty zu kommen?«

»Wer hat Geburtstag?«

»Ivana.«

»Ich … kann nicht. Ich habe Karten für *Die neununddreißig Stufen*, morgen Abend im Grand Opera House.«

»Was für ein seltsamer Zufall.«

»Hör auf, überall Verschwörungen zu wittern. Anne freut sich schon seit Monaten darauf. Sag Ivana schöne Grüße von mir und dass es mir leidtut, dass ich nicht zu ihrer Party kommen kann.«

»Natürlich.«

»Was soll das nun wieder heißen?«

»Es soll einfach heißen, dass du Ivanas Lebensstil noch nie gebilligt hast.« Karl grinste breit. »Wenn du es versuchen würdest, würdest du Ivana vielleicht in einem anderen Licht sehen.«

Der sonst so stoische Hicks schien kurzzeitig die Fassung zu verlieren. »Wenn du so viele Opfer von Geschlechtskrankheiten zu sehen bekommen würdest wie ich, würdest du vermutlich nicht hier stehen und grinsen wie ein Pavian, oder ein so tödliches Thema so auf die leichte Schulter nehmen.«

»Okay. Du hast recht«, gab Karl zu, dessen Grinsen verschwand. »Wollen wir das Thema wechseln? Etwas nicht ganz so Tödliches?«

»Was macht Katie in Edinburgh?«

»Der geht es anscheinend gut, auch wenn mir nicht gefällt, dass sie so weit von zu Hause fort ist. Ich mache mir Sorgen um sie.«

»Junge Leute sind ausgesprochen zäh, Karl. Ob du es glaubst oder nicht, wir waren auch einmal jung.«

»Ich kann mich nicht erinnern, dass ein alter Dinosaurier wie du jemals jung gewesen wäre. Du warst schon alt, als wir noch zusammen die Schulbank gedrückt haben.«

»Du kannst Katie ausrichten, dass ihr Patenonkel ihren

Werdegang genau verfolgt. Wer weiß? Vielleicht übernimmt sie sogar einmal meinen Job, wenn ich in Rente gehe.«

»Du bist wie Cliff Richard. Du gehst nie in Rente«, antwortete Karl und fegte den Vorschlag damit von Tisch. Die Vorstellung, seine heiß geliebte Katie könnte in Hicks' Fußstapfen treten und Tote aufschnippeln, fand Karl abstoßend. »Was kannst du mir über den Leichnam sagen, der gestern beim Black Mountain gefunden wurde?«

»Nicht viel. Ich bin mit vier Berichten im Rückstand, hinke also arg hinterher. Aufgrund von Etatkürzungen habe ich keinen Assistenten mehr, und ich untersuche immer noch den Leichnam einer jungen Frau, die letzte Woche in der Nähe des Stadtzentrums gefunden wurde.«

»Ich habe gar nichts darüber gelesen, dass letzte Woche in der Nähe des Stadtzentrums eine tote junge Frau gefunden wurde«, sagte Karl leicht verwirrt.

»Ja ... hm ... diese spezielle Leiche fand man in der Gegend des Victoria Square.«

»Bei dem neuen Einkaufszentrum?«

»Ja.«

»Und? Warum wurde nicht darüber berichtet?«

»Da tappe ich ebenso im Dunkeln wie du; sagen wir mal so: Ich werde allmählich auch so zynisch wie du.«

»Was soll das heißen?«

»Die haben ... wie viel ...? Fast eine Milliarde investiert, um den Victoria Square umzubauen. Offenbar hat der Stadtrat allein dreihunderttausend für eine Werbekampagne rausgeschmissen, um allen zu zeigen, wie wichtig das für die Stadt ist. Glaubst du, es würde einen guten Eindruck machen, wenn man zwei Tage vor der Eröffnung nur eine Querstraße von deren neuem irdischen Konsumparadies entfernt eine Leiche findet?«

»Dreckskerle ... also wurde alles vertuscht, um die Champagnerschnösel nicht zu erschrecken?«

»Das hast du gesagt, nicht ich.«

»Schöne Schleimbeutel, die unsere tolle Stadt regieren«, antwortete Karl, nahm das Foto von Martina zur Hand und reichte es Hicks. »Ich suche nach diesem Mädchen. Sie heißt Martina Ferris. Ich hoffe, du sagst mir nicht, dass es ihr Leichnam war, den sie auf dem Black Mountain oder im Stadtzentrum gefunden haben.«

»Ich arbeite immer noch an den Berichten und warte auf die zahnärztlichen Unterlagen«, sagte Hicks und betrachtete das Foto. »Ihr linkes Auge. Was ist damit passiert?«

»Hat sie vor ein paar Jahren an einen Kugelschreiber verloren.«

»Definitiv nicht der Leichnam in der Innenstadt.«

»Warum nicht?«

»Kein Glasauge«, sagte Hicks, griff nach einem beigen Schnellhefter und zog ein einzelnes Blatt heraus. »Darüber hinaus gibt es aber Übereinstimmungen.«

»Zum Beispiel?«

»Weiblich. Sechzehn oder siebzehn Jahre alt. Die Beamten am Tatort nannten als Haarfarbe irrtümlicherweise rot, dabei war es blond.«

»War es gefärbt? Dem Foto nach könnte man Martina als Punk bezeichnen.«

»Nein. Nicht gefärbt. Aus der Kopfwunde war so viel Blut ausgetreten, dass das Haar rötlich aussah.«

»Schrecklich ...«

»Es wird noch schlimmer. Einige Organe fehlten. Chirurgisch entfernt.«

Karls Gesichtszüge verkrampften sich. »Was? Soll das heißen, jemand hat sie wegen ihrer Organe ermordet?«

»Ist nicht auszuschließen.«

»Glaubst du, jemand verkauft die Organe auf dem Schwarzmarkt?«

»Anfangs, ja. Aber es fehlen nur Leber und Nieren.« Hicks rieb sich die roten, entzündeten Augen, dann fuhr er fort. »Sagt dir das Wort ›Vorarephilie‹ etwas?«

»Wenn es beim Kinderscrabble nicht vorkommt, habe ich noch nie davon gehört. Aber das hast du vermutlich vorher gewusst. Du willst nur wieder angeben.«

»Vorarephilie ist die sexuelle Erregung angesichts der Vorstellung, eine andere Person zu essen oder von ihr gegessen zu werden. Mann nennt das auch Phagophilie.«

Karl verzog das Gesicht. »Ich dachte, das wäre Kannibalismus.«

»Kannibalen essen, um zu überleben oder ihre Überlegenheit zu demonstrieren – nicht aus sexueller Perversion«, verbesserte ihn Hicks. »Die Tatsache, dass nur Leber und Nieren fehlen, deutet auf mögliche Vorarephilie hin – allerdings nicht hundertprozentig. Das Wort ›Vorarephilie‹ leitet sich übrigens vom lateinischen *vorare* ab, was schlucken oder verschlingen bedeutet, und dem altgriechischen Wort *philie*, das so viel wie Liebe heißt.«

»Wie krank ist das denn? Glaubst du wirklich, dass es sich um einen Ritualmord zur sexuellen Befriedigung handelt?«

»Das finden wir vielleicht nur heraus, wenn der Mörder gefasst wird und ein Geständnis ablegt. Bis dahin ist es lediglich eine Vermutung. Nur eines passt überhaupt nicht ins Bild.«

»Und das wäre?«

»Ihr Gewicht.«

»Was ist damit?«

»Nicht genügend Kalzium, um das Fett eines normal entwickelten Körpers zu stützen.«

»Und was bedeutet das?«, fragte Karl.

»Beschleunigtes Wachstum von Zellen und Proteinen.«

»In der Sprache von uns Normalsterblichen?«

»Der Körper der jungen Frau war viel zu schwer für das Knochengerüst. Als wollte man eine Tonne Metall auf einen Pappkarton stellen. Es wäre nur eine Frage der Zeit, bis er zusammengebrochen wäre.« Hicks drückte einige Tasten des Computers, und plötzlich zeigte der bis dahin schwarze Bildschirm ein buntes, dreidimensionales Bild. »Das ist das Skelett. Schau dir diesen Knochen an.«

Karl betrachtete den Bildschirm, den Knochenquerschnitt und die beweglichen bunten Linien mit unterschiedlichen Legenden.

»Was soll das sein, Tom?«

Hicks seufzte ungeduldig. »Knochen bestehen aus Gewebe, das eine von zwei Formen annehmen kann. Kompakte oder dichte Knochen; und poröse, schwammige Knochen. Die meisten Knochen vereinigen beide Formen in sich. Kompaktes Knochengewebe ist dicht, hart und bildet die äußere Schutzschicht aller Knochen. Schwammiges Knochengewebe ist im Inneren des kompakten Knochengewebes und sehr porös. Schwammiges Knochengewebe kommt in den meisten Knochen vor. Das Knochengewebe besteht aus mehreren Arten von Knochenzellen, die in ein Netz aus anorganischen Salzen eingebettet sind, überwiegend Kalzium und Phosphor, damit der Knochen stabil wird, und kollagenen Fasern und Substanzen, damit er flexibel wird.«

»Und ...?«

»Es dauert seine Zeit, bis sich ein Knochen bildet. Die Natur ist ausgesprochen geduldig, da sie weiß, dass Kalzium langfristig nur eine relativ exakt bemessene Last tragen kann. Aber die Knochen dieser jungen Frau wurden in dem Glauben gewogen, sie wären kräftig genug, dass sie dieser zusätzlichen Masse standhalten könnten, die ihnen so kurzfristig aufgezwungen wurde. Was eigentlich Jahre hätte dauern müssen, wurde hier in Tagen, höchstens Wochen erreicht.«

»Sie war dünn und wurde urplötzlich fett?«

»Das ist politisch nicht sehr korrekt, und *ich* würde es ganz bestimmt nicht so ausdrücken, aber im Großen und Ganzen hast du recht.«

»Wie ist das möglich?«

»Ich bin mir nicht sicher. Ich habe einige Knochen- und Hautproben zur Queen's geschickt. Professor Ashley Kelly untersucht sie dort gerade. Hoffentlich meldet sie sich bald.«

»Wenn sie so gestorben ist, warum dann der schreckliche Schlag auf den Kopf?«

»Möglicherweise Raserei aus Hass. Der Killer war nicht damit zufrieden, das Opfer einfach nur zu ermorden, er wollte – oder *musste* – es obendrein noch verstümmeln, weil er vielleicht dachte, dass ...«

Plötzlich verstummte Hicks und legte den Kopf schief.

»Was? Was ist?«, fragte Karl.

»Der Fahrstuhl. Es kommt jemand runter. Du solltest jetzt besser gehen, falls es Wilsons neuer Mann ist, der nach dem Bericht über die junge Frau fragt.«

»Glaubst du, ich habe Angst vor Wilson?«

»Du? Nein! *Du* doch nicht. Alle wissen, was für ein harter Hund du bist.«

»Du musst nicht gleich sarkastisch werden.«

»Falls du es vergessen hast, ich muss hier arbeiten.«

»Also, hältst du mich auf dem Laufenden, was den Leichnam vom Black Mountain angeht?«

»Ja! Aber jetzt geh – *sofort*. Und nimm die Hintertür.«

Die Fahrstuhltür ging auf, als Karl sie passierte. Ein junger Mann mit Bubigesicht kam heraus und sah ihn an.

Karl erwiderte den Blick.

»Wie geht's?«, fragte der junge Mann lächelnd.

Karl warf dem nervösen Hicks einen Blick zu, bevor er antwortete.

»Ganz gut. Ich habe Sie hier noch nie gesehen. Sie müssen neu sein, Detective …?«, sagte Karl und streckte die Hand aus.

»Woher wussten Sie, dass ich Detective bin?«

»Gar nicht, aber jetzt weiß ich es.« Karl lächelte.

»Detective Chambers. Malcolm Chambers.« Das Lächeln des jungen Polizisten wurde noch breiter, als er Karl die Hand schüttelte. »Ich habe den Job erst seit einer Woche, komme mir aber schon wie ein Veteran vor. Ich arbeite für Detective Inspector Mark Wilson. Kennen Sie ihn?«

Karl nickte. »Ich habe von ihm gehört. Offenbar eine Legende. Man sagt, er wäre einer der besten Detectives in dieser Stadt.«

»Das stimmt«, sagte Chambers strahlend. »Gehören Sie zum Team der Pathologie?«

»An sich nicht. Ich arbeite im … privaten Sektor.«

»Ich habe Ihren Namen gar nicht mitbekommen.«

»Weil ich ihn nicht gesagt habe«, antwortete Karl. »Wir sehen uns ganz bestimmt wieder, Detective Chambers. Passen Sie gut auf sich auf.«

Draußen wollte Karl gerade in sein Auto einsteigen, als hinter ihm eine Stimme ertönte. »Fahren Sie immer noch diese alte Rostlaube, Kane? Kam mir gleich so bekannt vor.«

Karl drehte sich um und sah Edward Phillips, einen ehemaligen Mitarbeiter von Wilson, auf sich zukommen.

Im ersten Moment dachte Karl, dass er sofort ins Auto einsteigen und wegfahren sollte. Doch dann beschloss er, nicht klein beizugeben.

»Es heißt, Sie wurden ausrangiert, Phillips.«

Phillips baute sich direkt vor Kane auf und beäugte ihn.

»Ausrangiert, wie meine alten Kumpels Bulldog und Cairns? Das könnte Ihnen so passen, Kane.«

Phillips hatte eine gewaltige Whiskeyfahne; Karl bedauerte augenblicklich, dass er nicht doch eingestiegen und weggefahren war. Er hatte Gerüchte gehört, dass Phillips vor zwei Monaten rausgeflogen war, weil er sich angeblich von Drogendealern und Zuhältern im Norden der Stadt schmieren ließ. Er fragte sich, was zum Teufel Phillips im Polizeirevier zu suchen hatte.

»Tja, ich würde ja gern weiter mit Ihnen plaudern, Phillips, aber ich muss leider los«, sagte Kane und stieg in das Auto ein.

»Verstehen Sie keinen Spaß mehr, Kane? Wo ist Ihr Sinn für Humor geblieben?«

»Wenn ich nach Hause komme, sehe ich in meiner Schreibtischschublade nach. Vielleicht habe ich ihn dort vergessen.«

»Ha! Das klingt schon mehr nach dem Kane, den ich kenne«, sagte Phillips, zog eine halb leere Flasche Bushmills-Whiskey aus der Tasche, trank einen großen Schluck und hielt sie Karl hin.

»Nein danke. Von dem irischen Zeug wachsen einem Haare auf der Brust.«

Phillips glotzte verständnislos. »Wie geht es Ihrem mürrischen Schwager?«, fragte er.

»Ach, Sie kennen ihn doch. Mürrisch ohne Ende, der alte Griesgram. Muss daran liegen, dass er jetzt der großmächtige und berühmte Detective Chief Inspector ist.«

»Das können Sie laut sagen, dass ich ihn kenne«, antwortete Phillips, tippte sich zweimal an die Nase und blinzelte Karl zu. »Wie es der Zufall will, bin ich gerade auf dem Weg zu dem alten Sack, um ihm zu sagen, dass ich ihn sogar sehr gut *kenne*. Wenn das Arschloch wirklich glaubt, er kann mich ohne Pensionsansprüche auf die Straße setzen, sollte er sich das zwei Mal überlegen. In dem alten Oberstübchen hier sind zu viele Geheimnisse abgespeichert.« Phillips klopfte sich an die Schläfe und blinzelte noch einmal.

»Geheimnisse? Was für Geheimnisse?«, fragte Karl, der plötzlich hellhörig wurde.

»Machen Sie sich nicht lächerlich, Kane. Wenn ich Ihnen das verraten würde, wären es ja keine Geheimnisse mehr, oder?«

»Nein. Da haben Sie wohl recht«, antwortete Karl grinsend. »Und ich wollte mal wieder oberschlau sein. Funktioniert bei Polizisten irgendwie nie.«

»Polizisten sind eben anders als ihr Normalsterblichen, Kane. Wir glauben fast ausnahmslos, dass wir uns in einem Kampf auf Leben und Tod mit allen anderen befinden und zusammenhalten müssen.« Phillips schwankte etwas, dann fuhr er fort. »Polizisten sind eine verschworene Gemeinschaft, Blutsbrüder, die an Gesetze gebunden sind, die anders sind als die von euch Normalos. Es ist schwer, gegen diese Gemeinschaft vorzugehen. Und es ist gefährlich.«

»Hören Sie, ich muss jetzt wirklich los, Phillips«, sagte Karl, der keine Lust mehr hatte, sich Phillips' Gestammel anzuhören.

»Schon mal vom König-David-Syndrom gehört?«

»Leider nicht. Warum?«

»Ich sag Ihnen was. Wir schließen einen Pakt. Wenn ich meine Pension nicht kriege, dann erfahren Sie alle Geheimnisse über Ihren eigenen verdammten König David. Wie wäre das? Und ich sorge dafür, dass mein Anwalt sie Ihnen zuschickt, sollte ich einen bedauerlichen *Unfall* haben.«

»Was reden Sie da, einen bedauerlichen Unfall? Was für einen bedauerlichen Unfall?«

»Unfälle passieren immer gerade dann, wenn man keine Versicherung hat. Zum Glück haben wir beide eine Versicherung, nicht, Karl? Man muss nur ständig darauf achten, dass die Versicherungspolice aktuell ist.« Noch ein geheimnisvolles Blinzeln. »Ich habe Sie immer gemocht, Kane, ganz gleich, was die anderen von Ihnen denken. Sie sind nicht so dumm, wie Sie sich immer stellen.«

»Ich weiß Ihre aufmunternden Worte zu schätzen, Phillips«, sagte Karl, schlug die Autotür zu und kurbelte das Fenster herunter. »Solche Komplimente versüßen einem den Tag.«

»Wir sehen uns, Kane«, sagte Phillips, worauf er zum Eingang stolperte.

»Was gäbe ich jetzt dafür, wenn ich in Wilsons Büro Mäuschen sein dürfte«, flüsterte Karl und ließ den Motor an.

Kapitel Acht

»... die Gefährten unserer Kindheit besitzen stets eine gewisse Macht über unser Denken, welches späteren Freunden kaum jemals zuteil wird.«
Mary Shelley, *Frankenstein*

»Sieht ganz so aus, als würde heute ein Hammertag werden«, sagte Karl, der beim Frühstück Butter auf seinen Toast strich, während er durch das Fenster betrachtete, wie die Sonne über die grauen Dächer der Innenstadt wanderte.

»Ja«, stimmte Naomi zu und sah von der Zeitschrift auf, die sie in Händen hielt. »Die haben gesagt, die ganze Woche würde schön.«

»Eine oder zwei Scheiben?«

»Eine, bitte.« Naomi zog einen Umschlag aus der Zeitschrift. »Ich muss dich etwas fragen, Karl, aber vorher musst du mir versprechen, dass du nicht wütend wirst.«

»Zu spät. Ich bin schon wütend. Inzwischen solltest du doch wissen, dass ein Stier im Vergleich zu mir ein frommes Lämmchen sein kann«, sagte Karl, dessen Lippen lächelten – ganz im Gegensatz zu seinen Augen, die er auf den Umschlag richtete. »Hm. Kommt mir irgendwie bekannt vor.«

»Ich ... heute Morgen hab ich alte Zeitschriften aussortiert, und dabei bin ich auf diesen Brief in einem alten Schuhkarton gestoßen. Ich habe ihn aus Versehen geöffnet ...«

»Deine süße kleine Stupsnase wird mit jeder Lüge ein Stückchen länger.«

»Na ja … irgendwie hat mich die Neugier überkommen.«

»Weißt du nicht mehr, was Lots Frau zugestoßen ist? Na los. Raus mit der Frage. Spann mich nicht so auf die Folter.«

»Das ist die Besitzurkunde eines Hauses. Dieses Hauses, nehme ich an«, sagte Naomi, hob ein altes Schwarz-Weiß-Foto auf und hielt es Karl hin.

»Zehn von zehn Punkten. Nächste Frage.«

»Warum hast du mir nicht gesagt, dass du ein großes Haus auf dem Land besitzt?«

»An sich gehört es ja meinem Vater. Ich habe lediglich so etwas wie die Vormundschaft, da mein Vater aufgrund geistiger Unzurechnungsfähigkeit nicht mehr in der Lage ist, sich selbst um seine Angelegenheiten zu kümmern. Da sich sein Zustand vermutlich nie wieder bessert, könnte man vermutlich sagen, dass das Haus mir gehört. Allerdings dürfte ich es wohl nie wieder von innen sehen.«

»Warum sagst du das? Es sieht doch ganz hübsch aus. Ich würde gern einmal hinfahren und es mir ansehen«, antwortete Naomi lächelnd. Unser Haus auf dem Land. Hört sich gut an.«

»Dort wurden meine Mutter ermordet und ich niedergestochen, und ich wäre dort fast verblutet«, sagte Karl sachlich.

Naomi schien wie vom Donner gerührt. »Mein Gott, Karl … ich … es tut mir leid … wie konnte ich nur so dumm sein?« Sekunden später liefen ihr Tränen über die Wangen.

Karl setzte sich auf das Sofa und legte ihr den Arm um die Schulter. »Ich wollte Dad überreden, aus dem Pflegeheim auszuziehen. Ich hatte gehofft, er könnte einmal zu uns ziehen, wenn wir eine größere Wohnung haben.«

»Was ... was hat er gesagt?«

Karl seufzte. »Als ich letzte Woche bei ihm war, warf er einen Schuh nach mir und beschimpfte mich als Einbrecher und Mörder. Er schnappte sich eine Schere, wollte sich auf mich stürzen und schrie, er müsse seinen Sohn beschützen.«

»Großer Gott, Karl.«

»Es gelang dem Personal schließlich, ihm ein Beruhigungsmittel zu geben. Ich fühle mich so schuldig, weil er dort sein muss, obwohl es in seiner Verfassung vermutlich die beste Lösung ist. Nach dem Mord an meiner Mutter hat er sich nie wieder erholt. Er ist nur noch die gebrochene Hülle des Mannes, den ich als Kind kannte.«

»Mein armer Karl«, sagte Naomi.

»Was sollen die Tränen?«, fragte er und drückte ihr einen Kuss auf den Kopf.

»Ich habe diese schlimmen Erinnerungen geweckt«, schniefte sie und wischte sich Nase und Augen an seinem Hemd ab. »Es tut mir leid.«

»Du hast gar nichts geweckt. Sie sind immer da; sie folgen mir immerzu, wohin ich auch gehe.«

Dieses Bekenntnis zog eine wahre Sturzflut von Tränen nach sich. »Oh, Karl ...«

»Hör auf zu weinen, Naomi. Bitte ... du weißt, ich kann dich nicht weinen sehen. Na los. Zeig mir ein Lächeln«, besänftigte er sie.

Sie versuchte es. Scheiterte kläglich.

»Das nennst du ein Lächeln? Vielleicht *können* wir ja hinfahren. Vielleicht gibt es keine bessere Möglichkeit, die Dämonen meiner Kindheit auszutreiben, als mich ihnen zu stellen. Was meinst du?«

»Nein«, sagte Naomi schniefend und schüttelte den

Kopf. »Ich will nicht, dass du dich quälst. Ich bewahre die Dokumente für dich auf. Wenn du bereit bist, fahren wir hin. Aber erst, wenn du bereit bist.«

Er küsste sie aufs Kinn. Dann auf den Mund. »Bald«, flüsterte er. »Ich bin bald bereit. Aber du hast mir immer noch nicht verraten, was du Ivana zum Geburtstag gekauft hast.«

»Oh! Das hätte ich fast vergessen. Ich zeig's dir ...«

Karls Handy klingelte. Es war Hicks.

»Tom? Was ist los?«

»Die Toten auf dem Black Mountain und in der City.«

»Was ist mit ihnen?«

»Definitiv nicht das Mädchen, das du suchst. Das Mädchen auf dem Black Mountain war Tina Richardson, die vor zwei Jahren in Larne von zu Hause ausgerissen ist. Sie war vierzehn.«

»Schrecklich.«

»Die Tote in der Innenstadt war Eileen Flynn, ebenfalls eine Ausreißerin, diesmal aus Belfast. Achtzehn Jahre alt.«

»Scheiße.«

»Beide Leichen wurden auf dieselbe Art und Weise verstümmelt.«

»Dieses Voradingsbums?«

»Vorarephilie«, sagte Tom seufzend. »Ja, Nieren und Leber chirurgisch entfernt. Beide Frauen übergewichtig – erzwungen.«

»Hat dir Professor Kelly von der Queen's schon eine Erklärung dafür geliefert?«

»Noch nicht. Sie ist ebenso verwirrt wie ich. Wie dem auch sei, vermutlich kommt es heute Nachmittag in sämtlichen Nachrichten. Ich habe Wilson gesagt, dass ich es der Öffentlichkeit nicht mehr vorenthalten will. Oh, ehe ich es vergesse: Wie ich gehört habe, bekommt Phillips seine volle Pension. Er bekam sogar eine Empfehlung von Wilson.«

»Ist das dein Ernst?«

»Es wird seit gestern gemunkelt.«

»Komisch, jetzt, wo du es sagst, ich habe das Gefühl, dass Wilson verdammt viel im Dunkeln munkelt«, antwortete Karl. »Was ist aus dem Ermittlungsverfahren geworden? Wurde nicht wegen Korruption oder so was gegen Phillips ermittelt?«

»Man hat ihm vorgeworfen, dass er bei Zuhältern und Drogendealern die Hand aufgehalten hat, außerdem soll er in zwei Schusswechsel verwickelt gewesen sein. Die Ermittlungen ergaben jedoch nicht, dass er etwas Unrechtes getan hat. *Angeblich.*«

»Hast du's nicht auch manchmal im Urin, dass es im Hause Wilson nicht ganz koscher zugeht?«

»Nicht gerade im Urin, aber ich weiß genau, was du meinst«, sagte Hicks. »Da läuft irgendwas zwischen Phillips und Wilson.«

»Von allen Leuten aus Wilsons Team bin ich mit Phillips immer am besten ausgekommen – jedenfalls meistens.«

»Wieso überrascht mich das jetzt kein bisschen? Ehrlich gesagt, habe ich ihn nie ausstehen können. Ich hatte immer das Gefühl, dass er dieselbe Einstellung hat wie seine Kollegen – dass er über dem Gesetz steht.«

»Ständig unterstellst du allen irgendwas. Das liegt an deinem misstrauischen Naturell, Hicks.«

»Was hatte das alles zu bedeuten?«, fragte Naomi, die nur darauf gewartet hatte, dass Karl das Telefonat beendete.

»Das war Hicks. Sieht ganz so aus, als würde ein Serienkiller in Belfast sein Unwesen treiben und es nicht mehr lange dauern, bis die Kacke am Dampfen ist.«

Kapitel Neun

»Ich ziehe Frauen mit Vergangenheit vor.
Man kann sich so verdammt gut mit ihnen unterhalten.«
Oscar Wilde, *Lady Windermere's Fächer*

Das Billy Holidays, für viele die beste Schwulen- und Transsexuellen-Bar in Belfast, war brechend voll, als Karl und Naomi zur Tür hereinkamen, über der ein Schild mit der Aufschrift hing: »Es macht nichts, wenn du klamm bist. Wir stopfen dir alle Löcher.«

Eine Frau in hautengem schwarzen Leder, die eine beunruhigende Ähnlichkeit mit Freddie Mercury hatte, sang zu einer nervtötend lauten Karaoke-Maschine. Schweiß troff aus jeder Pore ihres muskulösen Körpers, während sie schwankte und das Mikrofon aufreizend an der Innenseite ihrer Schenkel rieb. Der falsche Schnurrbart, den sie sich über die dicken Lippen geklebt hatte, war das Einzige, was echt an ihr aussah.

Mit ihr stand ein großer, kahlköpfiger Mann voller Tätowierungen auf der Bühne, der mit einer Miene, die zu gleichen Teilen Wut, Schmerz und Ekstase ausdrückte, Luftgitarre spielte.

»Naomi! Karl! Tüdel-di-dü! Hier drüben, Süße!«, ertönte eine Stimme aus einer dunklen Ecke am anderen Ende des Raums.

»Ivana!« Naomi lächelte und winkte ausgelassen. Karl hob deutlich zurückhaltender die Hand.

»Ich hätte nicht gedacht, dass du kommst, Naomi«, sagte Ivana und deutete einen Kuss auf Naomis Wange an.

»Das hätten wir uns um nichts auf der Welt entgehen lassen, Ivana«, sagte Naomi und überreichte Ivana das eingepackte Geburtstagsgeschenk.

»Ach, du reizendes Ding. Das wäre doch nicht nötig gewesen«, plapperte Ivana.

»Genau das habe ich ihr auch gesagt, Ivana«, sagte Karl und schlug sich mit einer Keule aus zusammengerollten Postern in die Hand.

»Hör gar nicht hin, Ivana«, sagte Naomi. »Du weißt ja, wie er ist.«

»Zum Glück weiß ich das *nicht*. Und ich *will* es auch nicht wissen«, entgegnete Ivana und packte das Geschenk aus. »Oh! Naomi ... das ist zu viel ... es ist wunderschön.«

Eine zierliche goldene Halskette mit einer großen Perle lag in dem offenen Kästchen.

»Komm. Ich lege sie dir an«, erbot sich Naomi und legte Ivana die Kette um den Hals. »Oh, Ivana, sie passt *so gut* zu dir.«

»Sie ist so schön, Süße. Danke ... euch beiden.«

»Wodka Orange, Ivana?«, schlug Karl vor, während ein Kellner, der nichts weiter trug als einen Leopardenlendenschurz mit einer enormen, bananenförmigen Ausbuchtung, gefährlich nahe vor Karls Gesicht verweilte.

»Groß«, antwortete Ivana und blinzelte dem Kellner zu. »Für mich immer *groß*.«

»Ein großer Wodka Orange, eine Bacardi Cola und ein *kleines* Glas Hennessy, bitte«, sagte Karl und gab sich größte Mühe, den halb nackten Mann nicht zu genau anzusehen.

»Mann, diese Sängerin hat vielleicht eine durchdringende Stimme. Die bräuchte nicht mal ein Mikrofon.«

»Freaky Muckery?«, giftete Ivana ätzend. »Sie und Ben Gay, ihr Begleiter, malträtieren schon den ganzen Abend die Karaoke-Maschine und gehen mir auf die Nerven. Sagte ich Karaoke? *Kackaoke* ist das. Wenn die singt, ist jeder Song im Arsch. Kommt schon, Freaky und Gay! Schluss jetzt mit dem Katzenjammer!«

Trotzig führte Ben Gay die unsichtbare Gitarre zum Mund und tat so, als würde er sie zerbeißen wie ein Biber ein Holzscheit.

»Huch, was ist denn in unsere Queen Mum gefahren?«, rief Freaky und erntete schallendes Gelächter seitens des Publikums.

»Na, du jedenfalls nicht«, antwortete Ivana trocken.

Ben Gay schlitterte auf angewinkelten Knien über die Bühne, warf dabei Freaky mitsamt der Karaoke-Maschine um und landete mit dem Kopf zwischen Freakys Beinen.

»Müsste es nicht andersrum sein, Freaky?«, rief Ivana.

»Oh, Ivana«, sagte Naomi kichernd.

»Ach, geschieht ihr doch recht. Sie ist ein Geizhals, und wenn ich etwas nicht ausstehen kann, dann sind es Geizhälse«, antwortete Ivana. »Die ist so geizig, dass sie ihren Kindern die Muttermilch berechnet hat.«

Darüber musste selbst Karl grinsen.

»Und Ben Gay? Fragt gar nicht erst. Er hat einen Zwillingsbruder. Ich bin vor Jahren mal mit beiden ausgegangen, nur um herauszufinden, ob auch ihre Pimmel identisch sind.«

Karl zuckte zusammen. Plötzlich fühlte er sich feucht in den Achselhöhlen. Er wünschte sich, der halb nackte Tarzan würde endlich mit den Getränken antanzen.

»Du bist grausam, Ivana!«, sagte Naomi kichernd. »Und? Waren ihre Pimmel identisch?«

»Total. Bis zum kleinsten blauen Äderchen, Süße.«

Naomi prustete vor Lachen.

»Ob wir diesen Kellner in diesem Leben noch mal wiedersehen?«, fragte Karl, der versuchte, Naomis Aufmerksamkeit zu erringen.

»Was hat Freddie Mercurys Mutter gesagt, als sein Sarg in das kalte Grab hinabgelassen wurde?«, fragte Ivana unvermittelt.

»Ich weiß nicht«, antwortete die kichernde Naomi und zuckte die Achseln.

»Das dürfte das sauberste Loch sein, in dem er seit langer Zeit gewesen ist!«

»Oh, Ivana. Das ist aber nicht nett«, sagte Naomi streng und lachte plötzlich nicht mehr. »Du solltest keine Witze über Tote machen.«

»Du hast recht. Natürlich hast du recht«, sagte Ivana ein wenig zerknirscht. »Es war ein billiger Witz, ich entschuldige mich. Eigentlich bin ich ein großer Fan von Freddie.«

Zu Karls Glück kam der Kellner wieder und stellte die Getränke auf den Tisch. Karl überließ es Naomi, Trinkgeld zu geben.

»Glaubst du, der Besitzer würde es mir erlauben, hier ein Poster aufzuhängen?«, fragte Karl und trank einen Schluck vom heiß ersehnten Hennessy.

»Poster? Kommt ganz drauf an, schätze ich«, sagte Ivana und nippte an dem Wodka Orange. »Was für ein Poster?«

Karl rollte eines der kleinen Plakate von Martina Ferris auf. Das Gesicht des jungen Mädchens, an dem zuerst die Augen auffielen, wirkte noch trauriger.

»Davon habe ich heute Morgen ein paar machen lassen,

um sie in den hiesigen Cafés und Bars aufzuhängen, damit die Leute sie sehen. Ihr Name ist Martina Ferris. Sie wird seit fast einem Monat vermisst.«

»Armes Ding«, sagte Ivana in nahezu flüsterndem Tonfall. »Sie sieht so traurig aus.«

Naomi nickte zustimmend.

»Zuletzt hat man sie beim Custom House Square gesehen«, fuhr Karl fort. »Zuletzt war sie ...«

»Ivana?«, fragte Naomi. »Alles in Ordnung? Du siehst so blass aus.«

»Was? Oh! Nein, mir geht es gut, Süße. Ich glaube, das liegt am Orangensaft in dem Wodka. Hat einen unguten Beigeschmack. Das ist alles ...« Ivana schob das Glas weg. »Es kommt nie frisches Obst in dieses Drecksloch.«

»War denn schon mal frisches Obst in deinem Drecksloch, Ivana?«, fragte Karl mit einem fiesen Grinsen.

»Es reicht, Karl«, sagte Naomi.

»Okay. Das war geschmacklos. Soll ich dir was anderes bestellen, Ivana?«, fragte Karl zögernd, da er nicht wusste, wie viel Geld er noch in der Brieftasche hatte.

»Nein ... nein, ich hab fürs Erste genug. Ich trinke sowieso schon den ganzen Abend. Höchste Zeit, es gut sein zu lassen. Gib mir eines der Poster. Ich sorge dafür, dass es gut sichtbar aufgehängt wird.« Ivana stand auf und umarmte Naomi. »Danke für das schöne Geburtstagsgeschenk – euch beiden. Wir sehen uns im Lauf der Woche. Gute Nacht.«

Naomi wartete, bis Ivana fort war. »Was sagst du dazu?«, fragte sie ihn. »Sie wirkte plötzlich so schrecklich traurig, als sie das Poster von Martina angesehen hat, findest du nicht?«

Karl nickte. Seine Gedanken kreisten in ähnlichen, wenn auch sehr viel düstereren Bahnen.

Kapitel Zehn

»Keine Geheimnisse sind je besser gehütet als jene, die ohnehin jeder ahnt.«
George Bernard Shaw, *Frau Warrens Gewerbe*

»Karl? Wir haben Besuch«, verkündete Naomi, deren Miene zu gleichen Teilen Überraschung und Freude ausdrückte. »Du kommst nicht drauf, wer da ist.«

»Du hast recht. Sag es mir doch einfach«, antwortete Karl, der nicht von dem Pferdewetten-Teil der Frühausgabe der *Irish News* aufsah. Irgendwo auf diesen montagmorgendlichen Seiten standen Vierbeiner, die gar nicht verlieren konnten, das war gewiss – genauso gewiss war allerdings auch, dass Karl Probleme hatte, sie zu finden. Seit über vier Wochen hatte er auf keinen Sieger mehr gesetzt; jetzt zwang er sich zu der Überzeugung, dass der Zufall – und das Glück ihm in absehbarer Zeit einfach wieder hold sein mussten.

Bevor Naomi antworten konnte, ertönte eine andere Stimme hinter Karl. »Mir ist unbegreiflich, wie du es mit ihm aushältst, Naomi. Er ist so ein ungehobelter Klotz.«

Ivana trug enge, teure, prewashed italienische Jeans, ein rot-weißes T-Shirt mit dem weltbekannten kursiven »Coke«-Schriftzug und lila gestreifte Tennisschuhe von Nike, mit roten Schnürsenkeln. Das Haar hatte sie zu einem Knoten hochgesteckt, um schamlos das professionelle Make-up zu zeigen, das sie vor nicht einmal einer Stunde hatte machen lassen.

Karl pfiff wölfisch.

Die Reaktion schien Ivana zu erfreuen.

»Du siehst echt toll aus, Mädchen«, begeisterte sich Naomi und nahm Ivana liebevoll in den Arm.

Karl nickte zustimmend. Er hatte Ivana noch nie so reizend, fast feminin gesehen.

»Du hättest dich meinetwegen nicht so rausputzen müssen, Puppe«, sagte Karl, eine ausgesprochen schlechte Imitation von Humphrey Bogart. »Es ist doch erst ... wie lange? Drei Tage her, seit wir uns bei deiner Geburtstagsparty gesehen haben.«

»Sehr komisch, Karl. Zu deiner Information, ich habe Donnerstagabend eine Verabredung. Das sind doch nur alte Freizeitfetzen«, sagte Ivana und pflanzte ihren Hintern auf den Tisch, als wollte sie sich dort dauerhaft ansiedeln.

»Eine Verabredung? Los, erzähl mir alles!«, plapperte Naomi aufgeregt. »Wer ist er?«

Ivana strahlte über das ganze Gesicht. »Vincent Harrison.«

»Oh! Der neue Kellner im Billy Holidays, der uns an deinem Geburtstag bedient hat?«

Plötzlich sah Karl vor seinem geistigen Auge, wie sich Tarzan an einer Liane durch das Zimmer schwang und dabei seine Banane schälte.

»Glaubst du nicht, er ist ein bisschen zu jung für mich?«, fragte Ivana besorgt.

»Na ja ... nein ...«

»Du könntest nicht lügen, wenn dein Leben davon abhängen würde, Naomi! Die alten Säcke sagen, dass ich eine Päderastin bin, Frechheit!

»Mach dir nichts draus«, antwortete Naomi lächelnd. »Die sind nur neidisch auf dich, Ivana.«

»Ich habe dich nicht gehört. Was hast du gesagt?«

»Ich sagte … Ivana! Du hast ganz genau gehört, was ich gesagt habe!«

»Ich weiß, Süße. Ich weiß«, sagte Ivana lächelnd.

»Er hat echt einen knackigen Arsch, was?«, fragte Naomi.

Ivana nickte. »Einen *sehr* knackigen Arsch, Süße. Überhaupt ist *alles* an ihm sehr knackig.«

»Gut zu wissen, Ivana«, warf Karl ein und wandte sich hastig wieder seiner Zeitung zu. »Bist du nur hergekommen, um uns wissen zu lassen, wie knackig alles an Vincent ist?«

Unvermittelt setzte sich Ivana auf den Stuhl neben dem Schreibtisch und nahm Karl die Zeitung aus der Hand. »Nein«, sagte sie, »eigentlich … wollte ich mit dir reden.«

Ihr ernster Tonfall hielt Karl davon ab, sich die Zeitung sofort wieder zu schnappen.

»Schieß los. Ich habe zwei gesunde Ohren und einen klaren Kopf. Sag mir nur nicht, dass du schwanger bist«, sagte Karl lächelnd. »Oder steif vor Angst.«

»Das ist nicht witzig, Karl«, sagte Naomi. »Du entschuldigst dich sofort bei Ivana.«

»Ich entschuldige mich für meinen ätzenden Humor. Und da dir dieser Narr hier jetzt seine volle Aufmerksamkeit widmet, was hast du auf dem Herzen?«

»Ich mache uns Kaffee«, bot Naomi an.

»Es wäre mir lieber, du bleibst, Naomi«, sagte Ivana. Ich muss mir das von der Seele reden, und du solltest es hören. Danach hast du vielleicht nicht mehr so eine hohe Meinung von mir.«

Naomi schüttelte den Kopf. »Mach dich nicht lächerlich,

Ivana. Du weiß, wie sehr ich dich immer für deinen Mut bewundert habe. Ist es nicht so, Karl?«

Karl nickte und bemerkte jetzt erst, dass auf Ivanas T-Shirt nicht Coke stand, sondern Cock.

»Möchtest du etwas Stärkeres als Kaffee, Ivana?«, fragte Karl und wandte den Blick von dem beunruhigenden T-Shirt ab. »Damit du dich ein bisschen entspannst?«

Ivana verzog das Gesicht, entkrampfte es aber hastig wieder, als ihr der Preis für das Make-up einfiel. »Nein danke. Ich möchte einen klaren Kopf behalten«, antwortete sie und sah Karl direkt in die Augen. »Es geht ... es geht um die ermordeten Mädchen, die auf dem Black Mountain und in der Innenstadt gefunden wurden. In den Nachrichten zeigen sie seit Tagen immer wieder ihre Gesichter. Schrecklich ...«

»Ganz schrecklich«, stimmte Naomi zu.

Danach herrschte beredtes Schweigen in dem Zimmer. Naomi sah zu Karl, der eine professionell ausdruckslose Miene wahrte.

»Ja? Was ist mit ihnen, Ivana?«, fragte Karl und brach das Schweigen schließlich.

»Ich glaube ... ich glaube, ich weiß, wer etwas mit ihnen zu tun haben *könnte.*«

»Was?« Plötzlich hatte sie Karls ungeteilte Aufmerksamkeit. »Was meinst du damit?«

»Ich ... ich bin nicht hundertprozentig sicher ... nennen wir es Intuition. Es hat einfach klick! gemacht, als du mir an meinem Geburtstag das Plakat mit diesem Mädchen mit den traurigen Augen gezeigt hast. Seither bekomme ich ihr Gesicht nicht mehr aus dem Kopf. Ich weiß nicht einmal, ob es wichtig ist, was ich zu sagen habe.«

»Ich werde es in jedem Fall gründlich überprüfen, Ivana«, versicherte Karl. »Und alles ist besser, als zu erleben, dass noch ein Mädchen brutal gefoltert und ermordet wird. Findest du nicht auch?«

»Dagegen ist wohl nichts zu sagen.« Mit erboster Miene klaubte Ivana ein Stück abgesplitterten Nagellack von ihrem Mittelfinger.

Naomi streckte die Hand aus und strich Ivana über die Schulter. »Lass dir Zeit, Ivana. Wir sind beide deine Freunde und helfen dir. Okay?«

Ivana nickte und atmete tief durch. »Vor Jahren, als ich noch ein junger Mann namens Frankie Gilmore war, arbeitete mein Vater als Wildhüter für eine sehr reiche Familie aus der Malone Road, Hannah, hießen die. Die Familie Hannah, Vater, Mutter und Sohn, besaß Hunderte Hektar Waldgebiete am Rande von Belfast. Margaret, die Mutter, hatte das Vermögen von ihren Eltern geerbt, prominenten Pferdezüchtern, die ursprünglich aus Schottland kamen. Paul, der Vater, war ein bekannter und angesehener Chirurg.«

»Du meinst doch nicht etwa Sir Paul Hannah?«, unterbrach Karl, »den ehemaligen Leiter der Chirurgie des Royal Victoria Hospital?«

»Doch ... genau das ist er. Natürlich wollte er, dass sein Sohn Robert – oder Bobby, wie wir ihn nannten – in seine Fußstapfen treten sollte, aber leider hatte Bobby rein gar kein Interesse an der Medizin – *zu der Zeit* –, sondern wollte lieber ein eigenes Hollywood-Filmstudio besitzen oder sich als Amateurzauberer versuchen, sehr zum Missfallen seiner Eltern.«

Karl und Ivana beugten sich beide näher zu Ivana, als könnten sie ihre Worte nur schwer verstehen.

»Bobby war ein ... seltsamer Junge, ein Einzelgänger«, fuhr Ivana fort. »Man sah ihn nie ohne seine Filmkamera, er gab sich immer als großer Regisseur aus und langweilte alle in seiner Umgebung zu Tode. Zu meinem Pech zwang mein Vater mich am Wochenende, mit ihm zu spielen, weil er dachte, damit würde er sich den Job als Wildhüter sichern.«

»Das muss schrecklich für dich gewesen sein, Ivana«, sagte Naomi und hielt Ivanas Hand.

»Anfangs war es gar nicht so schlimm, Süße. Bobby war ein unerträglicher Langweiler, aber er hatte jede Menge Geld und brachte immer eimerweise Süßigkeiten und Cremetörtchen mit, mit denen er mich für sich einnehmen wollte. Er war ziemlich pummelig – wie seine Mutter – und verschlang das meiste immer selbst. Ich war zwar ein großer Süßschnabel, aber angesichts seiner Essgewohnheiten ist mir immer alles vergangen. Als würde man einem gefräßigen kleinen Schwein zusehen, das sich mit den Zähnen durch die Törtchen fraß und die Creme im Gesicht verschmierte.« Ivana hielt eine Hand vor den Mund und hustete laut. »Ihr findet es vermutlich anmaßend, dass ich so über jemanden rede.«

»Herrgott noch mal, Ivana, du hast mich schon mit schlimmeren Schimpfworten bedacht als gieriges, gefräßiges Schwein«, sagte Karl ungeduldig, »also halten wir uns nicht mit Kinderkram auf. Was kannst du uns noch über den verfressenen Bob sagen?«

»Karl hat recht, Ivana«, sagte Naomi. »Als Kinder waren wir vermutlich alle kleine Rotznasen, die sich gegenseitig gehänselt haben.«

»Danke, Süße, obwohl ich mir kaum vorstellen kann, dass das auch auf dich zutrifft. Du warst ganz bestimmt so lieb, wie du heute bist. Jedenfalls waren wir eines Tages im Keller ihres großen Hauses, er filmte mit seiner Kamera oder führte Zauberkunststückchen vor, als plötzlich alle Lichter ausgingen. Kurzschluss, oder so. Bob meldet sich freiwillig, eine Taschenlampe zu holen. ›Nimm das‹, sagte er. Ich streckte in der Dunkelheit die Hand aus, und er drückte mir seinen Zauberstab hinein. Aber es war nicht sein Zauberstab, sondern sein Schwanz.«

Karl fiel beinahe vom Stuhl.

»Damals habe ich zum ersten Mal einen echten Schwanz berührt«, sagte Ivana. »Ich meine, ich hatte natürlich meinen berührt – bevor ich ihn wegschnippeln ließ –, aber da fasste ich zum ersten Mal den eines anderen *Jungen* an. Es war aufregend, wie Magie; es machte mich frei, und plötzlich brachen sich all die Gefühle, die ich bis dahin unterdrückt hatte, Bahn. Die Lüge, mit der ich lebte, stürzte in sich zusammen, und ich merkte, dass ich Jungs mochte, dass ich gern ihre Schwänze anfasste und lutschte.«

»Ah. Das ist wunderbar, Ivana«, bemerkte Naomi fast mütterlich, als hätte sie gerade die schönste Liebesgeschichte aller Zeiten gehört. »Die meisten Jungs machen in ihrem Leben so eine Phase durch, aber bei dir war es vermutlich eine Berufung. Ist es nicht so, Karl?«

Karl saß reglos, starr und erschrocken auf seinem Stuhl, weil ihn Ivanas brutale Offenheit einen Moment aus der Fassung gebracht hatte. Er wünschte sich, Naomi würde ihn nicht ständig ansprechen. Er fand die Vorstellung, einen Schwanz zu lutschen, auch wenn sich, wie bei Ivana, jetzt eine Vagina dort befand, durch und durch abstoßend. Herrgott, er hätte nicht einmal seinen eigenen Schwanz gelutscht … nicht dass er dazu in der Lage gewesen wäre.

Zu Karls großer Erleichterung fuhr Ivana fort.

»Bobby hatte einen Schuhkarton mit Fotos von nackten Frauen. Niemand durfte sie sehen. Aber eines Tages fand ich sie zufällig. Winzige Polaroidbilder, die er in einem abgestorbenen Baum im Garten versteckte. Sehr schockierend und extrem anstößig. Dildos, Peitschen … in der Art, und alle mit derselben Frau.«

»Na ja, wenigstens stand er auf Frauen«, witzelte Karl.

»Die Bilder zeigten alle seine Mutter.«

Naomi wurde blass. Karl rot.

»Dann, eines Samstags, versammelten wir uns alle zur jährlichen Jagd. Es war schrecklich. Die Erwachsenen stolzierten in ihren Tarnanzügen wie Söldner herum, schossen und massakrierten kleine, unschuldige Vögel. Eine abscheuliche Bande. Meine Aufgabe war es, zusammen mit den Hunden nach erlegten Vögeln zu suchen, als ich mich zu Bobby umdrehte und sah, wie er die Schrotflinte auf den Kopf seiner Mutter richtete und abdrückte.«

»Großer Gott!«, flüsterte Naomi und schlug die Hand vor den Mund.

»War sie tot?«, fragte Karl, der nicht auf Naomi achtete.

»Ja.« Ivana erschauerte.

»Was wurde danach aus Bobby?«, hakte Karl nach. »Wurde er wegen Mordes angeklagt?«

Ivana schüttelte den Kopf. »Nein«, antwortete sie. »Er behauptete, es wäre ein Unfall gewesen. Niemand sah, wie es passierte – außer mir, natürlich. Aber wer hätte mir geglaubt? Mein Wort gegen seines? Ich erzählte meinem Vater, was ich gesehen hatte, und er schlug mir mitten uns Gesicht und sagte, wenn ich *jemals* jemandem diese garstige Lüge erzählen würde, würde er mir die Tracht Prügel meines jämmerlichen Lebens verpassen. Kurz darauf schickten sie Bobby auf irgendeine vornehme Schule, damit er Medizin studierte.«

»Und seither hast du nichts mehr von ihm gehört?«, fragte Kane, nicht sicher, wo der Zusammenhang lag.

Ivana sah Naomi an, dann wieder Karl, ehe sie antwortete. »Wisst ihr noch, wie ich vor Jahren spät in der Nacht vor dem Billy Holidays überfallen wurde?«

Karl und Naomi nickten. Karl erinnerte sich noch gut daran. Er und Naomi hatten sich unverzüglich ins Krankenhaus begeben und mit dem Schlimmsten gerechnet.

»Sie mussten dich wie eine alte Kordhose zusammenflicken«, sagte Karl nickend. »Ich musste dich nach Hause fahren. Weißt du, wie lange ich gebraucht habe, das Blut von dem Sitz abzukriegen?«

»Er will dich nur ärgern, Ivana. Hör gar nicht auf ihn«, sagte Naomi und warf Karl einen vernichtenden Blick zu.

»Ein reaktionärer Schwulenhasser«, sagte Karl. »War doch so?«

»Das haben die Medien und die Polizei behauptet«, antwortete Ivana.

»Und was *hätten* sie behaupten sollen?«, hakte Karl nach.

»Zuerst habe ich ihn nicht erkannt. Er redete ganz gelassen, mit der beängstigendsten Stimme, die ich je gehört hatte. ›Was mich betrifft, bist du tot, du elender Verräter und Hurenfotze.‹« Ivana erschauerte und fuhr fort. »Erst hinterher erinnerte ich mich an seine Augen. Es waren die Augen, die ich gesehen hatte, als Bobby Hannah seine Mutter erschoss. Ich *glaube*, er könnte es gewesen sein, obwohl der Angreifer damals groß und extrem maskulin war – ganz anders als der Bobby meiner Kindheit.«

»Du *glaubst*? Du leidest doch nicht an selektiver Amnesie, oder?«, fragte Karl.

»Wage es ja nicht, mir Vorwürfe zu machen, Karl Kane! Ich habe von Anfang an klipp und klar gesagt, dass ich mir nicht hundertprozentig sicher bin. Aber als ich in der Zeitung von dem Mädchen las, das aufgeschlitzt wurde, sah ich immerzu Bobbys Gesicht vor mir. Und ich wurde nicht mit einem Messer angegriffen, sondern mit einem Skalpell.«

Einen Moment herrschte Schweigen. »Du glaubst, er hat diese jungen Mädchen getötet?«, fragte Karl dann.

Ivana stieß einen Seufzer aus. Sie schien den Tränen nahe zu sein. »Wäre möglich ... ich weiß nicht ...«

»Ich wollte dich fragen, wieso du nicht zur Polizei gegangen bist, aber das kann ich mir schon denken, nach allem, wie die dich nach dem Angriff behandelt haben, so, als wärst du der Täter und nicht das Opfer.«

»Tut mir leid, dass ich nicht früher hergekommen bin«, sagte Ivana flüsternd. »Ihr hasst mich vermutlich beide, weil ich so lange gezögert habe. Ich ... ich war nicht sicher ... bin immer noch nicht sicher ...«

»So etwas wollen wir nicht hören, Ivana«, sagte Naomi und nahm sie in die Arme. »Es war sehr tapfer, dass du überhaupt gekommen bist und helfen wolltest. Karl und ich sind sehr stolz auf dich. Ist es nicht so, Karl?«

»Hm? Oh ... natürlich. Für so etwas braucht man ordentlich ...«, fast hätte er gesagt, Eier in der Hose, beschloss aber, diesen Ausdruck unter den gegebenen Umständen zu vermeiden, »... Mumm.«

»Seht euch nur an, in was für einem Zustand ich bin«, sagte Ivana und wischte sich Tränen von den Augen und Rotz von der Nase, während sie aufstand. »Mein Make-up ist total verlaufen. Ich sehe schrecklich aus.«

»Mach dir deswegen keine Gedanken«, beruhigte Naomi sie. »Wir gehen nach oben. Ich mach dich so gut wie neu für Vincent.«

»Da ist noch etwas, Ivana, nicht? Etwas, das du uns verschweigst«, sagte Karl, stand auf und sah Ivana direkt in die Augen.

»Ich weiß nicht, was du meinst.«

»Du bist hergekommen, um dein Gewissen zu erleichtern, indem du uns eine halbe Geschichte erzählst, als ...«

»Karl!«, rief Naomi. »Was um alles in der Welt soll das ...?«

»Eine unausgegorene Geschichte, damit es *dir* besser geht, Ivana? Dir sind diese Mädchen doch vollkommen egal. Du scherst dich kein bisschen darum ...«

»Stimmt nicht!«, kreischte Ivana.

»Karl! Es reicht«, sagte Naomi drohend.

»Sag mir alles, Ivana! Nicht nur den Teil, der dir in den Kram passt, sondern den Teil, der dir Angst macht, der ...«

»Karl! Schluss jetzt!«

Plötzlich ließ sich Ivana wieder auf den Stuhl sinken. »Nein ... nein, Naomi ... er hat recht. Ich bin nicht ganz aufrichtig gewesen.«

Naomis Gesicht lief rot an.

»Hör zu, Ivana«, sagte Karl mit ruhiger Stimme. »Du magst noch Gefühle für Bobby hegen, weil er dir vor vielen Jahren geholfen hat, die Wahrheit über dich herauszufinden, als kleiner Junge, der sich bemühte, seinen Platz in einer feindlichen Welt zu finden. Aber das war damals, Ivana. Heute ist heute. Wenn du weißt, wo er ist, dann musst du es mir sagen, damit nicht noch mehr Opfer auf sein Konto gehen – und zwar sofort, bevor es zu spät ist.«

Ivanas Schluchzen tönte durch den Raum, während Karl ruhig, aber unbarmherzig fortfuhr.

»Du hast vor deiner Geschlechtsumwandlung ein Verhältnis mit Bobby gehabt, nicht? Hat er dich darum angegriffen? Er fühlte sich verraten, dass du nach Jahrzehnten hinter seinem Rücken zur Frau geworden bist, was ein Menschenhasser wie er als höchste Form des Betruges werten dürfte?«

Ivana senkte den Kopf und nickte. »Ja.«

»Wo ist er, Ivana? Du musst es mir sagen.«

Ivana schüttelte den Kopf. »Ich kann nicht. Die stecken ihn ins Gefängnis, wo er getötet wird, und das wäre dann meine Schuld. In der Schule war er schon das ideale Opfer für sämtliche Schläger. Ich weiß, wie es ist, wenn jeden Tag auf einem rumgehackt wird.«

»Er ist *nicht* das Opfer, Ivana. Er könnte den Tod dieser Mädchen zu verantworten haben. Wäre es dir lieber, wenn noch mehr Mädchen sterben müssen? Willst du das etwa? Hast du dir das Plakat von Martina Ferris mit den traurigen Augen wirklich genau angesehen?«

»Ja! Ja ... ich habe sie gesehen ... ich sehe sie noch ...«

»Sag mir, wo er ist!«

»Ich kann nicht!«

»Du kannst und du *wirst!*«, herrschte Karl sie an und schlug so fest mit der Faust auf den Tisch, dass sowohl Ivana wie auch Naomi zusammenzuckten.

»Karl!«, rief Naomi aus. »Du musst nicht gleich so ...«

»*Wo* ist er, Ivana?«

»Ich ... ich ...«

»*Wo?*«

»Okay ... okay ...«, flüsterte Ivana. »Ich sage dir, wo er sein könnte.«

Es dauerte noch gute fünfzehn Minuten, bis Ivana alles gestanden hatte, was sie wusste, und mit ihrem Tränenfluss ihr Make-up endgültig verwüstet hatte. Naomi gab sich allergrößte Mühe, sie zu beruhigen, drückte sie fest an sich und flüsterte ihr besänftigende Worte ins Ohr.

»So, Ivana. Siehst du, jetzt ist es vorbei. Du warst so tapfer. Alles ist gut.«

»Naomi hat recht. Es war mutig von dir, dass du damit

herausgerückt bist«, bestätigte Karl. »Wer weiß, was ich unter denselben Umständen gemacht hätte.«

»Da … da wäre noch eines«, sagte Ivana schniefend. »Ich weiß nicht, ob es wichtig ist oder nicht.«

»Ja?«, fragte Karl und fragte sich, was an dieser teuflischen Geschichte noch fehlen könnte.

»Als Junge war Bobby ein Meister im Jagen und Fährtenlesen.«

Kapitel Elf

»Kaum etwas beruhigt den Verstand mehr als ein klares Ziel vor Augen.«
Mary Shelley, *Frankenstein*

Er saß nackt auf einem Hügel aus Sand und kargem Gras und beobachtete, wie das Meer sich von dem einsamen Strandabschnitt zurückzog. Die Ebbe hinterließ eine solide Einsamkeit, die schwer auf allem lastete, das zurückblieb. Ein Mond, weiß wie Gebeine, verschwand zuzeiten hinter gespenstischen, orangeroten Wolken, die dem Nachthimmel einen dunkelroten Farbton verliehen. Das Ozon über der Küste brachte einen Gestank mit sich, der dem des gerinnenden Blutes in seinen Nasenlöchern glich.

Als Knabe kam er gern zur Küste, fing Krabben, drehte sie auf den Rücken und schnitt sie auf, um zu sehen, wie sie im Innersten funktionierten. Aber heute Abend nicht. Heute Abend war er aus einem ganz anderen Grund hier ...

Er stand auf, ging zum Auto zurück, öffnete beiläufig den Kofferraum und spürte dabei die ganze Zeit das Mondlicht auf seinem nackten Körper. Winzige Elektroschocks kitzelten ihn dicht unter der Haut.

Herrlich.

Plötzlich flüsterten ganze Schwärme von Nachtfaltern mit ihrem Flügelschlag in seinen Ohren. Es war ein beruhigendes Geräusch, während er den Filzbelag wegnahm und die Schwärze darunter entblößte.

Der Leichnam des Mädchens war straff von einer schwarzen Plane umhüllt. Klar und deutlich sah er die Nase, die sich unter dem Plastik abzeichnete, das kleine fassungslose »O« des Mundes.

Er beugte sich in den Kofferraum und küsste den staunend geöffneten Mund. Neuerliche, erlösende elektrische Schauer liefen durch seinen Körper. Als er den Leichnam emporhob, wölbten sich seine kräftigen Oberarmmuskeln vor Anstrengung. Ein paar Minuten lauschte er der Stille, dann näherte er sich der sandigen Landzunge. Seine Bewegungen waren langsam und zielstrebig, wie die von Frankensteins gottloser Kreatur, die in die Nacht schlurfte.

Der Uferstreifen war fest, doch je weiter er hinausschritt, desto tiefer sank er unter der Last in den Sand. Zwei Mal wäre er fast gestolpert, doch das Gewicht der Toten, die er trug, half ihm, das Gleichgewicht zu behalten.

Zehn Minuten später reichte ihm das kalte Meerwasser schließlich bis zur Brust. Er spürte dessen tückische Kraft, als er den Leichnam mit einer Hand an der Oberfläche hielt und mit der anderen die Plane aufriss.

Sie blickte ihm aus der Plane entgegen, ein lebloses Auge scheinbar über seine Schulter zum Mond gerichtet. Das andere Auge fehlte; Wasser, das über ihre grauen Wangen spülte, sammelte sich in der leeren Höhle, während sie auf der Oberfläche dahindümpelte. Das Wasser spülte die Reste von Blut an der Leiche fort und ließ eine blasse Narbe erkennen, die vom Halsansatz bis zur Mitte der Brust verlief: Überreste eines Schnittes, vorsätzlich und grausam ausgeführt.

Unvermittelt schlug, wie bei einer Taufe, plötzlich eine

Welle über ihm zusammen und entriss den Leichnam seinem Griff. Er kämpfte um Halt, musste sich jedoch dem Sog des Wassers geschlagen geben und verlor das Gleichgewicht.

Wenige Sekunden später war sie verschwunden. Endlich frei.

Kapitel Zwölf

»Er is 'n alter Kumpel von mir – oh, und er is 'n guter Mann, 'n guuuuter Mann.«
Sean O'Casey, *Juno und der Pfau*

»Was machst du mit dem, was uns Ivana gestern erzählt hat?«, fragte Naomi, die Füße auf dem Sofa und eine Ausgabe von *Northern Woman* neben sich.

»Ich kann nicht viel machen, außer, alles an die Polizei zu geben – was ich heute Morgen getan habe, als du noch tief und fest deinen Kater ausgeschlafen hast«, sagte Karl und reichte ihr eine dampfende Tasse Kaffee. »Ich habe die Informationen als anonymer, besorgter Bürger weitergegeben und meine beste Humphrey-Bogart-Parodie abgespult, um meine Stimme unkenntlich zu machen.«

»Du hast Wilson doch nicht persönlich angerufen, oder?«, fragte Naomi mit verwirrter Miene. »Ich hatte gedacht …«

»Du solltest nichts denken. Wer zu viel denkt, ist schnell im Po.«

»Arsch. Es heißt im Arsch, Karl. Nicht Po.«

»Das war die in Belfast statthafte Version«, sagte Karl grinsend.

»Was läuft da zwischen deinem Schwager und dir, Karl? Irgendwas stimmt doch da nicht.«

»*Ex*schwager. Familienangelegenheit. Mehr nicht. Je weniger wir uns sehen, desto besser. Jedenfalls habe ich vor einer Stunde mit Hicks gesprochen, um ihn zu fragen, was die Polizei bisher unternommen hat. Er sagte, die unternehmen einen Scheißdreck.«

»Ist das dein Ernst?«

»Mister Robert Hannah ist ein hoch angesehenes Mitglied der Gesellschaft. Die haben mir mehr oder weniger ins Gesicht gelacht, als ich angedeutet habe, er könnte in etwas so Schreckliches wie Entführung und Mord verwickelt sein.«

»Die durchsuchen nicht einmal das Haus unter der Adresse, die Ivana uns genannt hat?«

»Mister Hannah spendet immer großzügig für den jährlichen Polizistenball, wo die Jungs einen draufmachen. Den Rest des Jahres ist ja eher drauf*hauen* ihr Ding.«

»Arbeiterklassekinder gegen das Kapital?«

»Du machst mir langsam Angst, Naomi.«

»Echt?«

»Du denkst exakt in denselben Bahnen wie ich.«

»Zwei Dumme, ein Gedanke, so?«

»Hör mal, ich muss mal kurz weg«, sagte Karl und griff nach dem Jackett.

»In letzter Zeit warst du ganz schön oft mal kurz weg.«

»In der Kürze liegt die Würze.«

»Sehr witzig. Und wohin *genau* gehst du mal kurz?«

»Einen Mister Smith besuchen, Teuerste«, antwortete Karl lächelnd und hauchte Naomi einen Kuss auf die Wange. »Bin in einer Stunde wieder da. Genieß den köstlichen Rio-Kaffee. Hat mich ein Vermögen gekostet.«

»Sei vorsichtig ... bitte.«

Sekunden später war Karl zur Tür hinaus. Er brauchte

fünf Minuten bis zu einem unscheinbaren Laden in der Bridge Street, der zwischen einem zwielichtigen Café und einer baufälligen, leer stehenden Tierhandlung lag, der offenbar die Mäuse ausgegangen waren. Vor dem Geschäft stand auf einem großen, handgemalten Schild: »Wir öffnen Türen, die andere nicht öffnen können«.

Karl trat ein und sah den Mann in der Ecke gegenüber auf den ersten Blick. Der Mann wandte Karl den breiten Rücken zu; winzige Fünkchen tanzten um ihn herum in der Luft, während er gebückt seiner Arbeit nachging. Überall lag Staub. Es herrschte eine unerträgliche Hitze in dem Laden. Der Mann schien mit seiner enormen Masse dem kleinen Raum sämtlichen Sauerstoff zu entziehen.

»Keine Dummheiten, alter Mann, dann wird alles gut«, flüsterte Karl und beugte sich über den Tresen. »Ich habe eine Waffe auf deinen Rücken gerichtet und will dein Geld oder deine Frau. Du kannst es dir aussuchen.«

Die Fünkchen beendeten ihren Tanz. Der Mann mit dem breiten Rücken erstarrte. »Du kannst das Geld haben, aber nur unter der Bedingung, dass du auch die Frau dazunimmst. Sie ist oben und rasiert sich gerade das Kinn«, sagte der Mann und drehte sich langsam um. Er hatte den Körperbau eines Exboxers; Narben, ausgeschlagene Zähne und eine schiefe, längst nicht mehr funktionstüchtige Nase bildeten so etwas wie ein Gesicht.

Karl grinste. »Wie läuft das Geschäft, Willie?«

»Jedes Mal, wenn ich diese Frage von dir höre, wird mir himmelangst, Karl. Weil du dann garantiert was willst«, sagte Willie Morgan und drehte einen Schlüssel zwischen den Fingern.

»Wie geht es Isabel?«

»Ich habe seit einer Woche nicht mehr mit ihr gesprochen; ich unterbreche sie nur ungern«, antwortete Willie, griff nach Zigaretten und bot Karl eine an, bevor er sich selbst eine in das V zwischen Zeige- und Mittelfinger steckte. Für einen so kräftigen Mann hielt er die Zigarette erstaunlich sachte.

»Als ich noch geraucht habe, hat mir nie jemand eine Zigarette angeboten«, sagte Karl und lehnte ab. »Wie erträgst du diese Hitze hier drinnen nur? Ich habe schon allein, seit ich eingetreten bin, einen Liter Flüssigkeit ausgeschwitzt.«

»Ich weiß immer noch nicht, was du willst«, sagte Willie misstrauisch, strich sich über die silbernen Bartstoppeln in seinem verwüsteten Gesicht und suchte hastig in seinen Taschen. Erleichtert förderte er ein Feuerzeug zutage und zündete die Zigarette an.

Karl hörte das Papier und den Tabak knistern und sehnte sich nach der unbeschwerten alten Zeit, als er sich mit seiner Sucht noch genussvoll die Lungen zerstören konnte.

»Du musst mir einen Gefallen tun.«

»Ich wusste es«, sagte Willie, schüttelte den Kopf und inhalierte den Zigarettenrauch tief. »Was für einen?«

»Er könnte gegen das Gesetz verstoßen«, erläuterte Karl. »Nein, ich will es anders formulieren. Er *verstößt* gegen das Gesetz.«

»Woher weißt du, dass ich mich seit unserer letzten Begegnung nicht geändert habe? Ich könnte ein ehrbares Mitglied der Gesellschaft geworden sein.«

»Das Wetter kann sich ändern, Willie; du nicht«, sagte Karl grinsend.

»Für einen, der Polizist werden wollte und dessen Schwager ein hochrangiger Detective ist, fliegst du verdammt nah an der Sonne. Eines Tages schmilzt dir der Arsch weg, wie Ikarus. Das weißt du doch, oder nicht?«

»Danke für diese erhellenden Worte, Sokrates.«

»Also, was habe ich da gehört, du sollst vor einigen Monaten im Krankenhaus gewesen sein? Eine Operation, oder so?«

»Was?«, fragte Karl und wurde rot. »Das … war nichts weiter. Nur eine Routineuntersuchung.«

»Ich habe gehört, du wolltest deine Hämorrhoiden behandeln lassen«, verkündete Willie und sah Karl direkt in die Augen.

»Herrgott noch mal. Ist denn in dieser Stadt nichts mehr heilig?«

»Und?«

»Und was?«

»Wie steht es um deine Pusteln?«

»Wenn du es wirklich wissen willst, sie sind ein bisschen wie Terry Wogan: ausgesprochen unkomisch und total Scheiße«, antwortete Karl. »Wie wäre es jetzt mit einer Tasse von deinem berüchtigten Kaffee, den andere Leute zum Teeren und Federn verwenden?«

»Dreh das Schild um, und schließ die Tür ab. Für heute hatte ich genügend Kunden.«

»Da wir gerade beim Thema Scheiße sind«, sagte Karl und drehte das Schild an der Tür um. »Kann sein, dass ich mich versichern muss. Hast du was da?«

Willie runzelte die Stirn. »Nur, wenn es sein muss.«

»Es muss sein.«

»Ich wusste, das wird haarig«, sagte Willie seufzend.

Karl sah Willie nach, wie er ins Hinterzimmer ging und keine Minute später mit einem Holzkästchen herauskam.

»Ich habe nicht von einer Schachtel mit Policen geredet«, sagte Karl, der sich auf einen Hocker am Tresen pflanzte.

»Sieh dir das Baby erst mal an«, sagte Willie. »Damit

bist du gegen alles und jeden versichert. Das ist eine echte Schönheit. Ein .357er Colt Python – der Rolls-Royce unter den Handfeuerwaffen. Wird aus den besten Einzelteilen passgenau zusammengesetzt, hat eine hohe Treffsicherheit und lässt sich leicht abdrücken. Das ist die Version mit dem Drei-Zoll-Lauf, die verdeckte Ermittler und *tatterige* Polizisten im Land der unbegrenzten Möglichkeiten benutzen – also genau das Richtige für *dich*.«

»Nicht zurückzuverfolgen?«

»Nie im Leben. Seriennummer weggefeilt. Vor rund drei Jahren aus dem Haus eines Polizisten gestohlen. Anscheinend war ihm das so peinlich, dass er die Sache nicht gemeldet hat«, antwortete Willie und lächelte verstohlen.

Karl hielt die Waffe in der rechten Hand und drückte mit dem Daumen den kantigen Hebel, der die Trommel öffnete. Mit geringem Druck ließ sich die Trommel aus ihrem metallenen Bauch schieben und gab den Inhalt preis. Die Messingringe der Kugeln in ihren Kammern funkelten im Licht.

»Du hast das Scheißding *geladen?*«, fragte Karl bestürzt.

»Würdest du dir ein Auto mit leerem Tank in die Garage stellen?«

»Schon klar. Was hast du sonst noch für mich in deiner Trickkiste?«

»Hier. Wirf mal einen Blick in die Tüte. Schau dir diese Ausbilder an.«

»Ausbilder?«

»Wer damit zu tun kriegt, dem wird es eine Lehre sein«, antwortete Willie grinsend.

Karl warf einen Blick in den Jutesack und sah drei dunkle Gegenstände, die sich wie mumifizierte Leichen aneinanderschmiegten.

»Schlagstöcke? ›Knüppel aus dem Sack‹ und seine zwei Freunde«, witzelte Karl.

Willie holte einen der Stöcke aus dem Sack und schlug sich damit fest in die feiste Handfläche. »Das sind die besten Ausbilder in der Stadt. Außerdem sind das keine hundsgewöhnlichen ollen Schlagstöcke. Das sind röhrenförmige Schlagwaffen, wie sie Militär, Polizei und Wachpersonal benutzen. Hochwertige Verarbeitung, aus glattem schwarzen Rindsleder mit einem Stahlfederkern. Der Hersteller empfiehlt größte Vorsicht bei der Anwendung. Da gibt es nichts zu lachen. Wenn du jemandem eins dieser Babys überziehst, bist du normalerweise nicht besonders zartfühlend oder vorsichtig. Die sichern sich natürlich nur ab. Die Verantwortung liegt beim Käufer.«

»Du hörst dich so verliebt an, als hättest du Aktien der Herstellerfirma.«

»Ich will dir damit nur sagen, dass diese Dinger zwar keine Kugeln abfeuern, aber deshalb nicht weniger tödlich sind.«

»Warum drei? Sind sie nicht identisch und tun genau das, was auf dem Etikett steht?«

»Sind alle Schusswaffen identisch?«

»Natürlich nicht.«

»Da hast du es. Du beantwortest deine Frage selbst. Nimm zum Beispiel den hier«, sagte Willie und streckte die Hand mit dem Schlagstock aus. »Das ist ein abgerundeter Schläger. Die ganze Wucht konzentriert sich auf das Ziel; er kann mühelos Knochen brechen. Wogegen dieser hier …« Willie nahm einen weiteren Schlagstock aus dem Sack. »Der ist flach und verteilt die Wucht auf dem Ziel, was zu mehr Hautschäden führt, nicht aber zu Knochenbrüchen.«

»Das macht dir richtig Spaß, was?«

»Und der hier?«, fuhr Willie unbeirrt fort und nahm den letzten Schlagstock zur Hand. »Das ist mein Liebling. Der Zylinder. Während der Prohibition haben die Bullen in Chicago die sogenannten harten Jungs des Mobs mit einem einzigen gezielten Schlag an den Kopf außer Gefecht gesetzt. Mit dieser Kokosnuss haust du den größten Affen im Dschungel aus den Pantinen. Du hast die Wahl.«

»So eine Riesenauswahl. Ich bin fast überfordert«, sagte Karl und zählte mit dem Zeigefinger ab, ene, mene, muh. »Ich glaube, der hier. Der Flache.«

»Sicher? Und brauchst du die Knarre dann trotzdem noch?«

»Ja. Als reine Vorsichtsmaßnahme. In der Beziehung bin ich in gewissem Sinne wie ein Boxer.«

»Was? Du prügelst gern Leute windelweich?«

»Nein«, antwortete Karl grinsend. »Aber nichts geht über eine gute Deckung.«

Kapitel Dreizehn

»Eine Geliebte sollte wie ein kleines Haus auf dem Lande sein, unweit der Stadt: Man möchte nicht ständig dort wohnen, aber hin und wieder eine Nacht da verbringen.«
William Wycherley, *The Country Wife*

»Soll ich das Licht dimmen?«, fragte Ivana, die sah, wie nervös Vincent war, als sie ihn ins Schlafzimmer führte.

»Ich ... weiß nicht ... tut mir leid ... das ist alles recht neu für mich.«

»Es ist nicht falsch, was wir tun«, sagte sie lächelnd und versuchte verzweifelt, ihn zu beruhigen.

Er errötete und sah aus, als würde er jeden Moment aus dem Zimmer flüchten. Sein unschuldiges Gesicht machte ihr weiche Knie, und der Trieb zwischen ihren Beinen wurde mit jedem Augenblick stärker. Sie wollte ihn unbedingt, hatte aber Angst, ihn zu überfordern. Es sollte schließlich für sie beide gut sein.

»Komm, ich mach das für dich«, sagte Ivana, strich über sein Hemd und knöpfte es langsam von oben nach unten auf.

Plötzlich knisterte eine statische Entladung unter Ivanas Fingern.

»Mist! Hast du das gespürt? Sind wir elektrisch aufgeladen, oder was?«

Er grinste und nickte. »Mitten durch meine Brust. Das war ein Knüller.«

Das Hemd fiel zu Boden; er schälte sich aus den Schuhen und mühte sich mit den Socken ab.

Ivana knöpfte ihm die Levis auf und entblößte eine weiße Unterhose von Calvin Klein. Darunter wölbte sich etwas Pralles, Dunkles. Sie wurde fast ohnmächtig vor Vorfreude.

Er hielt die Unterhose instinktiv fest. »Ich ...«

»Pst. Ganz ruhig ...«, flüsterte sie, zog sanft, aber bestimmt an dem störenden Kleidungsstück und legte einen großen, aber schlaffen Schwanz frei.

»Tut mir leid«, flüsterte er. »Es ... ist nur, dass ich ...«

Ivana kniete nieder, schob die Vorhaut zurück und entblößte die rundliche, rosa Eichel. Sie sah nagelneu aus, unberührt von menschlichen Lippen. Plötzlich wurde ihr wieder fast schwindelig.

»Herrje«, flüsterte sie, dann nahm sie das nagelneue Spielzeug in den Mund und führte es bis zum Ansatz von Hodensack und Eiern ein.

Er stöhnte.

Ihr fiel es schwer zu stöhnen, doch sie gab sich große Mühe, während sie vorsichtig ihre Haltung verlagerte und sich selbst aus der Unterhose schälte, ohne dabei seinen Schwanz aus dem Mund zu nehmen.

Der mit jedem Augenblick größer wurde.

Schließlich musste sie sich geschlagen geben und Luft holen.

»Boah, Großer! Wenn der noch größer wird, muss ich einen Holzfäller holen.«

Er lachte. Nervöse Erleichterung klang darin mit.

»Das war ... das war toll, Ivana.«

»Ha! Wir haben noch nicht mal angefangen, Süßer«,

sagte Ivana, zog hastig die restlichen Kleidungsstücke aus und zog ihn auf das Bett.

»Ich … habe kein Kondom«, gab Vincent zu. »Ich bin ohne aus dem Haus gegangen.«

»Normalerweise heißt es bei mir: Nichts drüber, nicht rüber«, sagte Ivana grinsend. »Zum Glück für dich habe ich hier mehr vorrätig als jede Apotheke.«

Sie holte eine geöffnete Packung Trojans und zog ein Kondom heraus.

»Durchladen, und Feuer frei«, witzelte sie, nahm das Kondom aus der feuchten Verpackung und streifte es gekonnt über den zunehmend härteren Schwanz. »XXL.«

Keine Minute später lag Ivana auf dem Rücken und sah Vincent dabei zu, wie er über ihren Körper glitt; sie spürte, wie er mit seiner geschickten Zunge herrliche Kunststücke vollführte. Er saugte sich an ihren Brustwarzen fest und saugte und saugte wie ein hungriges Baby, das seine Milch will. Dann ging es weiter nach unten; die Zunge kreiste um den Bauchnabel und näherte sich dann flink der feuchten, empfindlichen Stelle zwischen ihren Beinen.

»Oooh …«, stöhnte sie, schloss die Augen und spürte, wie er mit seinem muskulösen Körper wieder nach oben kam und sich auf sie legte. Seine Bewegungen kamen ihr ungeduldig vor. Ein wenig linkisch. Fast jungfräulich.

Als Vincent in sie eindrang, kam ihr plötzlich ein Gedanke – unerwünscht, ungewollt und schockierend. Sie wollte ihren Schwanz wiederhaben, nur dieses eine Mal, und den jungen Vincent damit in den Arsch ficken. Das Bild ging ihr nicht mehr aus dem Kopf. Sex wie ein rasender Güterzug: stampfende Kolben, Motorenlärm, Rattern. Sie gab es nur ungern zu, aber in Momenten wie diesem fehlte ihr der alte, pralle Schwanz und seine Gabe, ihr Lust zu spenden …

Eine Stunde später zogen sie sich wieder an. Der Geruch von Sex lag schwer in der Luft. Ein Geruch von abgestorbenen Blumen und nassem Talkum. Eine kühle Brise wehte zum offenen Fenster herein und trug gedämpften Verkehrslärm mit sich, der im Hintergrund summte.

Sehr zu Ivanas Frustration gab es in dieser Nacht keinen Sex mehr. *Die sogenannte Jugend von heute*, dachte Ivana. Sie hatte alles versucht, seinen Schwanz gestreichelt und gelutscht, aber es war, als würde sie eine nasse Socke bearbeiten. Vincents Männlichkeit hatte sich verkrochen und kam nicht wieder aus ihrem Versteck heraus, egal, was Ivana versuchte.

»Du ... warst toll«, sagte Vincent mit rotem Gesicht. »Es war nicht so, wie ich gedacht habe.«

»Danke für die Blumen, Simon Cowell. Warst du nur neugierig, wie es ist, eine Transsexuelle zu ficken? Ging es ausschließlich darum?« Sie wollte sich nicht so verbittert anhören.

»Nein ... ich meine ... ich wusste nicht, was mich erwartete. Das ist alles. Du bist mir schon beim ersten Mal im Billy Holidays aufgefallen. Mir war nur nicht klar, dass du so empfindsam sein könntest ... so zärtlich ...«

»Die Ivana im Billy Holidays ist nicht die wahre Ivana, lieber Vincent. Ich spiele mit den Erwartungen der Leute. Das ist eine Charade, mit er ich mein Leben mithilfe von bunten Pillen meistere. Die mir helfen, mit allem Hässlichen und der Einsamkeit fertigzuwerden.«

»Du ... du weinst«, sagte er mit plötzlich nervöser Miene. »Habe ich etwas gesagt oder getan, was du nicht wolltest?«

Sie beugte sich zu ihm und küsste ihn liebevoll, während sie sich den schwarzen Seiden-BH überstreifte.

»Nein, du hast nichts falsch gemacht, liebster Vincent;

du hast mich nur ein letztes Mal an einen alten Freund denken lassen, der unwiederbringlich tot ist.«

Zwei Stunden später, als Vincent sich längst verabschiedet hatte, hörte sich Ivana *Oldies but Goldies* im Radio an.

»Endlich sieht es mal wieder etwas besser aus«, sagte sie und wünschte sich, es wäre morgen Abend, wenn sie Vincent wiedersehen würde. »Vincent, Vincent, Vincent ...«

Beim Gedanken an seinen jugendlichen Körper und daran, wie er auf ihr gekommen war, erschauerte Ivana wohlig. Sie verspürte Hitze und Feuchtigkeit zwischen den Beinen. Dachte an den großen, rosa Dildo in der Nachttischschublade und überlegte, ob sie ihn herausholen und sich selbst damit ficken sollte.

»Soll ich, oder soll ich nicht?«

Als sie blinzelte, fiel ihr etwas auf. Etwas auf dem Teppich, rund und glänzend.

Sie bückte sich, hob es auf und betrachtete es eingehend. Ihr Herz schlug plötzlich einen unguten Takt. Ein Ehering.

»Oh, Vincent ... du dummer, dummer Junge.«

Ein Läuten an der Tür unterbrach sie in ihrem Monolog.

Sie schloss die Faust um den Ehering, ließ ihn in der Tasche verschwinden, richtete sich auf und warf rasch einen Blick in den Spiegel. Lippenstift. Haare. Zähne. Alles sah blendend aus. Sie fächelte sich hastig Luft ins Gesicht, um sich ein wenig abzukühlen.

Es läutete erneut.

Alter schützt vor Torheit nicht, dachte sie und öffnete die Tür. Ihr graute vor den Lügen, die sie aufgetischt bekommen würde; dennoch war sie bereit zu vergeben.

»Hallo, Francis.«

Kapitel Vierzehn

»Die Welt ist verrückter, als wir glauben ...«
Louis MacNeice, *Snow*

Als Karl am Freitagmorgen sein Büro betrat, war die Sonne gerade dabei, sich über der zerklüfteten Silhouette von Belfast zu erheben. Naomi schlief sicher noch tief und fest – Gott sei Dank –, obwohl er diesmal keinen Streit befürchtete.

Der Gestank von Zigarettenrauch und Alkohol hing ihm in den Kleidern; er legte sie ab und ging unter die Dusche.

Während das Wasser die üblen Gerüche fortspülte, dachte Karl an seine sechsstündige Glückssträhne beim Kartenspiel. Drei Asse. Drei Könige. Zahllose Straights. Und zuletzt der *coup de grâce*: ein gottverdammter Royal Flush!

Ein idiotensicheres Blatt. Wäre er nicht ein erwachsener Mann gewesen, hätte er vor Freude geweint.

Als er geduscht und sich abgetrocknet hatte, zählte er noch einmal seinen Gewinn. Fast eintausendneunhundert Piepen – in seiner momentanen Situation ein kleines Vermögen. Und als Sahnehäubchen hatte er fast alles diesem geizigen Schlappschwanz Marty Harrington abgeknöpft, dem eine Kette von über die ganze Stadt verstreuten Bestattungsunternehmen gehörte – Heavenly Harrington's. Im Gegensatz zu Karl hatte Harrington *tatsächlich* geweint.

Dreißig Minuten später schlüpfte Karl nackt zwischen die Laken und schmiegte sich an Naomis verlockend warmen Körper. Sie regte sich und murmelte etwas, erbost ob seiner kalten Berührung.

Er schenkte der Warnung keine Beachtung, schmiegte sich noch enger an sie und atmete ihren frühmorgendlichen, femininen Geruch ein.

»Lass mich in Ruhe«, zischte sie, wandte sich von ihm ab und zeigte ihm die kalte Schulter. »Die ganze Nacht hast du mich allein gelassen.«

Ihre morgendliche Heiserkeit war aufreizend. Er spürte den Ansatz einer Erektion.

»Es ist Zeit, aufzustehen, Schlafmütze.« Er knabberte an ihrem Hals und strich ihr über den warmen Po. »Ich habe eine Überraschung für dich.«

»Du weißt, wohin du dir deine Überraschung stecken kannst, ja? Nimm die Finger von meinem Hintern.«

»Sei doch nicht so, Liebste.«

Sie schlug die Augen auf und blinzelte ein paarmal. »Ich muss pinkeln.«

Er drückte sich fest an ihren Rücken; seine Erektion bildete ein Ausrufungszeichen zwischen ihren Pobacken.

Gähnend versuchte sie, sich aus seinem Griff zu befreien. Er vereitelte ihre kläglichen Bemühungen und hielt sie fest.

»Ich *muss* pinkeln«, jammerte sie und stand auf. »Ich kann es nicht mehr halten.«

»Beeil dich, Liebste.«

»Verpiss dich«, fauchte sie und schlurfte zum Bad; ihre Brüste wogten verführerisch, die straffen Pobacken wippten schelmisch. Als sie das Fenster passierte, durchleuchtete das Licht der Morgensonne, das durch den Vorhangspalt hereinfiel, ihr dünnes Baumwollhemd und quälte ihn mit der nackten Silhouette, die er darunter erblickte.

»Hurry, my dearest …«, sang er.

Sie murmelte etwas Unschönes, bevor sie im Bad verschwand und laut die Tür hinter sich zuschlug. Ein paar Sekunden später hörte Karl die Klobrille herunterklappen, gefolgt von Wasserrauschen. Dabei musste er wieder an seinen Royal Flush denken.

Keine Minute später kam Naomi mit versteinerter Miene heraus. Karl musste grinsen, als er ihren T-Shirt-Aufdruck las: *Hello Pussy.*

»Der Spruch ist nicht mehr ganz aktuell, findest du nicht?«

»Ich rede nicht mit dir, Karl Kane.«

»Hast du doch gerade.«

»Jedenfalls kannst du deinen Winzpimmel wieder einpacken. Mich macht der nicht an.«

»*Oh.* Du verstehst es, das Ego eines Mannes zu vernichten«, sagte Karl lächelnd. »Was würdest du zu zwei Nächten in Dublin im Shelbourne sagen, und dazu fünfhundert, die du auf den Kopf hauen kannst?«

»Was?« Plötzlich sah ihr verschlafenes Gesicht misstrauisch aus. »Wie war das?«

»Ich dachte, du redest nicht mehr mit mir?«

»Du hast gestern Nacht gewonnen. *Richtig?*« Ein Lächeln erhellte Naomis Gesicht. »Sag mir, dass du gewonnen hast.«

»Ich habe gewonnen!«, rief Karl aus, zog blitzschnell die Decke weg und ließ seine volle, beinharte Erektion sehen, neben der ein dickes Bündel Geldscheine lag. *»Und wie!«*

»Oh, Karl? Für mich süßen Fratz?«, fragte Naomi, klimperte arglistig mit den Wimpern und kam auf Zehenspitzen zum Bett getänzelt.

»Für dich! *Komm!* Und das meine ich in mehr als einer Hinsicht, du kleine Sexbestie!«

Naomi machte einen Sprung und landete im Bett, bei Karl, der Erektion und dem Geld.

In dem Moment klingelte Karls Handy auf dem Nachttisch.

»Willst du nicht rangehen?«, flüsterte Naomi, die seinen Hodensack in der Hand hielt, als wollte sie ihn wiegen.

»Rangehen? Ich höre rein gar nichts, außer, dass jemand ›Tubular Bells‹ auf meinen Eiern spielt.«

Das Telefon verstummte.

Naomi und Karl lächelten.

Es läutete erneut.

»Scheißding! Ich stell's aus«, sagte Karl und griff nach dem Gerät.

»Nein ... nicht. Geh lieber ran. Es könnte wichtig sein.«

»Was könnte wichtiger sein als ein Morgennümmerchen mit der Frau, die ich liebe?«

Das Telefon hörte nicht auf zu läuten.

Naomi streckte sich und drückte es Karl in die Hand. »Geh ran. Wir haben immer noch einen Beruf, auch wenn du gewonnen hast.«

Seufzend meldete sich Karl. »Ja? Tom? Es ist hoffentlich verdammt wich ...«

Naomi sah mit an, wie innerhalb von zehn Sekunden alles Blut aus Karls Gesicht wich.

»Was ist, Karl?«, fragte sie, kaum dass er zwei Minuten später aufgelegt hatte. »Was ist los?«

Die Sonne, die in das Zimmer schien, zeigte Karls plötzlich niedergeschlagenes Gesicht.

»Das ... das war Hicks. Es geht um ... um Ivana. Sie ist ermordet worden.«

Kapitel Fünfzehn

»Der Tod muss schön sein. In der weichen, braunen Erde liegen, wehendes Gras über meinem Haupt und in die Stille lauschen; kein Gestern und kein Morgen kennen; die Zeit vergessen, dem Leben verzeihen, im Frieden sein.«
Oscar Wilde, *Das Gespenst von Canterville*

Rund eine Viertelmillion Menschen waren auf dem Friedhof der Stadt Belfast begraben, darunter Politiker, Unternehmer und Autoren wie Robert Wilson Lynd, einer der besten Schriftsteller, die Belfast je hervorgebracht hat, Freund von J. B. Priestley und James Joyce. Auf dem Friedhof gibt es zahlreiche wunderschöne schmiedeeiserne Brunnen und sogar einen Bach, der hindurchfließt. Eine Legende besagt, dass dieser Bach der Reinigung diene und die Sünden der vergessenen und verlorenen Seelen fortspüle.

Im Lauf der Jahre hatte Karl viele Beerdigungen auf diesem Friedhof besucht, manche mit wenigen Teilnehmern, andere, die ein großes Publikum hatten. Aber nichts hatte ihn auf die Massen der schwulen und transsexuellen Szene vorbereitet, die sich auf dem Gelände drängten, als an diesem klaren Mittwoch Ivanas roter Sarg langsam in die Erde hinabgelassen wurde. Die Lokalreporter – die hier eine Art Jahrmarkt erwarteten – waren offenbar bitter enttäuscht davon, wie pietätvoll sich die Trauernden und Schaulustigen verhielten, und schienen bemüßigt, sich ihre Erwartungen selbst zu erfüllen, indem sie sich ihrerseits wie Clowns verhielten und wie Pferde beim Hindernisrennen über Grabsteine hüpften, um sich – Kameras und Ellbogen wie Waffen einsetzend – die besten Plätze zu sichern.

Zugegeben, zahlreiche Trauernde trugen *tatsächlich* schrille Klamotten und regenbogenfarbene Kleider; die große Mehrzahl, darunter auch Karl und Naomi, waren jedoch in Schwarz oder Grau erschienen.

»Oh, Karl«, sagte Naomi schniefend, »Die arme Ivana ... sie ... sie hat doch keinem je ... etwas getan. Oder?«

»Nein. Natürlich nicht«, antwortete Karl, dessen misstrauischer und zynischer Verstand freilich vom Gegenteil ausging.

»Wieso ... warum die arme Ivana?«

»Ich weiß es wirklich nicht, Süße«, sagte Karl, der sich insgeheim genau dieselbe Frage stellte.

»Hat Tom irgendwas gesagt, wie es passiert ist?«

»Die Polizei sagt, dass es ein Einbruch war, der aus dem Ruder gelaufen ist. In den vergangenen zwei Monaten gab es davon eine ganze Serie in dem Viertel. Die gehen davon aus, dass eine Person oder Gruppe dahintersteckt«, antwortete Karl, der die schrecklichen Einzelheiten von Ivanas grausamer Ermordung bewusst verschwieg: Man hatte ihr die Kehle von einem Ohr zum anderen aufgeschlitzt und ihr beinahe den Kopf abgetrennt.

Naomi schniefte erneut und tupfte sich die Augen mit einem Kleenex ab. »Die sind böse ... böse, Karl.«

»Hallo«, ertönte eine Stimme unmittelbar hinter Karl und Naomi.

Karl drehte sich um und sah Detective Malcolm Chambers direkt ins Gesicht.

»Hallo«, sagte Karl und bemühte sich, seine Stimme unter Kontrolle zu halten. »Naomi, das ist Detective Malcolm Chambers, einer von Detective Inspector Mark Wilsons *neuen* und *besseren* Männern.«

»Oh … hallo«, schniefte Naomi und streckte die Hand aus.

»Hallo«, entgegnete Chambers lächelnd, schüttelte Naomi die Hand und wandte sich dann wieder Karl zu. »Es ist seltsam, aber *Ihren* Namen kenne ich immer noch nicht.«

»Was machen Sie hier?«, fragte Karl und drängte Naomi unauffällig ein Stück von dem lächelnden Chambers weg.

»Man hat mir die Leitung der Ermittlungen im Mordfall Gilmore übertragen.«

»Gilmore? Oh … Ivana.« Ivanas Nachname klang ausgesprochen fremd in Karls Ohren. »Ich will nicht unhöflich sein, Detective, aber wie viele Mordfälle hatten Sie bis jetzt genau?«

»Das … das ist an sich mein erster.«

»Wie schön, dass die Polizei diesen Fall so ernst nimmt«, kommentierte Karl sarkastisch.

»Gibt es schon Verdächtige, Detective Chambers?«, fragte Naomi.

»Na ja …« Chambers blickte unsicher drein. »An sich laufen die Ermittlungen noch, daher darf ich mich nicht dazu äußern.«

»Wir sind … *waren* Ivanas beste Freunde. Mehr oder weniger ihre Familie«, versicherte ihm Naomi. »Uns können Sie doch sicher etwas verraten?«

Chambers sah über die Schulter. Wenige Meter entfernt stand ein Polizeifotograf und machte Aufnahmen von den Trauernden und Schaulustigen. »Wir haben einen Verdächtigen in Gewahrsam.«

»Oh, meine Güte!«, rief Naomi aus.

»Das ging ja schnell«, sagte Karl mit etwas verkrampfter Miene. »Wer ist es denn?«

»Bitte reden Sie mit keiner Menschenseele darüber, besonders nicht mit den Medien.«

»Nein, natürlich nicht«, sagte Naomi und rückte näher an den jungen Detective.

»Einen Mister Vincent Harrison. Er verließ Gilmores Haus ungefähr zur Tatzeit.«

Naomi wurde kreidebleich. »Mein Gott!«

»Er leugnet natürlich alles, aber es ist nur eine Frage der Zeit, bis er gesteht. Zuerst sind wir von einem Raubüberfall ausgegangen, der eskaliert ist. Aber dann bekamen wir einen anonymen Hinweis, wonach Harrison Gilmores Haus zum ungefähren Zeitpunkt des Mordes verlassen hat.«

»Wie nett – und wie passend«, bemerkte Karl.

»Sie klingen fast enttäuscht«, sagte Chambers.

»Verzeihen Sie mir meine Skepsis. Hängt vermutlich damit zusammen, dass ich Agnostiker bin.«

»Also, *wir* wissen mit Sicherheit, dass Ivana eine Verabredung mit Harrison hatte«, warf Naomi ein. »Das hat sie uns vor ein paar Tagen gesagt.«

»Tatsächlich? Fantastisch!«, rief Chambers aus. »Das widerlegt Harrison, der hartnäckig leugnet, Naomi.«

»Nein«, verbesserte Karl. »Das ist *Hörensagen*. Wir wissen nicht mit Sicherheit, dass Harrison tatsächlich bei Ivana gewesen ist. *Sicher* sind wir uns da jedenfalls nicht. Ivana hat es uns damals nur gesagt. Das sind lediglich Indizien, mehr nicht.«

»Du musst nicht gleich ausfallend werden, Karl«, sagte Naomi, die leicht errötete. »Ich erzähle Detective Chambers ja nur, was Ivana uns gesagt hat.«

»Sie wissen offenbar eine Menge über das Gesetz … Karl«, sagte Chambers.

»Ich weiß viel über alles, was mich zum Experten für nichts macht.«

»Jedenfalls häufen sich die Beweise gegen Harrison, und das ist kein Hörensagen.«

»Was für Beweise?«, fragte Karl, der nicht mit einer Antwort rechnete.

»Darüber … sollte ich wirklich nicht reden.«

»Uns können Sie vertrauen«, sagte Naomi. »Wir verraten es keiner Menschenseele.«

Chambers sah Naomi an, dann Karl; schließlich richtete er den Blick wieder auf Naomi. »Wir haben einen Ehering am Tatort gefunden. Den konnten wir zum Juwelier Lunn in der Queen's Arcade zurückverfolgen. Es handelte sich um einen von zwei Ringen, die speziell für Harrison und seine Frau Sinead angefertigt wurden.«

»Er … er war verheiratet?«, fragte Naomi, die ihren Schock kaum verbergen konnte.

»Seit zwei Jahren. Seine bedauernswerte Frau wurde ohnmächtig, als sie die Neuigkeit erfuhr. Es war einfach zu viel für sie: Ihr Mann hatte Sex mit einem …« Chambers versagte die Stimme. »Ich meine … Sie wissen schon …«

»Einem Transsexuellen? Sie können das Wort nicht mal aussprechen«, sagte Karl, der spürte, wie ihn Zorn überkam. »Wenn wir mehr Ivanas hätten, dann wäre diese Welt sehr viel besser.«

»So war es nicht gemeint.«

»Nein, natürlich nicht. Sagen Sie, Detective Chambers. Haben Sie je den Namen Robert Hannah gehört?«

Plötzlich machte Chambers einen nervösen Eindruck.

»Ich … glaube nicht. Warum? Weshalb fragen Sie?«

»Oh, ich weiß nicht. Vermutlich ist mir der Name gerade eben zufällig in den Sinn gekommen. Wenn Sie uns jetzt entschuldigen würden, wir müssen los«, sagte Karl, nahm Naomi am Arm und ging in Richtung der Friedhofsgärtnerei.

»Was ist denn nur in dich gefahren?«, fragte Naomi, als sie vor dem Tor standen. »Er will doch nur Gerechtigkeit für Ivana.«

»Wer? Charmebolzen Chambers mit seinem Tom-Cruise-Grinsen? Der findet doch seine eigenen Füße nicht.«

»Er hat uns ins Vertrauen gezogen. Glaubst du nicht, was er uns über Harrison erzählt hat?«

»Ich glaube, dass Harrison getan hat, was jeder verheiratete Mann tun würde, wenn man ihm eine Affäre vorwirft – besonders mit einem Transsexuellen. Er leugnet es. Jetzt vergeudet die Polizei Zeit und versucht, ein Geständnis aus ihm rauszuprügeln, dabei sollten sie sich auf den wahren Mörder konzentrieren. Willst du was wissen?«

»Was?«

»Erinnerst du dich, wie ich sagte, dass ich der Polizei die Informationen über Hannah durchgegeben habe?«

»Ja.«

»Tja, kein anderer als der freundliche Detective Malcolm Chambers hat den Anruf entgegengenommen.«

»Oh.«

»Genau, oh. Und eben hat er behauptet, er habe noch nie von Hannah gehört.«

»Ich glaube, ich muss was trinken.«

»Du liest meine Gedanken. Komm, gehen wir«, antwortete Karl und führte Naomi zum Auto; doch vorher warf er einen Blick über die Schulter und sah gerade noch, wie Detective Malcolm Chambers dem Polizeifotografen befahl, ein Foto von Karl zu schießen.

Kapitel Sechzehn

»Der Mensch ist ein Geschöpf,
das nicht vom Brot allein lebt,
sondern prinzipiell von Stichworten.«
Robert Louis Stevenson, *Virginibus Puerisque*

Karls Handy klingelte, als er gerade das Büro verlassen wollte. Er sah nach der Nummer. »Unbekannter Anrufer«, stand auf dem kleinen Bildschirm.

»Hallo?«

»Mister Kane?«, meldete sich eine unheilvolle Stimme.

»Ja ... wer ist da?«

»Sie waren sehr ungezogen, Mister Kane.«

»Tatsächlich? Hören Sie, wenn es hier ums Auspeitschen geht, das ist nicht mein Ding – jedenfalls nicht mit einem Mann. Also schönen Dank auch und ...«

»Sie mischen sich in Sachen ein, die Sie wirklich nichts angehen.«

»Das sagen mir die Leute andauernd, Mister ...?«

»Ich bin nicht *die Leute*, Mister Kane. Ich glaube, eine leider verblichene Freundin von Ihnen hat Ihnen schon einiges über mich erzählt.«

»Wirklich?« Karls Nackenhaare richteten sich auf, während er hektisch nach dem Kassettenrekorder in der obersten Schublade des Schreibtischs wühlte. »Freundin? Was soll das denn für eine Freundin sein, Mister …?« *Wo zum Teufel ist das verdammte Ding?*

»Oh, ich bin sicher, Sie wissen, welche Freundin ich meine – leider weilt sie nicht mehr unter uns, sie wurde wohl vor zwei Tagen begraben. Sie sollten sich wirklich lieber um Ihre eigenen Angelegenheiten kümmern, Mister Kane, als um meine. Sehen Sie gern Filme?«

»Ständig. Ich mache kaum etwas anderes.« *Wo zum Teufel ist dieses verdammte Scheißding abgeblieben?*

»Wissen Sie noch, was Jack Nicholson in *Chinatown* zustieß, als er seine Nase in Sachen steckte, die ihn nichts angingen?«

»Vage.« *Gefunden!* Karl drückte hastig auf eine Taste.

»Guten Tag, Mister Kane.«

»Wer war das?«, fragte Naomi, als Karl das Tonbandgerät gerade wieder in der Schublade verschwinden ließ.

»Was? Oh, *das*«, sagte Karl und warf einen Blick auf sein Handy. »Wenn ich dir das sage, würdest du es nicht glauben.«

»Lass hören«, antwortete Naomi, verschränkte die Arme und wartete.

»Ein dreckiger alter Hund, der mich auspeitschen wollte. Bei einer Frau hätte ich ja nichts dagegen gehabt.«

Naomi prustete vor Lachen. »*Das* glaube ich dir. Vermutlich hat er dich irgendwo in der Stadt gesehen und deinen sexy Hüftschwung bemerkt.«

»Du meinst den hier?« Karl ließ den Hintern kreisen.

Naomi lachte noch lauter.

»Du bist unwiderstehlich, Karl Kane.«

»Ich weiß. Warte, bis ich heute Abend wiederkomme, dann unterhalten wir uns mal ernsthaft übers Auspeitschen«, sagte Karl und küsste sie hastig auf die Wange. »Ich gehe zu Tom. Mal sehen, ob er was in der Gerüchteküche gehört hat.«

Als er das Büro verließ, ließ er sich das Unbehagen, das er plötzlich empfand, nicht anmerken.

Kapitel Siebzehn

»Gegen Bedrohungen der Bosheit, Zauberei,
Und gegen jene Macht, die irrende
Menschen Zufall nennen, halt ich dies
Stets fest: die Tugend kann wohl angegriffen
Werden, doch nimmer nimmt sie Schaden.«
Milton, *Comus*

Es war spät, und Karl fühlte sich müde, als er die Hill Street hinunter nach Hause ging. Der Tag hatte nicht viel gebracht. Hicks' Informationen konnte man bestenfalls als lückenhaft bezeichnen. Es war nicht viel über Bob Hannah in Erfahrung zu bringen – jedenfalls nicht außerhalb der verschworenen Gemeinschaft von Wilsons engsten Vertrauten.

Es wurde bereits dunkel, als Karl vor der Bürotür nach dem Schlüssel suchte.

»Haben Sie Feuer?«, fragte eine Gestalt, die im Schatten des Eingangs stand und eine Kippe im Mund hängen hatte.

Karl wollte gerade antworten, als er – zu spät – die Faust sah, die wie eine Rakete aus Fleisch auf ihn zugerast kam. Man hatte ihm – jedenfalls, soweit er wusste – noch nie ein tiefgefrorenes Hühnchen über den Kopf gezogen. Dennoch war er ziemlich sicher, dass es sich genau so anfühlen müsste, nachdem er die Knöchel dieser enormen Pranke im Gesicht gespürt hatte.

Karl versuchte hastig, sich wiederaufzurichten. Versuchte, sein Gesicht mit seinen Fäusten zu schützen. Versuchte es. Scheiterte. Spürte seine Knie nachgeben.

Eine weitere Rakete traf ihn am Kinn. Er spürte einen Knochen im Gesicht brechen.

»Ich fragte, haben Sie Feuer?«, sagte Mister Moy Park und rammte Karl gelassen eine weitere Rakete der Bauart tiefgefrorenes Hühnchen in den Solarplexus.

Karl versuchte verzweifelt, bei Bewusstsein zu bleiben, streckte die Hand zur Wand hin aus und wollte sich abstützen. Es gelang ihm nicht; er fiel zu Boden und schlug sich den Kopf auf dem Pflaster blutig.

Schwärze raste ihm entgegen.

»Sie sehen gar nicht so schlecht aus«, sagte Mister Moy Park und verharrte kurz mit dem Fuß über Karl Gesicht, bevor er zutrat.

Karl spürte sein Nasenbein brechen, bevor ihn die Dunkelheit umarmte.

Kapitel Achtzehn

»Ein eigentümlicher Broterwerb,
anständige Mitmenschen zum Lachen zu bringen.«
Moliere, *Kritik der »Schule der Frauen«*

Karl? *Karl?*

Stimmen. Verstümmelte Gedanken. Davon hatte ich in letzter Zeit viele.

»Karl? *Karl*? Hörst du mich?«

»Hä?« *Tut das weh. Wie nach einem Zugunglück.*

»Karl?«

»Wo ... wo bin ich?«

»Karl!«

»Naomi?«

»Oh, Karl«, flüsterte Naomi und warf sich fast auf ihn. Er wollte sie in die Arme nehmen, doch seine Arme fühlten sich taub an. Er wusste nicht, wo er war.

»Wo ... wo bin ich, Naomi?«

»Du Dreckskerl, Karl Kane! Tu mir das nie wieder an!«, rief sie aus und küsste sein zerschundenes Gesicht. »Du hast mir eine Scheißangst eingejagt.«

»Du ... du hast gerade ›Scheiße‹ gesagt, Naomi Kirkpatrick. Das ist das erste Mal, dass ich dich so fluchen höre.«

»Du färbst auf mich ab. Ich könnte dich dafür umbringen, was ich deinetwegen durchgemacht habe.«

Karl versuchte verzweifelt, von dem großen Klotz Nichts in seinem Kopf winzige Informationssplitter abzumeißeln. Er beschwörte aber nur tiefgefrorene Moy-Park-Hühnchen herauf, die aus allen Richtungen auf ihn zugeflogen kamen.

»Du hast meine Frage noch nicht beantwortet, Naomi. Wo zum Teufel bin ich?«

»Im Krankenhaus.«

»Was? Du weißt, wie sehr ich die verfluchten Krankenhäuser hasse. Schaff mich schleunigst hier raus – *oooh* ...« Er drehte sich wieder um, weil seine Rippen so schmerzten. »Meine Rippen? Sind sie gebrochen?«

»Nein, Gott sei Dank nicht. Du hast nur üble Blutergüsse. Der Arzt sagt, du hast Glück, dass du nicht ...«

»Klar. Glück ist mein zweiter Vorname – oooh«, stöhnte Karl und schwang sich aus dem Bett. »Wo sind meine Sachen? Hol mir meine Klamotten, Naomi. Ich verschwinde hier.«

»Aber der Arzt hat gesagt ...«

»Zum Teufel mit dem Arzt. Der muss die verdammten Behandlungskosten ja nicht bezahlen. Wo sind meine Sachen?«

Widerwillig öffnete Naomi die Tür eines kleinen Stahlspinds neben dem Bett und holte Karls Kleidungsstücke heraus.

»Sie bleiben schön hier, Mister Kane«, sagte eine Krankenschwester, die in dem Moment eintrat, als Karls bloße Füße den Boden berührten.

»Ich gehe nach Hause, Schwester, und Sie werden mich nicht daran hindern. Naomi? Gib mir die Hose.«

»Karl, du solltest auf Schwester Williams hören. Bitte«, antwortete Naomi mit dem Bündel Kleidungsstücken auf dem Arm.

»Sie wurden schlimm zusammengeschlagen, Mister Kane.«

»Ja, und?«

»Sie haben möglicherweise einen Haarriss im Kieferknochen.«

»Immer noch besser als einen Hirnriss.«

»Lass die Sprücheklopferei, Karl«, schimpfte Naomi.

»Sie müssen mindestens noch einen Tag hierbleiben, Mister Kane, falls innere Blutungen auftreten.«

»Ich danke Ihnen für Ihre Besorgnis, Schwester Williams, und für alles, was Sie für mich getan haben, aber wenn ich nicht sofort gehe, bekommt mein Geldbeutel innere Blutungen. Ich muss echt hier raus.«

»Aber ... aber die Polizei? Die wollen wissen, ob Sie den Angreifer vielleicht beschreiben können.«

»Sagen Sie denen, er hatte langes, wallendes blondes Haar, einen Helm mit Flügeln und sagte, sein Name sei Thor. Er hat mir eine mit seinem Hammer übergebraten.«

Schwester Williams sah bestürzt drein.

»Bitte verzeihen Sie ihm seine Manieren, Schwester Williams«, flehte Naomi. »Im Herzen ist er immer noch ein Kind – ein verdammt ungezogenes Kind.«

»Naomi, zum letzten Mal«, sagte Karl, »*gibst* du mir jetzt die Hose, oder muss ich unten ohne hier rausmarschieren?«

»Hast du ihn gesehen, Karl?«, fragte Naomi, die Karl auf das Sofa beim Fenster half, wo das Sonnenlicht die ansonsten düstere Umgebung ein wenig aufhellte.

»Na ja, vielleicht hieß er Klitschko, so wie der mich verprügelt hat«, knurrte Karl und verzog das Gesicht. »Könntest du mir bitte ein paar Schmerztabletten bringen, oh Herzallerliebste? Und ein Glas Hennessy, damit ich mir den Krankenhausgeschmack aus dem Mund spülen kann?«

»Hennessy und Schmerzmittel? Wohl kaum. Du nimmst sie mit Wasser oder einfach so.«

»Du bist ein elender Folterknecht. Weißt du das?«

»Was hat er dir gestohlen?«

»Hm?«

»Hast du schon nachgesehen, was dir dieser Straßenräuber gestohlen hat?«

»Das kann ich alles später machen, wenn ich …«

»Ich habe nachgesehen. Er hat nichts gestohlen. Ist das nicht ziemlich merkwürdig, ein Straßenräuber, der dir Brieftasche und Handy lässt?«

»Wer ist denn hier der Privatdetektiv, Naomi? Willst du meinen Job?«, fragte Karl und rang sich ein Grinsen ab, während er mit der Zunge über die geschwollene Oberlippe strich.

»Ist das eine Antwort?«

»Hör zu, er war … vermutlich überrascht, als du die Tür aufgemacht hast. Kann ich jetzt *bitte* die Schmerztabletten haben? Du benimmst dich fast schon wie Kathy Bates in *Misery*.«

»Hör auf, mich zu verscheißern. Wir wissen beide, dass das kein Straßenräuber war, Karl.«

»Ach ja?«

»Belfast wird immer gefährlicher«, sagte Naomi, schenkte an der Spüle ein Glas Wasser ein und gab es Karl, zusammen mit zwei Schmerztabletten.

Karl ließ ein resigniertes Lächeln sehen. »Du meinst im Vergleich zur guten alten Zeit, als die IRA und die britische Armee sich noch ordentliche Schießereien geliefert haben, um sich gegenseitig zu zeigen, wo der Hammer hängt?

Heutzutage hören sie sich gemeinsam Westlife und Boyzone an, was ich offen gestanden fast noch schlimmer finde.«

»Es ist mein Ernst, Karl.«

»Ist doch verrückt, oder? Als noch Bomben und Schießereien an der Tagesordnung waren, fühlten wir uns seltsamerweise sicherer als heute, wo Scharen von Straßenräubern und Gewaltverbrechern unschuldige Bürger zusammenschlagen, nur, weil sie ihnen im Weg sind.«

»Er muss dich kennen, Karl. Das war kein Zufall.«

»Bist nicht drauf reingefallen, was?«

»Hör zu. Ich muss dir was sagen. Aber werd nicht wütend, ja?«, sagte Naomi, die aussah, als wäre ihr nicht ganz wohl in ihrer Haut. »Du weißt doch, meine Eltern überlegen, demnächst in Rente zu gehen.«

»Das hast du erwähnt«, antwortete Karl, warf sich die Schmerztabletten ein und spülte sie mit Wasser hinunter.

»Also ... wir könnten für sie übernehmen.«

Karl hustete die Schmerztabletten fast wieder aus. »Das Motel in Derrybeg?«

»Warum nicht? Bei dir hört sich das geradezu an, als wäre das schlimmer als der Tod.«

»Heiße ich Basil?«

»Was?«

»Kannst du dir vorstellen, dass ich ein Motel führe? Das würde enden wie bei Fawlty Towers – mit einer totalen Katastrophe. Bring mich bitte nicht zum Lachen. Das tut zu sehr weh.«

»Nein, es würde nicht in einer Katastrophe enden. Du wärst toll – du bist in allem toll, was du anpackst.«

»Wie viel Bacardi hast du intus? Wenn es toll ist, dass ich regelmäßig verprügelt werde, dann hast du recht – dann bin ich der Einstein von Belfast.«

»Wenigstens müsste ich mir nicht jedes Mal Sorgen um dich machen, wenn du aus dem Haus gehst, und mich fragen, was dir zugestoßen sein könnte, wenn es abends spät wird.« Naomi wandte sich ab.

»Warum weinst du denn jetzt?«

»Ich weine nicht!«, rief Naomi aus und wischte sich hastig über die Augen. »Ich bin nur müde, das ist alles!«

»Komm her«, sagte Karl und klopfte auf das Sofa.

»Was?«

»Komm her. Setz dich einen Moment zu mir. Deine Schmerztabletten wirken. In zwei Minuten schlafe ich. Waren das auch ganz sicher Schmerztabletten?«

Naomi setzte sich; Karl zog sie an sich und küsste sie auf Augen, Nase, Mund.

»Ich liebe dich so sehr«, sagte er. »Wenn es dein Wunsch ist, dann packen wir und verlassen dieses alte Drecksloch von einer Stadt. Was meinst du dazu?«

»Du wärst nicht glücklich.« Sie schniefte erneut. »Du liebst Belfast, sosehr du auch schimpfst und dich darüber beklagst.«

»Ha! Du warst wohl wirklich am Bacardi, Süße. Ich hasse diese alte Hure aus tiefster Seele. Ich würde sie nur zu gern im Rückspiegel sehen.« Karl warf einen Blick in den Spiegel auf dem Beistelltisch und erschrak über sein geschwollenes, blaugrünes Gesicht. Glücklicherweise setzte in diesem Moment die Wirkung der Pillen ein und dämpfte seine Wahrnehmung ab.

Ich bin verflucht, für immer hierzubleiben. Ich wurde in Belfast geboren und gehöre dieser Stadt mit Leib und Seele, waren seine letzten Gedanken, ehe der Schlaf ihn übermannte.

Kapitel Neunzehn

»Jeder lebt davon, dass er irgendetwas verkauft.«
Robert Louis Stevenson, *Across the Plains*

»Karl? Ein Mister Lennon möchte dich sprechen«, sagte Naomi, die an der Bürotür stand.

Karl sah von der aktuellen Ausgabe von *Racing Form* auf. »John oder Wladimir?«, fragte er.

»Pardon?«

»Sein Name. Wir schreibt man ihn? Wie einen der Beatles oder einen der Kommunisten?«

»Was zum Henker faselst du da?«

»Nichts. Ich demonstriere nur, wie alt ich bin«, antwortete Karl seufzend. »Lass ihn rein.«

»Bist du sicher, dass du dem gewachsen bist? Der Überfall ist erst eine Woche her. Im Krankenhaus haben sie gesagt, du solltest mindestens vierzehn Tage warten, bis du wieder arbeitest.«

»Für uns Privatermittler hat eine Woche vierzehn Tage. Vielleicht sollte ich ein Foto von meinem Gesicht machen und es an unseren anständigen, verständnisvollen Vermieter schicken? Glaubst du, er erlässt uns ein paar Monate die Miete, bis meine Veilchen abgeheilt sind? Und vielleicht übernimmt er ja auch gleich noch die Krankenhausrechnungen, wenn er schon dabei ist.«

»Manchmal kannst du ausgesprochen dumm und gemein sein.«

»Nur manchmal?«

Naomi schien eine spitze Bemerkung auf der Zunge zu liegen, doch dann schüttelte sie nur den Kopf, verließ das Zimmer und murmelte dabei etwas Unverständliches.

Wenige Augenblicke später trat ein untersetzter, beleibter Mann ein, setzte sich und legte eine Brieftasche aus schwarzem Leder auf Karls Schreibtisch. Das Gesicht des Mannes sah weich und schwammig aus, mit großen Aknekratern in der roten Säufernase und den geäderten Wangen. Seine Hände waren groß; er hatte Dreck unter den Fingernägeln.

»Guten Tag, Karl. Ich bin Stanley Lennon. Wie bei den Beatles, um Ihre Frage zu beantworten. Wie läuft's denn so?«, fragte er mit einem breiten Grinsen, über das sich ein Bartschatten legte wie ein dunkler Ausschlag.

»Ich muss mir unbedingt dickere Wände zulegen«, sagte Karl, dem Lennons plumpvertrauliche Art sofort zuwider war, mit einem verkniffenen Lächeln.

»Haben Sie den Namen des Fahrers?« Wenn Lennon den Mund aufmachte, kam ein Geruch wie von Batteriesäure heraus.

»Was?«

»Des Busfahrers, der über Ihr Gesicht gefahren ist!« Lennon schlug sich auf den Schenkel. Der entzündete Ausschlag breitete sich rapide aus.

»Was genau wollen Sie von mir, Mister Lennon?«, fragte Karl.

»Stanley. Nennen Sie mich Stanley, Karl. Das machen alle.«

»Okay ... Stanley. Was kann ich für Sie tun?«

Plötzlich wirkte Lennons Lächeln noch entspannter; etwas an dem dreisten Grinsen brachte Karl zur Weißglut.

»Die Frage ist mit Sicherheit, was ich für *Sie* tun kann, Karl«, sagte Lennon und öffnete die Brieftasche. »Wissen Sie, was ich in dieser Börse habe?«

Karl zuckte die Achseln. »Keine Ahnung. Vielleicht Aktien, mit denen Sie handeln?«

»Das ist witzig. Man sagte mir, dass Sie witzig sind.«

»Okay. Ich gebe auf. Was haben Sie in Ihrer Börse, wenn es keine Aktien sind?«

»Das beste Schmerzmittel, das die Menschheit kennt«, antwortete Lennon und nahm fünf zierliche Backsteine aus Zwanzigern mit breiten elastischen Bändern heraus. »Ich vertrete einen Klienten, der anonym bleiben möchte«, sagte Lennon. »Das sind fünftausend in Zwanzigern, Karl. Zählen Sie nach.«

»Ich habe genügend Filme gesehen und weiß, dass die Summe vermutlich korrekt ist. Allerdings habe ich auch genügend Filme gesehen, um zu wissen, dass nichts umsonst ist und man am Ende meist viel teurer dafür bezahlt«, sagte Karl und beugte sich ein Stück weit über den Tisch zu Lennon. »Das ist die Stelle, wo der Gute – meistens Humphrey Bogart – immer sagt: Was immer du anzubieten hast, Kumpel, ich kaufe es nicht.«

Lennon lächelte noch breiter.

Wenn dieses ölige Grinsen noch einen Millimeter breiter wird, prügle ich es dir aus dem Gesicht, dachte Karl.

»Sie müssen gar nichts kaufen, Karl. Das sind Gratisproben. Die nehmen Ihnen alle Schulden und Schmerzen.«

»Und was genau will Ihr anonymer Klient dafür?«

»Er will, dass Sie ein wenig Urlaub machen«, sagte Lennon grinsend und blinzelte. »Irgendwo, wo es sonnig und gut für Ihre Gesundheit ist.«

»Hmmm. Verstehe …«, antwortete Karl, kratzte sich am Kinn und sah auf die Uhr. »Tut mir leid, Stanley, ich ertrage die Sonne nicht. Ich habe mich schon ein paarmal verbrannt, und ein gebranntes Kind scheut das Feuer, wie Sie wissen. Wenn Sie nichts dagegen haben, muss ich mich jetzt um andere Klienten kümmern. Bestellen Sie Mister Anonym von mir, dass er möglicherweise bald selbst einen Urlaub macht. Einen sehr langen Urlaub.«

Lennon stand auf, verstaute die Geldbündel wieder in der Börse und klappte sie zu. »Für einen so bauernschlauen Mann verhalten Sie sich ganz schön dumm, Karl. Guten Tag.«

»Schade um Ihren vergeblichen *Börsengang*, Stanley.«

Keine Minute später kam Naomi zur Tür herein.

»Was sollte das alles?«

»Das war nur ein Vertreter, der was verkaufen wollte.«

»Und was?«

»Aktien und fragwürdige Aktiva.«

»Auf jeden Fall sollte er sein Rasierwasser wechseln. Darin muss er ja gebadet haben.« Naomi wedelte mit der Hand. »*Puh*. Was für ein Geruch.«

»Riecht nach Ärger«, sagte Karl und griff nach seiner Hämorrhoidensalbe. Sein Hintern kribbelte furchtbar.

Kapitel Zwanzig

»Sei nett zu deinen Mitmenschen, wenn es aufwärts geht, denn du begegnest ihnen wieder, wenn es abwärts geht.«
Wilson Mizner, *The Legendary Mizners*

Stanley Lennon öffnete kurz nach Mitternacht die Tür seines Hauses in der Lisburn Road und stellte die Aktentasche auf den kleinen Mahagonitisch in der Diele. Er bückte sich und hob die Post von der Fußmatte auf. Überwiegend Rechnungen, dazwischen unglaublich überflüssige Werbung.

»Verdammter Müll. Die sollten lieber …«

»Hallo, Stanley«, ertönte eine Stimme aus dem Wohnzimmer.

»Was zum …!«

Der Schlagstock glitt wie ein Aal aus Karls Ärmel. Der Schlag traf Lennon an der Schläfe, als er sich umdrehte; er sackte in sich zusammen und ging zu Boden.

»Mein Vater pflegte stets zu sagen, dass man die mächtigste Eiche mit der kleinsten Klinge fällen kann«, sagte Karl, der den Schlagstock in seiner Hand anerkennend betrachtete und zugleich auf den stöhnenden Lennon hinabsah. »Da hat er eindeutig nicht gelogen.«

»Oh«, stöhnte Lennon, der sich unwillkürlich an den Kopf griff.

»Keine Bange. Es blutet nicht – *noch* nicht.«

»Kane? Haben Sie … haben Sie den Verstand verloren?«

»Sie dürfen mich Karl nennen, *Stanley*. Das machen alle. Und um Ihre Frage zu beantworten, ja, ich bin etwas durchgeknallt«, antwortete Karl und schlug Lennon erneut, diesmal an die Schulter.

»Aaaah! … Allmächtiger Gott … Sie elender Irrer!«

»Also, bitte! Haben Ihre Eltern – sofern Sie welche hatten – Ihnen nicht beigebracht, dass Fluchen sich nicht gehört, Sie dreckiges Schandmaul?« *Klatsch, klatsch, klatsch!* Jetzt traf es Lennons Beine.

»Aaaaaah!«

»Sie haben alles durcheinandergebracht, Stanley. Zuckerbrot und Peitsche. Sie hätten mir zuerst das Geld anbieten und mich dann verprügeln sollen.«

»Ich … ich weiß nicht, was Sie da zusammenfaseln.«

»Sie sagten heute Morgen, das Geld in der Börse würde mir die Schmerzen nehmen. Erinnern Sie sich? Tja, irgendwie mag ich meine Schmerzen. In den letzten Tagen sind sie mir sogar regelrecht ans Herz gewachsen. Ich habe ihnen sogar einen Namen gegeben. Wollen Sie wissen, wie ich sie nenne?«

»Nein. Bleiben Sie mir nur vom Leib, Sie krankes Schwein.«

»Kann-es-kaum-erwarten-den-Arsch-zu-finden-der-mir-das-angetan-hat-um-es-ihm-heimzuzahlen-Schmerzen«, zischte Karl. »Ich weiß, das hört sich etwas umständlich an. Ich arbeite an einer Kurzfassung.«

»Was … was soll das alles?« Lennons schmerzverzerrtes Gesicht implodierte rapide. »Diese … elenden Schmerzen sind unerträglich.«

»Ich habe den Kerl zwar nicht richtig gesehen, der mich in jener Nacht zusammengeschlagen hat, aber er hatte eindeutig in Brut-Rasierwasser gebadet. Komisch, ist das nicht dieselbe Marke, mit der Sie uns heute Morgen im Büro fast erstickt hätten? Außerdem hatte er Mundgeruch. Sein Atem stank nach Batteriesäure. Meine Intuition sagt mir, dass der Angreifer um die eins neunzig groß gewesen sein und rund hundertzwanzig Kilo gewogen haben muss, nichts als Muskeln. Große Clownsschuhe wie die, die Sie gerade tragen. Hatte vermutlich auch einen Bartschatten und das Grinsen eines Pädophilen im Gesicht.«

Lennon verzog das Gesicht. »Ich würde den Ruf eines Mannes nicht ruinieren, indem ich ihn einen verdammten Kinderficker nenne, Kane.«

»Du *arbeitest* für einen, Schleimbeutel. Willst du noch mehr hören? Du warst Polizist. Einer der sogenannten schweren Truppe aus Glenfield in Carrickfergus. Siehst du? Ich weiß alles über dich, was es zu wissen gibt, Stanley, ich kenne sogar deine neue Adresse in Ballymena.« Karl schlug Lennon auf die Knöchel.

Lennon kreischte wie am Spieß.

»Wenn du noch mal so schreist, stopfe ich dir das Maul, du harter Bursche.« *Klatsch.* Das linke Schulterblatt.

»Oooh …«, stöhnte Lennon. »Bitte … warum machen Sie das? Geld? Wollen Sie mehr Geld?«

»Hören Sie mir gut zu, Mister Moy Park. In der Nacht, als Sie mich überfallen haben, haben Sie einen epischen Fehler gemacht. Machen Sie es jetzt nicht noch schlimmer, indem Sie lügen. Sonst müsste ich nämlich richtig ernst machen«, sagte Karl, nahm den .357er Colt Python zur Hand und drückte ihn fest auf Lennons schweißnasse Stirn.

»Bitte … nicht …«

»Richten Sie Mister Anonym aus, dass ich ihn kriegen werde. Ich weiß, dass der Schleimbeutel Ivana ermordet hat, und gebe erst auf, wenn der Gerechtigkeit Genüge getan wurde – so oder so.« *Klatsch!* Mit dem Schlagstock ins Genick.

Lennon biss in den Kragen seines Mantels und ballte stöhnend die Hände zu Fäusten.

»Was ist los, harter Mann?«, fragte Karl, der heftig schwitzte und auf ein Knie gestützt sein Werk begutachtete. »Austeilen ist gut, einstecken nicht, was?«

Blut lief Lennon aus dem Mund. Er spuckte Karl zähen Schleim vor die Füße. »Sie sollten … sollten mich lieber umbringen, Kane … Drecksack …«

»Oh, *ich* muss Sie nicht töten, Stanley. Wissen Sie, welchem Beruf mein Schwager nachgeht?«

»Er … er ist Polizist.«

»Polizist?« Karl lachte. »Das ist ungefähr so, als würde man sagen, der Papst ist ein Messknabe. Nein, mein hochgeschätzter Schwager ist nicht einfach nur Polizist. Er ist der verdammte Boss von dem Laden, und zu deinem Pech, *Stanley*, liebt mich mein geschätzter Schwager wie einen Sohn. Wenn du weiterhin bei guter Gesundheit bleiben willst, dann pack deine Siebensachen zusammen, und verschwinde aus Belfast – *pronto*. Geh zurück nach Ballymena oder in irgendein anderes Kuhkaff.«

»Scheiß auf Sie«, stöhnte Lennon.

»Ich bin nur besorgt um dich. Weißt du, ich musste alles in meiner Macht Stehende tun, damit mein Schwager nicht zwei seiner Leute herschickt, damit sie eine wesentlich unangenehmere Unterhaltung mit dir führen. Glaub mir. Verglichen mit deren Besuchen, war dies hier ein Spaziergang. Der Fluss Lagan kann ziemlich einsam sein, Stanley, und für Ratten wie dich, die tollkühn am Käse der Mausefalle knabbern, gibt es nur ein Ende.«

»Arschloch!«

Karl drehte Lennon um und blickte dem besiegten Mann ins Gesicht. Allen großen Worten zum Trotz, machte Lennon einen nervösen und berechnenden Eindruck. Karl musste kein Psychologe sein, um den verzweifelten Ausdruck eines Mannes zu erkennen, der verbissen zu ergründen suchte, was als Nächstes kommen könnte.

»Du siehst gar nicht so schlecht aus«, sagte Karl und strich Lennon mit dem warmen Schlagstock über das verschwitzte Gesicht. »Sei einfach dankbar, dass ich dich nicht so liegen lasse, wie du mich.«

Er zog Lennon zu guter Letzt noch einen Scheitel mit dem Schlagstock.

Lennon sah es nicht einmal kommen.

»Gute Nacht, Süßer«, flüsterte Karl, stand auf und verließ das Haus.

Die Nacht draußen war kühl. Einsam. Still. Karl ging gemächlichen Schrittes zum Auto.

»Alles okay?«, fragte Willie, der zusah, wie Karl einstieg.

Karl nickte. »Das nennt man Schmerztherapie.«

»Du hast getan, was du tun musstest. Er hatte sicher keine Gewissensbisse, weil er dich zusammengeschlagen hat. Ende der Geschichte. Den siehst du nie wieder.«

»Ich hoffe, du hast recht, mein Freund«, antwortete Karl. »Hier. Leg das nach hinten.«

»Eine Börse? Was ist da drin?«

Meine Behandlungskosten«, antwortete Karl und ließ den Motor an.

Kapitel Einundzwanzig

»Frisch weht der Wind der Heimat zu,
Mein irisch Kind, wo weilest du?«
»Fresh blows the wind, to the homeland,
My Irish darling, where do you linger?«
Richard Wagner, Tristan und Isolde
T. S. Eliots Übersetzung für *The Waste Land*

Das Telefon läutete, als Karl sich am Morgen gerade den ersten Kaffee eingoss. Er hasste so frühe Anrufe. Sie bedeuteten selten etwas Gutes. Plötzlich kam ihm der Zwischenfall mit Lennon vor zwei Tagen in den Sinn, doch er verdrängte den Gedanken. Er konnte sich nicht vorstellen, dass Lennon die Polizei auf seine Geschäfte aufmerksam machen wollte.

»Tom? Was ist denn?«

»Vor drei Tagen wurde in Schottland der Leichnam eines Mädchens an Land gespült, am Mull of Kintyre. Anscheinend lag sie schon eine ganze Weile im Wasser. Die schottische Polizei glaubt, dass es sich um Martina Ferris handelt. Die haben mich gebeten, ihre zahnärztlichen Unterlagen zur Identifizierung zu schicken.«

»Oh, Scheiße.«

»Sie haben mir Fotos von der Leiche geschickt. Ich würde sagen, sie ist es, Karl. Das fehlende Auge ist auf den Bildern klar zu erkennen. Tut mir leid.«

»Haben ... haben die gesagt, wie sie gestorben ist? Ertrunken?«

Hicks antwortete erst nach einer kurzen Pause.

»Nein. Kein Unfall. Sie wurde ermordet, genau wie die anderen Mädchen.«

Karl spürte, wie ihm das Blut von den Füßen bis hinter die Augen stieg.

»Karl? Bist du noch da?«

»Was? Oh ... ja. Noch da ... danke, dass du mich angerufen hast. Ich rede erst mit Martinas Schwester, wenn du alles bestätigt hast. Rufst du mich an, wenn der Leichnam überführt wird oder du etwas Genaues weißt?«

»Ja. Klar.«

»Danke, Tom. Wir unterhalten uns später weiter«, sagte Karl und beendete das Gespräch mit einem Tastendruck.

»Was ist denn, Karl?«, fragte Naomi mit benommener Stimme und blinzelte die Morgenmüdigkeit aus den Augen. »Wer war das?«

»Tom Hicks. Die Polizei in Schottland hat eine Leiche gefunden. Vermutlich Martina Ferris. Ist aber noch nicht bestätigt.«

»Martina ... oh, das arme Ding«, sagte Naomi und schüttelte fassungslos den Kopf. »Wie ist sie gestorben?«

»Höchstwahrscheinlich ermordet.«

»Mein Gott ... wie?«

»Wir müssen den Autopsiebericht abwarten«, sagte Karl, der der ohnehin schon verstörten Naomi die grausigen Einzelheiten ersparen wollte.

»Was ist mit Geraldine? Jemand muss es ihr sagen.«

»Wir warten, bis wir eine definitive Antwort von Tom haben. Übertriebene Eile nützt keinem.«

Naomi nickte zustimmend. »Du hast recht. Es besteht immer noch die Möglichkeit, dass es nicht Martina ist. Oder?«

Karl antwortete nicht.

Kapitel Zweiundzwanzig

»Grausamkeit hat ein menschliches Herz ...«
William Blake, *A Divine Image*

Am Spätnachmittag hämmerte Karl orientierungslos in die Tasten seiner Royal Quiet DeLuxe und versuchte verzweifelt, das Manuskript seines jüngsten Romans zu beenden. Hicks' Anruf am Morgen hatte ihn aus der Fassung gebracht. Jedes Mal, wenn er ein Wort schreiben wollte, tauchte Martinas Gesicht vor ihm auf.

»Hat keinen Sinn«, sagte er seufzend und hoffte, Naomi würde ihm ihre Aufmerksamkeit schenken. Er brauchte etwas Trost und griff auf die älteste Ausrede der literarischen Zunft zurück. »Schreibblockade.«

Sie beachtete ihn nicht und sah weiter unverwandt zum Fernseher.

»Es hat keinen Sinn, verdammt«, wiederholte er lauter. »Ich kann mich nicht konzentrieren.«

»Hm? Hast du was gesagt, Karl?«

»Ich sagte ... vergiss es.«

Als Karl gerade wieder die Finger auf die Tastatur legte, läutete es.

»Schon gut. Bleib sitzen, Naomi. Ich hab sowieso nichts Besseres zu tun«, sagte er verhalten sarkastisch und ging die Treppe hinunter.

Als Karl die Tür öffnete, sah er Sean vor sich, den Briefträger.

»Pünktlich wie immer, Sean. Ich könnte meine Uhr nach dir stellen – wenn sie sechs Zeiger hätte.«

»Heute kann ich definitiv nichts dafür, Karl«, antwortete Sean leutselig. »Die Schlange bei McDonald's war schrecklich lang. Es war so voll, man hätte meinen können, die verschenken ihre Big Macs.«

»Solltest du nicht zuerst die Post zustellen?«

»Mit leerem Magen?«

»Okay. Das versteh ich. Was hast du denn Schönes für mich?«

»Wichtig ist, was ich nicht für dich habe.«

»Ich mag Briefträger, die in Rätseln sprechen. Und was hast du *nicht* für mich?«

»Ein dickes, klobiges Päckchen mit einem deiner abgelehnten Manuskripte.«

»Zum Brüllen. Diese Stadt ist voller Witzbolde. Gib mir einfach die Post und geh noch ein Happy Meal essen. Das dürfte uns dann alle happy machen.«

Oben sah Karl die Post durch, entsorgte den Müll und wünschte sich, er hätte dasselbe mit den drei Rechnungen machen können, die ihm wie Blei in der Hand lagen.

»Was Wichtiges, Karl?«, fragte Naomi, die den Blick ein paar Sekunden vom Bildschirm abwandte.

»Ja, drei Briefe von einem Arsch namens Rechnung und ein großer, geheimnisvoller Umschlag für mich«, sagte Karl und riss das braune Couvert auf. Karl brauchte keine zehn Sekunden, um den Brief zu lesen, der sich darin befand:

Lieber Carl [Name falsch geschrieben? Absichtlich? Gewann seine Paranoia die Oberhand?]

ich finde Deinen Stil sehr komisch und originell. Leider muss ich jedoch zu unser beider Bedauern sagen, dass ich keine Empfehlung dafür schreiben kann. Mein Agent ist dagegen. Ich muss Dich darüber hinaus warnen, dass Du keine Erlaubnis hast, die Begriffe »komisch« und »originell« zu zitieren – oder diese Korrespondenz in einem Deiner zukünftigen Werke zu erwähnen, es sei denn, eines dieser Werke schafft es auf die Bestsellerliste, dann darfst du unbedingt darauf hinweisen. Mein neues Buch, Des toten Mannes Grab, *erscheint im März und dürfte zu einem akzeptablen Preis in allen guten Buchhandlungen erhältlich sein. Viel Spaß mit den beiliegenden Werbetexten. Sie sind umsonst, und Du darfst sie Dir zu Gemüte führen, sooft Du willst. Ich sollte noch erwähnen, ehe ich zum Ende komme, dass ich noch eine sehr begrenzte Anzahl Exemplare meines letzten Megasellers* Vorwärts in die Dunkelheit *anbieten kann, ebenfalls zu einem günstigen Preis. Darüber hinaus bekommt jeder, der zwei meiner Bestseller kauft, ein wunderschönes Schwarz-Weiß-Foto meiner Wenigkeit zugeschickt, das der weltberühmte Fotograf Miles O'Rourke aufgenommen hat. Ein noch besseres Geschäft macht der Mullan-Fan, wenn er vier meiner Bestseller kauft. Dafür gibt es dann nämlich ein signiertes Foto – vollkommen kostenlos.*

Mit freundlichen Grüßen, Peter T. Mullan, Autor von sechs Bestsellern, darunter das von der Kritik hochgelobte Ihr tödlicher Sohn, *das bald verfilmt wird, mit Mel Gibson in der Hauptrolle (oder Harrison Ford).*

PS: Ja, die Unterschrift auf dem Foto ist echt. Du kannst sie gern auf eBay zu Geld machen.

»Von wem ist der Brief, Karl?«, fragte Naomi.

»Von diesem Wichser«, sagte Karl und hielt das große Schwarz-Weiß-Foto hoch, damit Naomi es sehen konnte.

»Wer ist das?«

»Das ist der Dreckskerl, den ich in der Schule so oft vor einer ordentlichen Tracht Prügel bewahrt habe. Jetzt wünschte ich mir, ich hätte mitgemacht beim Verprügeln. Das ist Mister Bestseller persönlich, Peter Mullan.«

»Warum schickt er dir ein Foto von sich?«

»Vermutlich, weil er keins von mir hatte, das er mir schicken konnte.«

»Ist das nicht der Schriftsteller, den du bei Eason's treffen wolltest?«

»Ja ... aber halten wir uns nicht mit der Vergangenheit auf«, sagte Karl, der Foto und Brief zerriss und in die Küche ging. »Möchtest du einen Kaffee?«

»Hm?«, fragte Naomi, deren ausschließliche Aufmerksamkeit wieder dem Fernseher galt.

»Ich sagte, möchtest du ... was zum Teufel siehst du dir da an? Weinst du etwa? Warum zum Teufel weinst du jetzt schon wieder? Hoffentlich nicht wegen dem Brief von diesem Wichser?«

»Ich weine nicht!«, fuhr Naomi ihn an und wischte sich mit einem Kleenex über die Augen.

»Dann siehst du dir offenbar eine üble Schmonzette an. Bitte sag mir, dass nicht schon wieder *Titanic* läuft!«

»Das ... das ist das Schrecklichste und Grausamste auf der Welt«, verkündete Naomi und zeigte zum Bildschirm, während sie etwas auf einen Notizblock kritzelte.

»Was denn?«

»Diese schreckliche Folter. *Foie gras.*«

»Ich liebe es, wenn du mit französischem Akzent sprichst. Dabei fällt mir ein. *Wi wi, Mademoiselle. Isch muss auf la toilette gehen*«, sagte Karl mit einem grauenhaft verunglückten Versuch, Peter Sellers zu imitieren.

»Das ist nicht komisch. Ich werde einen Leserbrief schreiben«, sagte Naomi. »*Foie gras* müsste man verbieten.«

»Ich stimme dir voll und ganz zu, was immer du auch meinst. Was hast du mit dem *Belfast Telegraph* gemacht? Ich muss ein paar Rennen nachsehen …« Plötzlich versagte Karl die Stimme. Auf dem Bildschirm wurde einer Gans ein fünfundzwanzig Zentimeter langes Stahlrohr in den Hals geschoben. In seiner Panik gab das Tier fast menschliche Laute von sich, je tiefer das Rohr in seinem Hals verschwand. Es war ein abstoßender Anblick, doch Karl konnte sich nicht abwenden, genau wie bei einem schlimmen Autounfall. »Was … was machen die da mit dieser Gans?«

Naomi schniefte. »Das arme Tier wird durch ein Rohr direkt in den Magen mit Getreidebrei zwangsgefüttert.«

»Warum? Ist es krank?«

»Nein, natürlich nicht. Diese Technik des Stopfens – oder *foie gras* – reicht bis zweitausendfünfhundert vor Christi zurück, als die alten Ägypter sich erstmals Geflügel als Nahrungsmittel hielten und die Tiere durch Stopfen fett machten.«

»Und wozu?«

»Weißt du, was *foie gras* heißt?«

»Fettleber?«

»Stimmt genau. Diese Fettlebern werden drei bis vier Mal so groß wie normal. Gelten als Delikatesse, die von sogenannten Sterneköchen und fressgeilen Gourmets geschätzt wird.«

Die Gans kreischte ein schrilles *Herr-onk-onk, her-onk-onk* der Qual. Für Karl klang es geradezu erschreckend menschlich. Der Anblick ging ihm an die Nieren.

»Kannst du den verdammten Ton ein wenig leiser stellen, Naomi?«

»Macht dich das fertig?«

»Ja.«

»Gut«, antwortete sie und stellte mit der Fernbedienung lauter. »Jeder sollte das hören, bevor er so etwas isst.«

Herr-onk-onk, her-onk-onk, her-onk-onk, her-onk-oooooo-onk.

»Was ist denn in dich gefahren?«

»Diese Folter müssen die Tiere die letzten zwei bis drei Wochen ihres Vogellebens über sich ergehen lassen, bis man sie schließlich schlachtet. Kannst du dir vorstellen, dass du so gefoltert wirst und schreist, und keinen interessiert es auch nur einen Scheißdreck? Furchtbar …«

Manchmal folgte das Glück Karl wie ein Hund. Manchmal eilte es ihm ein wenig zu weit voraus. Manchmal blieb es ein Stück zurück, doch es hielt sich stets in Hörweite auf, und er wusste, wenn er lange genug wartete, kam es am Ende. Und plötzlich traf ihn dieses Glück, als hätte ihm jemand ein Gummiband an die Stirn geschnalzt. Der Gedanke wuchs so sehr in seinem Kopf, dass für nichts anderes mehr Platz blieb.

»Ich muss weg, Naomi. Sollte nicht allzu lange dauern«, sagte er und schnappte sich hastig den Mantel.

»Aber … es ist schon spät. Ich mach das aus, wenn es dich so sehr mitnimmt, und …«

»Nein! Nein, lass das an. Ich muss dir ein paar Fragen stellen, wenn ich wieder da bin.«

Kapitel Dreiundzwanzig

»Es ist etwas Beunruhigendes am Mondenschein; er besitzt die Leidenschaftslosigkeit einer Seele ohne Körper, und zugleich etwas von ihrem unergründlich Geheimnisvollen.«
Joseph Conrad, *Lord Jim*

Die Dämmerung senkte sich über Belfast und schuf Schleichwege für die Nacht. Die Straßen waren verlassen – die meisten Menschen waren offenbar schon da, wo sie sein wollten –, und die Stadt verwandelte sich in eine erschreckend stille Wüste.

Der Eisengeruch von Regen lag in der warmen, stickigen Luft.

Karl stand unter einer bogenförmigen Straßenlampe, bis er sich mit einem geisterhaften Mond als einzigem Zeugen endlich traute, das Gebäude zu betreten.

»Ich hatte gleich das Gefühl, dass du wiederkommen würdest«, sagte Cathy selbstgefällig. »Hast du deine kostbare Martina gefunden? Legt die kleine Gans wieder goldene Eier für dich?«

Cathy wirkte seit der letzten Begegnung sichtlich gealtert. Die Flecken in ihrem Gesicht hatten sich ausgebreitet wie ein behandlungsresistenter Ausschlag, sodass sie kränklich, teigig und verschwitzt aussah. Bizarrerweise trug sie einen viel zu engen Badeanzug, aus dem ihr Busen fast herausquoll. Unten rutschte der Anzug immer wieder an der Innenseite ihrer Schenkel hoch. Karl sah den beunruhigenden Schatten von Schamhaar darunter.

»Sie müssen mir von den Mädchen erzählen, Cathy – von allen.«

»Du stehst auf die jungen, was? Feiste, leckere, kleine, nackte Gänschen? Kommst du nicht mit Frauen in deinem Alter klar, die schon etwas reifer sind, so wie ich?«

»Sie wissen, was er mit ihnen macht.«

»Wer?«

»Er mästet sie. Bei unserer ersten Begegnung haben Sie mich gefragt, ob die fette, goldene Gans aus ihrem Käfig geflohen ist. Wissen Sie noch? Und jetzt sprechen Sie schon wieder von Gänsen.«

Cathy lächelte, sagte aber kein Wort.

»Sie locken sie zu ihm, Cathy. Oder nicht? Die kleinen Mädchen. Die sind alle irgendwann einmal hier gewesen. Oder nicht?«

»Ich ... ich weiß nicht, was du meinst.«

Zum ersten Mal, seit er sie kennengelernt hatte, dachte Karl, dass er Unsicherheit hinter Cathys sonst so selbstbewusstem Auftreten spürte.

»Sie wollen ganz bestimmt nicht Beihilfe zu einem Mord leisten, Cathy. Ich glaube, Sie wollten ihn und sein krankes, mörderisches Spiel aufhalten. Sie haben mir Hinweise gegeben, aber ich war zu begriffsstutzig. Zuerst habe ich es einfach nicht kapiert, aber jetzt schon. Wer oder was ist der Käfig?«

»Ich ... du solltest gehen ... ich will nicht mit dir reden.«

»In Schottland wurde eine Leiche gefunden. Höchstwahrscheinlich ist es Martina Ferris. Wollen Sie das auf dem

Gewissen haben, Cathy? Folter und die Ermordung junger Mädchen?«

»Das könnte eine Falle sein, damit ich wieder ins Gefängnis komme.«

»Es ist keine Falle. Ich kann Ihnen versichern, dass ich kein Polizist bin – auch kein verdeckter Ermittler. Sie müssen mir helfen. Ich muss ihn aufhalten, damit er nicht noch mehr junge Mädchen ermordet. Ich halte Ihren Namen da raus. Versprochen.«

»Du ... hast mich immer noch nicht davon überzeugt, dass du kein verdeckter Bulle bist.«

»Wie zum Teufel soll ich Ihnen das beweisen? Na los, stellen Sie mich auf die Probe.«

»Na ja ... ich habe einen ... Test. Nur, um zu beweisen, dass du kein Bulle bist ...« Sie zog eine kleine Metallkiste aus einem Stapel zerkratzter Koffer unmittelbar rechts von ihr. Nahm ein kleines, pralles, in Folie gewickeltes Bündel aus der Kiste. Der Inhalt des Bündels war braun. Erinnerte ein wenig an eine Kackwurst. Plötzlich grinste Cathy Karl verschwörerisch an.

»Was ist das?«, fragte Karl.

»Das? Das ist der beste Lügendetektor.« Ihr Grinsen wurde dünn wie eine Messerklinge.

Sie wühlte in einer anderen Kiste, nahm dort einen runzligen Apfel und ein etwas abgegriffenes, aber voll funktionstüchtiges Schweizer Offiziersmesser – »Spartan« der Firma Victorinox – heraus und klappte eine Klinge auf. Sie kappte damit den Stiel des Apfels, drehte das Obst seitwärts und bohrte ihm die Klinge so in die Eingeweide, dass es sein Innerstes erbrach. Ihre Bewegungen waren geschmeidig. Eine Expertin.

»Magst du Apfelkuchen?«, fragte sie.

»Ich habe keine Zeit für Unsinn, Cathy. Helfen Sie mir, oder nicht?«, fragte Karl, dem allmählich der Geduldsfaden riss.

»Bei diesem Rezept darf man nichts überstürzen. Gib mir den Kugelschreiber da auf dem Koffer«, befahl sie ihm und streckte die Hand aus wie eine Ärztin während einer Operation.

Karl entdeckte das gewünschte Objekt und gab ihr rasch den Filzschreiber von Bic.

Sie zog die abgenutzte blaue Kappe von dem Stift, biss die gelbe Spitze ab und zog mit den dunklen Zähnen gekonnt das Tintenröhrchen heraus. Spuckte es aus. Pustete durch den hohlen Stift wie ein Kind durch ein Blasrohr. »Perfekt. Vollkommen frei.«

»Verraten Sie mir, was das alles soll?«

»Gleich!«, rief sie aus und schälte noch mehr Fruchtfleisch aus dem Apfel. Diesen Vorgang wiederholte sie drei Mal, dann wickelte sie die Plastikfolie des prallen Bündels auf und schabte die braune, wachsartige Substanz in das Innere des ausgehöhlten Obstes. Sie rammte das Plastikröhrchen des Bic-Stifts zielsicher in den Apfel und glitt mit der Zunge anzüglich und auf eine laszive Weise an dem Stift entlang, bei der Karl ganz mulmig wurde. »Das nennt man eine echte Pfeife. Gib mir ein Feuerzeug.«

»Ich habe keines. Ich rauche nicht mehr.«

»Da drüben liegt eins, neben den Schuhen«, sagte sie und sah ihm zu, wie er suchte, bis er es gefunden hatte. »Gut. Genau das. Gib es mir.«

»Und was jetzt?«, fragte er und hielt ihr das Feuerzeug hin.

»Anzünden«, befahl sie.

»Sie wollen aus *dem Ding* rauchen?«

»Und du.«

Karl schüttelte den Kopf. »Nie im Leben.«

»Das ist kein Theaterstück, bei dem ich sage, oh doch, und du antwortest, ganz sicher nicht.« Plötzlich wurde ihr Gesicht verschlossen und ausdruckslos. »Sieht aus, als könnte man dir nicht vertrauen. Meine Instinkte haben mich *nicht* getrogen. Du *bist* ein Bulle. Nimmst du mich jetzt wegen Drogenbesitz fest, Bulle?« Cathy muhte zwei Mal so dicht vor Karls Gesicht, dass dieser Spucketropfen abbekam.

Karl wog seine Möglichkeiten ab und sah ein, dass es nur eine gab. Er drehte am Rad, bis die Flamme dünn und grell im Halbdunkel emporschoss. Er hielt das brennende Feuerzeug in ihre Richtung. Sie führte seine Hand, bis die Flamme den Inhalt des Apfels erreichte und zum Glimmen brachte, wie ein orangerotes Band mit roten und schwarzen Flecken. Unvermittelt strich die Flamme über die Haare an seiner Hand und verbrannte sie.

»Scheiße!« Karl zog hastig die Hand weg.

Cathy atmete lächelnd den Geruch von verbrannter Haut ein. »Rieche ich da etwa Steak? Muh! Muh!«

Leck mich, wollte er sagen, schwieg jedoch und sah ihr zu, wie sie zaghaft, aber bestimmt an der Bic-Pfeife sog. Sekunden später zog der süße Duft von Bratapfel durch den Raum, vermischt mit dem Gestank von etwas lange nicht so Angenehmem, der Karls Hirn umnebelte.

»Meine Apfelkuchen sind die besten«, sagte Cathy lächelnd und betrachtete ihn mit einem Schlafzimmerblick, während Rauch zwischen ihren schlechten Zähnen hervordrang und über ihr Gesicht wallte.

Langsam öffnete sie die Augen und bot Karl die Pfeife an. Zögernd nahm er sie. Sah ihr ins Gesicht, das implodierte wie ein Ballon, aus dem die Luft entweicht, dann betrachtete er den Wahnsinn, den er in der Hand hielt. Cathys Spucke klebte am Röhrchen des Bic. *Widerlich.* Er verdrängte den Gedanken daran und nahm tapfer einen Zug aus der Pfeife. Hustete. Keuchte und prustete unbeherrscht. Rauch und grüner Rotz kamen ihm aus der Nase. *Ekelhaft.* Er putzte sie hastig.

»Das ist *echt* neu für dich«, sagte Cathy lachend. »Keine Bange, beim ersten Mal ist es immer am schlimmsten – und am *süßesten.* Und jetzt solltest du inhalieren, als ob du es ernst meinst. Als ob dein Leben davon abhängen würde. *Vermassle* es bloß nicht.«

Widerwillig sog Karl den Rauch ein und versuchte nicht mehr zu verhindern, dass er die dunkle Reise in seine Lungen und den Blutkreislauf antrat. Die Wirkung erwischte ihn mit voller Wucht. Stromschläge pulsten durch sein Gehirn. In seinen Armen summte plötzlich Elektrizität. Seine Beine fühlten sich verkrampft und wie Pappmaschee an. Er musste scheißen.

»Nimm noch einen Zug«, sagte Cathy und sah ihm in die Augen. »Vertraust du mir nicht?«

»Natürlich ... vertraue ich ... dir. Sogar sehr ...«, murmelte er Sekundenbruchteile zu spät, da sein Zeitgefühl aus den Fugen geriet. Das Zimmer drehte sich langsam. Er schloss die Augen, um gegen den Schwindel anzukämpfen. Er brauchte etwas länger, bis er die Augen abwenden und den Blick wieder auf Cathy richten konnte. »Sag ... sag mir nur ... sag mir nur, wo der Käfig ist ...?«

»Das wird ein wunderbarer Trip. Ich hoffe, dein Pass und Visum sind in Ordnung, Karl?«, sagte Cathy kichernd, doch mit einem finsteren und bedrohlichen Unterton.

»Reise?« Sein Kopf wurde amorph. Karl spürte, wie sein

Gesicht sich nach innen schraubte, wie Wasser, das in einen Abfluss rann.

»Wir sind beide im selben Kopf, Karl. Begreifst du das nicht?«

»Selben Kopf ...« Das Zimmer schwoll an und schrumpfte – Atemstöße wie die einer Lunge aus Beton. Er hörte seinen Herzschlag. *Poch. Poch. Poch.* »Herz ... brennt ... ich brauche ... Luft.«

»Ganz ruhig.« Cathys Augen wurden groß und funkelten vor Vergnügen. Sie küsste ihn sanft auf die Wange und näherte sich seinen Lippen mit den ihren. Ihr Mund klaffte riesig, das verschwitzte Gesicht sah gerötet und großporig aus. Sie murmelte ihm etwas Unhörbares, aber Anstößiges ins Ohr.

Karl nahm ihren durchdringenden Körpergeruch wahr; sah sein verzerrtes Spiegelbild in den runden Nieten in ihrer Zunge. Etwas geschah mit Cathys Lippen, sie schienen anzuschwellen, sahen plötzlich wie weibliche Geschlechtsorgane aus. Die bizarren Lippen drängten sich an die seinen. Er wehrte sich.

»Wenn du mir nicht hilfst«, zischte sie in seinen Mund, »helfe ich dir auch nicht. Wenn du mir noch einmal nicht gehorchst, bist du hier nicht mehr erwünscht. Habe ich mich klar ausgedrückt? Dann findest du den Käfig nie.«

Karl versuchte zu antworten. »Meine Zunge ... ist wie ... Gum... Gum... *Gummiii.*«

»Habe ich mich klar ausgedrückt?«

»Ja ... Son...nen...klar.«

»Meine Äpfel sind die besten auf dem Markt«, sagte Cathy und führte Karls Hand an ihre Brust. »Und weißt du, warum?«

Karl schüttelte nur den Kopf, da seine Zunge die Worte

nicht mehr formen konnte. Es kam ihm vor, als würde er in Treibsand versinken.

»Wenn man fertig ist, isst man das Beweisstück einfach auf!«, rief Cathy aus und lachte vulgär und unerwartet laut, während sie ihm mit der anderen Hand den schwelenden Apfel auf den Mund drückte, sodass ihm die Zähne wehtaten. »Beiß ab. Lass das Beweisstück verschwinden. Wir wollen doch nicht, dass uns die Bullen verhaften, oder?« Plötzlich sahen ihre Augen groß und leer aus, wie ein gewaltsam aufgerissenes Fenster.

Karl nickte in Zeitlupe. Öffnete den Mund. Biss in den Apfel. Er schmeckte wie feuchtes Sägemehl. Er schluckte den heißen Bissen im Mund. Er war unverwundbar.

Einen kurzen, klaren Sekundenbruchteil lang sah er Funken tanzen. Cathy streifte die wenigen Kleidungsstücke ab, die sie am Körper trug, ohne ihn dabei aus den Augen zu lassen.

Jetzt sah er zum ersten Mal, dass die Natur achtlos mit ihrer Anatomie umgegangen war. Ihr Körper war missgestaltet, rachitisch verkrümmt. Blaue Adern überzogen die entblößte Haut. Und doch besaß sie bei allen Makeln eine gewisse abstoßende Schönheit, wenn man bereit war, genauer hinzusehen.

»Du verlogener Dreckskerl! Wenn du kein Bulle bist, was hat dann das in deinem Scheißmantel verloren? *Hm?* Raus damit, du Aas, bevor ich dir den verlogenen Kopf wegschieße!«

Sie drückte ihm den .357er Colt Python mit zitternden Händen fest an die Schläfe.

»Nein! Nicht! Lass … es mich dir … erklären. B… b… bitte … C… Cathy …«

Plötzlich erstarrte alles zum fotografischen Negativ eines Stilllebens. Cathys Knöchel wurden weiß wie Knochen. Sie krümmte den Finger um den Abzug. Karl hielt den Atem an. Er stellte sich vor, wie sie abdrückte und ihm die Hälfte seines aschfahlen Gesichts wegschoss.

»Ich höre, kann aber nicht garantieren, wie lang«, antwortete Cathy und brach das tödliche Schweigen. »Und deine Erklärung sollte gut sein, denn andernfalls steht es schlecht um dich.«

Karl versuchte, Spucke im Mund zu sammeln, doch seine Mundhöhle blieb staubtrocken. »Den … den trage ich nur zum Schutz bei mir. Ich habe mir im Lauf der Jahre als Privatdetektiv eine Menge Feinde gemacht. Nur zum Schutz … das ist alles …«

»Ich glaube dir nicht«, zischte sie und krümmte den Finger fester um den Abzug.

Sie würde es tun. Die durchgeknallte Irre würde es tun. »Sieh dir doch nur den Lauf an. Herrgott noch mal! Schau, wo … wo die Seriennummer war. Sie wurde weggefeilt. Die Waffe ist illegal. Glaubst du, die Polizei würde zulassen, dass ich mit so was rumlaufe? Du musst mir glauben, Cathy.«

»Ich muss gar nichts, nur abdrücken! Leg dich hin, Gesicht zum Boden.«

»Hör doch, Cathy, es besteht kein Grund …«

»Ich sag's nicht noch mal – *runter auf den Boden*!«

Mit der freien Hand schnappte sich Cathy eine Spritze mit einer trüben braunen Flüssigkeit, die aus der Nadel tropfte und eine dünne Spur hinterließ. Sie rückte näher zu Karl. Hitze, ungeheure Hitze ging von ihrem Körper aus. Sie streckte den Arm aus und berührte ihn an der Schulter.

Er schrak zurück.

»Nicht«, flüsterte sie und ließ das Wort auf der Zunge zergehen, während sie Karl die Spritze in den Hals stieß.

Zuerst spürte er gar nichts, doch dann kam der Rausch, der kalte Rausch der Hochstimmung und Allmacht, der in jede Pore und Blutzelle eindrang und Karls Sinne verwirrte.

Karl wurde müde und schloss die Augen, um dem ganzen Wahnsinn zu entfliehen. Er spürte, wie Cathy ihn auf den Rücken drehte und so geschmeidig und ölig wie eine Schlange auf ihn glitt. Er wollte sie wegstoßen, hatte aber keine Kraft mehr in den Armen.

»Nicht wehren«, flüsterte sie. »Ganz ruhig ... gut so. Schön langsam ...« Sie zog ihn aus, zuerst langsam, dann immer stürmischer.

»Bitte ... mach ... das nicht ... Cathy ...«

Er spürte, wie sie seinen Penis mit den Fingern in die feuchte Dunkelheit einführte.

Dann wurde alles noch bizarrer.

Jemand strich ihm Teer über die Augen. Alles schlug von Schneeweiß in Pechschwarz um. Sein Gehirn schaltete auf den untersten Kriechgang herunter. Schwindelig. Wie aus *Gummi*. Der Tisch in der Ecke kam auf ihn zu; die Tischbeine bestanden plötzlich aus Fleisch und Blut und rieben sich keuchend wie ein notgeiler Hund an ihm. Die Vorhänge an den Fenstern wurden zu gigantischen Zungen. Zärtlich leckten sie ihm über die nackte Haut. Alles und jeder war sein Freund. Das Zimmer wechselte die Farben: ein Kaleidoskop psychedelischer Regenbogen. Nackte Cherubim rutschten an den Regenbogen herab, kicherten und winkten, dass er sich zu ihnen gesellen sollte. Er winkte in Zeitlupe zurück und sah ihre Schulterblätter rhythmisch zucken, ihre kleinen Pobacken lustvoll grinsen. Leise Musik hallte durch seinen Schädel. Die gesamte Umgebung wurde zu einer Petrischale des Absonderlichen.

Cathy grinste, hielt eine Ansammlung von Spritzen

hoch, die die Größe von Stricknadeln besaßen, und rieb sie aneinander. *Klick, klick, klick*, machten sie.

»Hast du echt geglaubt, mir würde auch nur ein Scheißdreck an einer kleinen Hure liegen?«, fragte Cathy mit großen Augen und einem gemeinen Grinsen über dem ganzen Gesicht. »Muh! Muh!«

Karl dachte an *Les Tricoteuses*, an Madame Defarges tödliches Grinsen. Plötzlich fröstelte er bis auf die Knochen.

»Du … du musst ihnen … ihnen helfen … bitte, Cathy …«

Und plötzlich, ohne Vorwarnung, lief alles wieder mit normaler Geschwindigkeit ab. Karl spürte, wie sich sein Innerstes zusammenzog. Etwas Greifbares stahl sich in seinen Verstand und schaltete Karls ganze Welt ab. Sekunden später löste er sich in ein wogendes Meer der Dunkelheit auf, in dem weiße Lichtblitze zuckten. Die Dunkelheit schien endlos zu sein. Der Boden tat sich auf und verschluckte ihn. Das Zimmer versteckte sich.

Als Letztes sah er die Gestalt eines Mannes, der grinsend neben Cathy stand.

Kapitel Vierundzwanzig

»Wenn es Gott nicht gäbe, müsste man ihn erfinden.«
Voltaire, *Epistel an den Verfasser des Buches von den drei Betrügern*

»Karl?«

»Hm?«

»Mach die Augen auf, Karl«, forderte eine Männerstimme.

Irgendwo in Karls Kopf fräste sich eine Motorsäge durch den Schädelknochen, als er langsam die Augen aufschlug. Das grelle Licht ätzte wie Säure. Er machte sie hastig wieder zu und schirmte sie mit einem Arm ab.

»Scheiße!«

»Pardon«, ertönte es als Antwort, »daran denke ich einfach nie. Ich sorge für etwas angemessenere Beleuchtung. Ist es so besser?«

Zaghaft zwang Karl sich, die Augen abermals aufzuschlagen. Er befand sich in einer Art Raum. Alles weiß, ausgebleicht, ohne herausragende Merkmale oder Farbtupfer, auf die sich das Auge konzentrieren konnte. Ein Fremder blickte zu den Fenstern von Karls Augen herein. Die Haut des Fremden fluoreszierte auf unheimliche Weise, genau wie der Raum selbst.

Karl war desorientiert. »Wo ... wo zur Hölle bin ich?«

»Hölle? Ich hoffe, das war nur ein Versprecher, Karl«, antwortete der Fremde mit verhaltenem Lächeln. »Erinnerst du dich nicht mehr? Dass du gepafft hast wie ein Bengel hinter dem Fahrradschuppen der Schule, bevor du zur Nadel gegriffen hast? Das ist mein Haus – oder *war* es.«

Langsam nahm der Raum Formen und Konturen und Gerüche an – Gerüche nach Weihrauch und Kerzenwachs, die schwer in der Luft lagen.

»Die alte Kirche …? Wer … wer *sind* Sie? Sie sind nicht der, der neben Cathy stand.«

»Errätst du nicht, wer ich bin?«

»Ich bin nicht in der Stimmung für Ratespiele. Sagen Sie es mir einfach.«

»Ich bin Jesus, Karl.«

»Na klar. Dann können Sie mir ja sicher verraten, wer das Grand National gewinnt?«

»Ich unterstütze kein Glücksspiel, Karl.«

»Hat Cathy Ihnen meinen Namen genannt? Wo ist der Mann, der bei ihr war? War das Bob Hannah?«

»Cathy und Bob?« Jesus lachte. »Die sind nicht in meinem Team. Die Sünde tropft aus jeder Pore von Cathys verführerischem Körper. Der alte Trick mit dem Apfel. Das war nicht das erste Mal. Das reicht zurück bis in den Garten Eden. Also *weit* zurück.« Das Lachen wurde verschlagener.

»Wer zum Teufel *sind* Sie?«

»Solche Ausdrücke solltest du in meiner Gegenwart wirklich nicht benutzen. Zum Glück habe ich Sinn für Humor, Karl. Hör ja nicht auf meine durchgeknallten Fans, die dir was anderes erzählen wollen. Ich kann diese ganzen humorlosen wiedergeborenen Christen nicht ausstehen.«

Zum ersten Mal bemerkte Karl, dass das riesige Kruzifix,

das von der Decke baumelte, keineswegs unbemannt war. Rasch betrachtete er den Mann etwas eingehender. Bärtig und hager, halb in Fetzen gekleidet und mit einem schmutzigen T-Shirt, auf dem stand: *»Ich war Atheist, bis mir klar wurde, dass ich Gott bin.«* Karl kam er vage bekannt vor, als hätte er ihn schon einmal gesehen.

Karl wollte aufstehen, spürte aber plötzlich, wie seine Beine zu Gummi wurden. »*Oh …*«

»Obacht«, riet die besänftigende Stimme von Jesus.

Karl spürte brennende Galle in seiner Kehle aufsteigen. Unvermittelt brach er auf dem Boden zusammen und übergab sich heftig. Seine Welt drehte sich immerzu im Kreis. So übel war ihm seit Jahren nicht mehr gewesen. Er fragte sich, ob er starb – oder schon tot war.

»O Gott«, stöhnte er.

»Ja?«

»Nicht. Okay? Gehen Sie mir nicht auf die Nerven«, sagte Karl kläglich, bemühte sich vergeblich um einen bedrohlichen Tonfall und wischte sich saures Erbrochenes vom Mund. »Ich bin nicht in der Stimmung für diesen Blödsinn.«

»Warum?«

»Sehen Sie das nicht? Ich bin high.«

»Da, wo ich herkomme, hat high eine völlig andere Bedeutung. Sehr viel himmlischer.«

»Ich lach mich tot. Ein echter Frank Carson. Lassen Sie mich einfach in Ruhe … oh … mein Kopf.«

»Du siehst müde und zerschlagen aus, Karl. Du brauchst unbedingt eine Aufmunterung. Wenn du willst, kann ich die Dunkelheit vertreiben und deine Seele erleuchten«, antwortete Jesus. »Komm her, ich helfe dir auf.«

Karl griff nach der Hand und bemerkte ein Loch. Die

Wunde machte einen feuchten Eindruck, mit leicht zähflüssigen Aussickerungen. Instinktiv wich Karl zurück.

»Was ... was ist mit Ihrer Hand los? Sie blutet.«

»Stigmata«, antwortete Jesus lächelnd, ein unheimliches und wunderbares Lächeln. »Das können Sie nicht ignorieren. Sie können nicht wegsehen, Karl.«

»Natürlich«, antwortete Karl sarkastisch. »Muss ich mir auch zulegen, ein echter Partyknüller.«

Jesus schnippte mit den Fingern und förderte angezündete Zigaretten zutage – zwei. Eine steckte sich Jesus in den Mund, die andere bot er Karl an.

»Nein danke«, sagte Karl. »Ich versuche, es mir abzugewöhnen.«

»Führe uns nicht in Versuchung, hm?«, sagte Jesus und ließ ein blendend weißes Lächeln sehen, für das jeder Werbefilmer getötet hätte.

»So ungefähr.«

Jesus zog zaghaft an der Zigarette, schloss die Augen und genoss offenbar den Geschmack.

»Es ist *sehr* lange her, seit ich zum letzten Mal so eine hatte. Die habe ich böse gebraucht. Ups. Böse sollte ich im Zusammenhang mit meiner Person wohl besser nicht sagen, oder?«

Karl sagte nichts, sondern sah zu, wie die Zigarette sich langsam selbst verschlang und in Rauch auflöste wie ein einsames Gespenst.

»Nimm meine Hand, Karl«, forderte Jesus ihn mit sanfter, aber bestimmter Stimme auf. »Hab keine Angst. Sie beißt dich nicht.«

Karl unterdrückte den Impuls, die Bitte auszuschlagen, streckte den Arm aus und ergriff die dargebotene Hand widerwillig. *Peng!* Ein Erschauern, gefolgt von tausend winzigen elektrischen Schlägen, die durch sein Nervensystem jagten, schossen durch seine Wirbelsäule und kamen zu Mund und Ohren heraus. Er stolperte und hatte den Eindruck, als schwebten seine Füße Zentimeter über dem Boden.

So real. Sooo reaaal. Surreaaaaaaaal.

»Sachte, Karl. Nichts überstürzen. Es besteht kein Grund zur Eile. Wir haben die ganze Ewigkeit.«

»Wer ... wer *sind* Sie ... wirklich?« Jetzt schlich sich ein Unterton des Zweifels in Karls Stimme ein. Er ließ hastig die seltsame Hand des Fremden los.

»Wirklich? Ich habe dir schon gesagt, wer ich bin: Ich bin der große ›Ich bin‹.«

»Schön für Sie. Sie klingen allerdings mehr wie ein Häufchen Elend. Wenn es Ihnen nichts ausmacht, ich muss jetzt los. Es war schön, Sie kennenzulernen, und so weiter.«

»Ich kann dir helfen, Karl. Vergiss nie, Jesus ist der Erlöser.«

»Tatsächlich? Und wo bunkert er seinen Erlös? Bei der Bank of Ireland oder der Ulster Bank?«

»Du kannst wirklich gemein sein, Karl. Du bist ein noch größerer Ungläubiger als Thomas. Wir haben viel gemeinsam, du und ich. Wir wurden beide gekreuzigt«, sagte Jesus, zog das T-Shirt hoch, drehte sich um und zeigte den entblößten Rücken. Der war von Hunderten grässlicher Narben entstellt, ausnahmslos tiefen Schnittwunden, roh und feucht wie Speckscheiben.

Karl verzog unwillkürlich das Gesicht, als er den geschundenen Rücken sah. »Wer zum Teufel ... wer hat das *getan?*«

»Alle. Lies *zwischen* den Zeilen, Karl. Lass dein Urteilsvermögen nicht von Zynismus oder Schuldgefühlen trüben.«

»Schuldgefühle? Was für Schuldgefühle?«

»Wegen deiner Mutter.«

Karl spürte, wie ihm das Blut aus dem Gesicht wich. Seine Beine wurden wieder zu Gummi. »Halten Sie meine Mutter da raus.«

»Du hast deine Mutter nicht ermordet, Karl. Du hast es weder verschuldet noch herbeigeführt. Du warst noch nicht einmal neun Jahre alt. Begreifst du das nach all den Jahren immer noch nicht?«

»Sie sollten besser damit aufhören, wenn Sie wissen, was gut für Sie ist.«

»Sie hat dich als Kind verletzt. Du musstest mitansehen, wie sie Affären mit anderen Männern hatte, während dein Vater zur See fuhr. Du hast sie gehasst, weil ...«

»Sie sind ein Lügner! Ich habe sie nicht gehasst! Ich habe meine Mutter nie gehasst. Ich habe sie geliebt. Sie hatte nie Affären!«

»Und du hast ihr Vorwürfe gemacht, weil sie das Monster in dein Haus brachte. Dieses Monster hat sie ermordet und dich zurückgelassen, weil es dich für tot hielt, und du glaubst, dass deine Gedanken irgendwie mit dem brutalen Mord in Zusammenhang stehen. So funktionieren ungerechtfertigte Schuldgefühle; sie sitzen wie eine Spinne in der Ecke, weben ihr Netz im Dunkeln, erfüllen einen mit Zweifeln und lassen einen am eigenen Gewissen und Glauben zweifeln.«

»Lügner! Ich besitze keinen sogenannten Glauben. Ich glaube schon lange nicht mehr an diesen falschen Gott. Gott ist Schall und Rauch. Ich schreibe seinen Namen nicht einmal mit einem Großbuchstaben.«

»Oh, *das* hat aber gesessen, Karl«, sagte Jesus mit einem verhaltenen Lächeln. »*Glaub* an mich. Ich *kann* dir helfen. Lass mich dich zum Glauben zurückführen. Vielleicht sollte ich dich Judas vorstellen? *Das* wäre ein Optimist nach deinem Geschmack. Er ist für alle hoffnungslosen Fälle zuständig.«

»Ich *brauche* keine Hilfe. Ich finde alles selbst heraus. Immer.«

»Es muss schrecklich sein, wenn man so perfekt ist. Als Nächstes versuchst du noch, auf dem Wasser zu wandeln, wenn du wieder zu viel Hennessy intus hast.«

»Lassen Sie mich in Ruhe! Ich brauche niemanden! Daran habe ich *keine Zweifel*!« Karl drückte sich die Hände fest auf die Ohren, hörte die Stimme aber immer noch.

Plötzlich lief an der gegenüberliegenden Wand geisterhaft ein knisternder Schwarz-Weiß-Film an.

»Was ... was machen Sie?«

»Ich dachte mir, du siehst dir vielleicht gern einen frühen Stummfilm mit mir an, der alten Zeiten wegen.«

Unheimliche Klaviertöne fügten sich zur Melodie von *Stormy Weather* zusammen. Karl spürte ein Kribbeln im Nacken.

Plötzlich erwachte die Leinwand zum Leben; nacheinander zuckten Blitze über die dunkle Decke und erhellten eine Art von großer, rustikaler Küche. Ein Mann saß an einem Tisch. Karl sah nur seinen Rücken, bekam aber dennoch eine Gänsehaut. Der Mann blickte das lange, dunkle Paradies eines Gewehrlaufes entlang, der ihm fest an den Kopf gedrückt wurde. Ein untersetzter Mann mit einer Haut wie Dörrfleisch und einem Grinsen, das sein Gesicht bis zum Zerreißen spannte, hielt die Waffe.

Blitze zuckten hinter den Fenstern. Alles war in Schwarz-Weiß gehalten, abgesehen von einer Lache Blut, das aus dem Körper eines Mädchens am Boden lief. So rotes Blut hatte Karl noch nie gesehen. Es erinnerte ihn an Supermans Umhang. Ein weiterer Schütze stand über dem Leichnam und warf schallend lachend den Kopf in den Nacken, wie eine Hyäne auf zwei Beinen.

»Was soll …?« Karl versuchte, einen Gang hochzuschalten, aber alles spielte sich in Zeitlupe ab.

Die Hyäne war jetzt halb nackt; mit steifem, haarigem Penis bestieg sie den Leichnam. Spucke sammelte sich auf den Lippen der Hyäne.

Der Schütze am Tisch sagte etwas, aber es waren keine Worte zu hören. Er drückte dem Mann das Gewehr noch fester an den Kopf und spannte den Hahn. Er grinste.

Komischerweise flogen Bruchstücke des Tisches davon, sodass ein augenförmiges Loch in der Mitte der Tischplatte entstand. Plötzlich wurde der Kopf des Schützen brutal nach hinten geschleudert; sein Kinn zeigte eine winzige Höhlung, Kirk Douglas' berühmtem Grübchen nicht unähnlich. Ein dünnes Rinnsal Blut floss aus der Öffnung und bildete einen roten Fleck auf der Brust. Er bewegte sich nicht. Er gab keinen Laut von sich. Seine Augen sahen aus wie Glas.

Träger Rauch kräuselte sich aus dem Loch in der Tischplatte.

Der Mann am Tisch stand auf, richtete die Waffe auf die Hyäne am Boden, schoss zwei Mal und tötete sie.

»Schalten Sie das verdammte Ding ab!«, kreischte Karl. »Schalten Sie es ab!«

Die Leinwand löste sich plötzlich auf.

»Du hast keine Skrupel gehabt, Bulldog zu töten. Oder Detective Cairns«, sagte Jesus.

»Sie … sie hatten es verdient. Bulldog und Cairns haben … viele Menschen ermordet … Jenny Lewis ermordet … ihre Mutter. In meinem Fall war es … war es nur … Notwehr.«

»Ja, das weiß ich. Aber es hat richtig gutgetan, als du sie erschossen hast, nicht?«

»Sie waren Schurken ... Schläger ... haben ... haben immer auf den Schwachen herumgehackt.« Karl hielt sich wieder die Ohren zu. Er wollte, dass diese vorwurfsvolle Stimme endlich verstummte und ihn nicht mehr quälte. »Die haben ... jeden ermordet, der sich ihnen in den Weg gestellt hat.«

»Das stimmt alles«, gab Jesus zu. »Aber du hast dich auf ihr Niveau herabgelassen, Karl, oder nicht? Du wirfst gern einen Blick in den Abgrund, nicht? Die Erleichterung danach ist enorm. Stimmt's?«

»Lassen Sie mich in Ruhe!« Er drückte die Hände noch fester an den Kopf. Ihm war, als würde sein Kopf gleich explodieren. »Sie sind nicht real!«

»Wenn du nicht an mich glaubst, kann ich dir nicht helfen.« Jesus streckte die blutenden Hände aus. »Bitte, und so wirst du empfangen, Karl. Ich kann dir helfen.«

»Fassen Sie mich nicht mit diesen Händen an! Ich brauche Sie nicht!« In Karls Kopf drehte sich alles. »Brauche Sie nicht. Brauche ... Sie ... nicht ... nicht ...«

»Okay. Wenn das dein letztes Wort ist«, sagte Jesus und blickte himmelwärts. »Applaus für diesen störrischen Unglauben. Lasset die Posaunen von Jericho erschallen!«

Obwohl die nervtötende Stimme direkt in Karls Kopf drang, hörte er noch andere Geräusche, reißende, kratzende Laute, als würden sich Rippen gewaltsam ausdehnen und ihre Hülle aus Fleisch zerreißen. Unvermittelt bröckelten die Mauern der alten Kirche. Die nackten Cherubim flüchteten zum sicheren Deckengewölbe. Das große Kruzifix, das von der Decke hing, schmolz in erschreckendem Tempo und bildete eine Pfütze auf dem Boden, die die Form eines Fragezeichens annahm.

Blut ergoss sich wie ein Sturzbach aus Jesus' Wunden.

Die Farbe Rot war allgegenwärtig. Wein. Blut. Kerzen. Augen. Karl musste weg von diesem Wahnsinn. Er versuchte, ins Freie zu stolpern, als er das Geräusch von oben hörte. Plötzlich wurde es dunkel, Beton regnete vom Himmel, und mit einem Mal war die Hölle los.

Ein Teil der Decke erwischte ihn an der Stirn.

Kapitel Fünfundzwanzig

»Die Nacht, die Mutter aller Ängste und Geheimnisse, kam über mich.«
H. G. Wells, *Der Krieg der Welten*

Karl torkelte wie ein Betrunkener die Hill Street hinab. Zweimal stolperte er fluchend über das Kopfsteinpflaster unter seinen Füßen, bis er schließlich vor der Tür seines Büros stand.

Seine Hand zitterte so sehr, dass er kaum den Schlüssel ins Schloss bekam. Um ihn herum lösten sich die Schatten der Nacht langsam auf. Die Dämmerung zog herauf.

»Na los, du Aas, geh rein«, zischte er und sah nach links und rechts, während der Schlüssel scheinbar immer größer und klobiger wurde und sich kaum noch halten ließ.

Glücklicherweise war die schmale Straße menschenleer – soweit er es erkennen konnte –, doch das Gefühl, beobachtet zu werden, ließ sich nicht abschütteln, bis der Schlüssel schließlich im Schloss steckte.

Im dunklen Flur lehnte er sich an die Tür und hielt den Atem an.

Schritte? Näherte sich jemand?

Poch, poch, poch, machte sein Herz.

Es schien, als würde der Flur immer dunkler werden; er schwankte wie ein Boot in rauer See. Übelkeit stieg in

Karl empor. Er fürchtete, dass er jeden Moment einen Ohnmachtsanfall bekommen würde.

Atme, Herrgott noch mal! Deine verdammte Fantasie trübt dir die Wahrnehmung.

Er atmete hastig ein und ließ Luft in die brennenden Lungen einströmen, bis diese alles aus seinem Kopf löschte.

»Ruhig … ruhig …« Die Übelkeit ließ nach.

Er stützte sich ab und tastete sich zum Badezimmer, wo er behutsam die Tür schloss, ehe er das Licht einschaltete.

Scheiß die Wand an … Seine Kleidung blutig und zerrissen.

Zögernd sah er in den Wandspiegel linker Hand.

Scheiße! Das Gesicht eines Fremden blickte ihm entgegen; ein blutiges, aschfahles Gesicht mit blutbesudelter, geschwollener Haut. Er sah fehl am Platze aus, wie ein Trauernder auf der falschen Beerdigung.

Karl drehte den Wasserhahn auf, hielt die hohlen Hände darunter und schlürfte Wasser. Als er fertig war, drückte er Zahnpasta aus der Tube auf den Zeigefinger und rieb die zähe Masse fest über die Zähne.

Er schälte sich aus der blutigen Kleidung, ließ sie auf dem Boden liegen, stellte sich unter die Dusche und ließ sich von dem kalten Wasser beleben.

»Karl? Bist du das?«, hörte er Naomis Stimme gedämpft durch die Tür.

Scheiße! »Ja … ja. Liebste …«

»Warum ist die Tür abgeschlossen?«

Er hörte, wie sie gegen die Tür drückte und sich an der Klinke zu schaffen machte.

Denk nach! »Ich … ich hab gerade einen Wahnsinnsschiss in die Schüssel gedrückt. Den dürften sie noch in Bangor riechen.«

»So genau wollte ich's nicht wissen, schönen Dank«, antwortete Naomi mit angewiderter Stimme. »Es ist fast fünf Uhr morgens. Wo warst du?«

»Ich war ... unterwegs.«

»Ich bin nicht in Stimmung für deinen Sarkasmus, Karl. Warum duschst du um diese Zeit?«

»Ich ...« *Denk nach, Herrgott noch mal!* »Ich ... ich bin bei der Saint Anne's Cathedral ausgerutscht und gegen einen Laster gefallen. Irgendein Dummkopf hat Holzlatten geladen und überstehen lassen. Fast hätte ich mir den Hals gebrochen. Ich hab mir das Gesicht ein bisschen zerkratzt ...«

»Mein Gott, Karl! Geht es dir gut?«

»Ja ... nur ein paar Kratzer und Blutergüsse. Es geht mir sicher viel besser, wenn ich den Hennessy trinke, den du im Schlafzimmer für mich eingeschenkt hast«, antwortete er und versuchte verzweifelt, unbekümmert und fröhlich zu klingen.

»Soll ich reinkommen und dir den Rücken abrubbeln?«

Karl warf hastig einen Blick auf die blutige Kleidung. »Äh ... ich ... ich bin fast fertig. In ein paar Minuten kannst du mich im Bett vorne abrubbeln.«

Naomi kicherte. »Okay, aber beeil dich.«

»Nur noch ein paar Minuten.«

Er wartete, bis sie weggegangen war, dann beugte er sich nach vorn und kotzte in die Duschkabine. Es war ein Übelkeitsanfall, der sich gewaschen hatte; Karls ganzer Oberkörper verkrampfte sich, er verzog unter Schmerzen das Gesicht.

Es vergingen gut zehn Minuten, bis er wieder in der Lage war, sich aufzurappeln.

Er begutachtete seinen nackten Körper und suchte nach Schnittwunden. Nichts. Ein paar Kratzer, aber nicht annähernd schlimm genug, dass sie das viele Blut auf seiner Kleidung erklären konnten.

Woher zum Teufel kommt das ganze Blut? Plötzlich eine Erinnerung. Ein Mann, der sich für Jesus ausgab und lachte, als er sich mit einem Messer Schnittwunden an den Handgelenken zufügte und behauptete, dass er die Wände wackeln lassen könnte – buchstäblich.

»Armer Irrer«, murmelte Karl, alles andere als überzeugt.

Plötzlich erschien Cathys grinsendes Gesicht im Spiegel. Hastig wischte er es mitsamt der beschlagenen Feuchtigkeit weg.

Er knüllte seine Kleidungsstücke zusammen, stopfte sie in eine große, schwarze Plastiktüte, die er unter dem Waschbecken fand, schlich verstohlen nach unten und trat nackt auf die kalte Straße hinaus. Er spähte nach links und rechts, dann warf er die Tüte in den Mülleimer, der zusammen mit anderen der morgendlichen Leerung entgegenfieberte.

Unvermittelt sprang eine abgemagerte Straßenkatze aus ihrem dunklen Versteck und erschreckte ihn fast zu Tode.

»Mistvieh!«, zischte er.

Er schloss leise die Tür hinter sich und schlich auf Zehenspitzen die Treppe hinauf zum Schlafzimmer. Naomi schlief tief und fest, aber das Glas Hennessy stand neben der Nachttischlampe.

Er kippte die köstliche Flüssigkeit mit einem Schluck hinunter. Ihm graute davor, was die nächsten Stunden bringen würden.

Kapitel Sechsundzwanzig

»Gibt es keinen Ausweg aus dem Verstand?«
Sylvia Plath, *Apprehensions*

»Du hast mir immer noch nicht gesagt, wo du gestern Nacht gewesen bist – oder besser gesagt, heute Morgen«, sagte Naomi, die Kaffee einschenkte und Karl reichte.

Hintergrundmusik aus der Nachmittagssendung des Downtown Radio klang durch das Zimmer. »Go Your Own Way« von Fleetwood Mac.

Karl hielt die Tasse mit beiden Händen und dachte, wie gut die schwarze Farbe des Kaffees doch zu seiner Stimmung passte.

»Dieser Fair-Trade-Kaffee schmeckt wie Muckefuck. Können wir nicht wieder unseren normalen Kaffee trinken? Wo zum Teufel ist dieser teure Rio-Kaffee?«, stöhnte Karl und versuchte verzweifelt, dem drohenden Verhör auszuweichen. Sein Gehirn war immer noch aufgeweicht von dem verfluchten Dreck, den Cathy ihm eingeflößt hatte.

»Du hast mal wieder einen deiner Ich-hasse-die-Welt-Anfälle und an allem was auszusetzen. Egal, du wolltest mir gerade erzählen, wo du um fünf Uhr morgens gewesen bist und wie du zu diesen geheimnisvollen Kratzern im Gesicht gekommen bist.«

Karl versuchte verzweifelt, sich eine plausible Geschichte auszudenken, und plötzlich kam sein Gehirn in die Gänge. Der Gedanke, Naomi anzulügen, gefiel ihm nicht, aber er fand keine andere Möglichkeit. Ehrlich gesagt, wusste er selbst immer noch nicht so genau, was letzte Nacht passiert war, als wäre alles ein Albtraum gewesen.

»Das sagte ich doch schon. Ich bin bei der Saint Anne's Cathedral gegen einen Laster gestürzt. Wenn du es unbedingt wissen musst, ich habe einen alten Schulfreund getroffen, den ich seit Urzeiten nicht mehr gesehen habe. Er war auch bei der Signierstunde dieses Wichsers bei Eason's und … aaah!« Er hatte sich etwas von dem Kaffee auf sein linkes Bein geschüttet. »Verdammter Scheißkaffee!«

»Karl!«, rief Naomi und kam zu ihm gelaufen. »Zieh die Hose aus, schnell, bevor der Kaffee dir die Haut verbrüht! Tempo!«

»Halb so wild«, sagte Karl mit verzerrtem Gesicht. So viel hatte er eigentlich nicht verschütten wollen.

»Sei nicht albern. Hose runter – *ein bisschen plötzlich.*«

»Ich mag es, wenn du schmutzige Sachen sagst.«

»Das ist nicht komisch, Karl. Du hättest dich schlimm verbrühen können.«

»Zwei Zentimeter höher, und ich hätte mich nicht nur schlimm verbrüht.«

Während Karl die Hose auszog, kam er zu dem Ergebnis, dass sich die Schmerzen gelohnt hatten; immerhin dachte Naomi nicht mehr an letzte Nacht.

»Oh, du Armer«, gurrte Naomi, die die rote Schwellung auf dem betroffenen Bein begutachtete. »Ich hol dir etwas Salbe aus dem Arzneischränkchen. Bin gleich wieder da.«

»Go Your Own Way« verklang leise und wich der Titelmelodie der Nachrichten.

Die tonlose Stimme des Sprechers erklang. »Die Polizei

hat bestätigt, dass in den frühen Morgenstunden der Leichnam einer jungen Frau im Lagan gefunden wurde.«

Zuerst stellte Karl keinen Bezug zu den Worten her.

»Ersten Berichten zufolge soll es sich bei der jungen Frau um eine der Obdachlosen handeln, die in der alten Kirche am Custom House Square hausen …«

»Karl? Alles in Ordnung?«, fragte Naomi, als sie das Zimmer betrat.

»Was? Oh … ja …« Plötzlich wurde ihm schwindelig.

»Was war das über eine Frauenleiche, die im Lagan gefunden wurde?«

»Ich … ich hab nicht zugehört.« Er brauchte frische Luft. Alles drehte sich.

»Karl? Was hast du denn? Du siehst gar nicht gut aus. Soll ich dich ins Krankenhaus bringen? Die Verbrühung könnte schlimmer sein als gedacht.«

»… mit einem Kopfschuss …«

Die Worte schmerzten Karl in der Kehle wie ein Fleischerhaken.

Kapitel Siebenundzwanzig

»Die Wahrheit ist selten rein und niemals einfach.«
Oscar Wilde, *Ernst sein ist alles*

Karl brauchte zwei Tage, bevor er sich dazu durchrang, Hicks in seinem Labor aufzusuchen. Ihm graute davor, Genaueres über die im Lagan gefundene Frauenleiche zu erfahren.

Hicks goss gerade Ketchup auf einen platt gedrückten Hamburger mit welkem Salat.

»Wie zum Teufel kannst du hier drin nur essen?«, fragte Karl und versuchte, den unappetitlichen Geruch der aufgebahrten Leichen zu verdrängen.

»Du hättest nicht kommen müssen. Das habe ich dir am Telefon gesagt. Ich hätte dir den verdammten Bericht ebenso gut bringen können, Karl«, sagte Hicks und führte den Hamburger zum Mund. »Sieht so aus, als hättest du es auf eine Auseinandersetzung mit Wilson abgesehen.«

»Ich will keine Auseinandersetzung, Tom, ich will Gerechtigkeit für Martina und Ivana.«

»Den Mörder von Ivana haben sie bereits gefasst, ihretwegen musst du keinen Kreuzzug mehr starten.«

»Vincent Harrison? Niemals. Die Bullen versuchen sich an der Quadratur des Kreises. Der Kerl ist unschuldig.«

»Wirklich? Ich glaube, wenn sich genügend Muster zeigen, kann man durchaus ein klares Bild daraus ableiten.«

»Was für Muster?«

»Zum Beispiel Harrisons zahlreiche Auftritte vor Gericht wegen Jugendstraftaten.«

»Zum Beispiel?«

»Na ja, mit fünfzehn wurde er wegen schwerer Körperverletzung an seiner damaligen Freundin angeklagt. Die Anklage wurde später fallen gelassen, als die Freundin ihre Geschichte widerrief. Danach musste er noch zwei Mal vor Gericht, und in beiden Fällen war Gewalt im Spiel. Diesmal waren die Opfer schwule Männer.«

»Verstehe«, sagte Karl, dem es missfiel, dass sein bester Freund ihn auf dem falschen Fuß erwischt hatte. »Also ist Harrison jetzt ein homophober Stalker?«

»Manchmal sind die Dinge klar, Karl. Mord ist nicht immer kompliziert.«

»Du hast mir immer noch nicht gesagt, ob das da Martina ist«, sagte Karl und riskierte einen kurzen Blick zum Hauptraum. Auf den Bahren lagen nebeneinander zwei Tote unter Leichentüchern.

»Sie ist es definitiv. Die zahnärztlichen Unterlagen bestätigen es. Als der Leichnam gestern Abend hier eintraf, habe ich keine Zeit vergeudet und meine eigene Autopsie durchgeführt, was bis in die frühen Morgenstunden gedauert hat. Nieren und Leber fehlten, und wieder haben wir es mit unnatürlicher Proteinzufuhr und beschleunigtem Zellwachstum zu tun.«

»War das derselbe Dreckskerl?«

»Das scheint naheliegend, aber ich will keine vorschnellen Schlüsse ziehen. Ich halte mir lieber alle Optionen offen. Natürlich muss ihre Schwester herkommen und die Leiche offiziell identifizieren.«

»Ich habe es Geraldine noch nicht gesagt, weil ich es

bis jetzt nicht übers Herz gebracht habe. Was sagt man in so einer Situation? Ich fühle mich, als hätte ich sie im Stich gelassen.«

»Das spricht alles sehr für dich, aber ich habe dir immer gesagt, du sollst dich nicht emotional in die Fälle verstricken lassen, die du annimmst. Wenn du persönlich betroffen bist, kannst du nicht objektiv sein. Den Luxus kann ich mir nicht leisten; ich muss Distanz und Unabhängigkeit wahren.«

»Leichter gesagt als getan.«

»Tja, wenn es dir hilft, ich habe keinen Zweifel, dass Martina nicht in Schottland ermordet wurde«, sagte Hicks und schenkte sich einen Kaffee ein.

»Was macht dich so sicher?«

»Bei der Autopsie bin ich im Magen auf Tangreste gestoßen. Den fraglichen Tang gibt es vor der Küste von Antrim.«

»Wollte er die Polizei auf eine falsche Fährte locken? Glaubst du, dass er in Panik gerät und befürchtet, jemand weiß, wer er ist?«

»Nicht auszuschließen. Interessanterweise hatte sie winzige Farbpartikel unter den Fingernägeln.«

»Farbe? Was für Farbe?«

»Eine spezielle Farbe, die Neo X2 heißt. Damit werden Kasernen und so was gestrichen.«

»Kasernen?«

»Von Militär und Polizei. Und sieh mich nicht so an.«

»Wie denn?«

»Mit diesem Irgendwie-muss-die-Polizei-in-diese-Morde-verstrickt-sein-Blick.«

»Tja. Wer weiß?«

»Deine Paranoia führt dich auf eine falsche Fährte«, sagte Hicks und trank seinen Kaffee. »Willst du den Leichnam sehen, bevor du gehst?«

»Mach keine Witze. Du weißt genau, dass ich so was nicht ertragen kann. Aber ich hab den Wink mit dem Zaunpfahl verstanden. Ich gehe.«

»Gut. Wenn ich etwas Neues habe, *telefonieren* wir.«

Karl wollte gehen, zögerte jedoch. »Tom ... vor zwei Tagen fand man den Leichnam einer Frau im Lagan. Was weißt du über sie?«

Hicks nickte in Richtung der zugedeckten Leichen. »Cathy McGlone. Das ist die Leiche da drüben, neben der von Martina Ferris.«

Karl widerstand dem Impuls, hinzusehen. »Was ... was sagt die Polizei?«

»Nicht besonders viel, davon abgesehen, dass sie der Boss einer Obdachlosenbande in der Nähe des Custom House Square war.«

»Dass sie obdachlos sind, macht sie nicht zu Kriminellen.«

»Was für eine Laus ist dir denn über die Leber gelaufen? Ich habe nicht gesagt, dass sie Kriminelle sind, du musst nicht gleich so patzig werden. Ich sage dir nur, was im Polizeibericht steht.«

»Ich habe es satt, dass immer alles den Obdachlosen in die Schuhe geschoben wird. Macht doch mal die reichen Wichser verantwortlich.«

»Reg dich wieder ab«, antwortete Hicks und sah Karl seltsam an. »Warum interessierst du dich für McGlone?«

»Wie ... wie ist sie gestorben? In den Nachrichten hieß es, sie ist erschossen worden.«

»Sie wurde ermordet. Vier Kopfschüsse. Ziemlich brutal, fast wie im Rausch.«

Karl fühlte sich, als wäre sein Magen eine Falltür hinuntergestürzt. Seine Hämorrhoiden brannten. Er musste dringend aufs Klo.

»Irgendwelche … irgendwelche Hinweise auf den Täter?«, fragte Karl und kratzte die schmerzende Stelle mit dem Finger.

»*Lass* das, Karl. Das ist widerlich. Siehst du nicht, dass ich esse?« Hicks schluckte einen gut durchgekauten Bissen Fleisch und spülte mit Kaffee nach. »Keine verwertbaren Hinweise, aber sie hatte Fingerabdrücke am Hals. Ziemlich verwischt. Mal sehen, ob sie uns irgendwie weiterbringen.«

»Das ist doch schon mal was.« *Scheiße!*

»Eines noch.«

»Was?«

»Cathy McGlone hatte ein Vorstrafenregister, das länger als das Gesicht von Gerry Adams ist.«

»Was … was zum Teufel soll *das* nun wieder heißen?«

»McGlone hatte den Spitznamen Jojo, weil sie immer wieder ins Gefängnis kam.«

»Ach?«

»Es lief gerade wieder eine Fahndung nach ihr, als sie vor sechs Jahren plötzlich auf rätselhafte Weise verschwand«, fuhr Hicks fort.

»Warum … wurde sie von der Polizei gesucht?«

»Versuchte Kindesentführung drüben bei der Malone Road. Glücklicherweise merkte eine Nachbarin was und schlug Alarm. McGlone entkam, aber die Polizei fand ihre Fingerabdrücke am Tatort. Seither suchen die nach ihr.«

Scheiße! »Mann …«

»Jedenfalls hat die Polizei etwas, womit sie arbeiten kann, was die Morde anbelangt. Ich vermute, wenn alles aufgeklärt ist, dürfte McGlones Namen dick und fett über allem stehen.«

»Alles fügt sich so schön zusammen, nicht?«

»Was willst du damit sagen?«

»Nichts.«

»Bist du sicher?«

»Bin ich jemals sicher?«

»Du verschweigst mir etwas, Karl, und ich weiß, dass du das nur machst, wenn dir nichts anderes übrig bleibt. Lass dir von deinem besten Freund einen Rat geben. Wenn du in ein Kohlebergwerk gehst und siehst, dass der Kanarienvogel die Beine in die Luft streckt, ist es höchste Zeit, da zu verschwinden. Kapiert?«

»Hör zu, ich ... muss hier raus ... der Geruch ... ich ertrage den Geruch von Hamburgern und Tod nicht mehr.«

Draußen würgte Karl und zitterte vor Schmerzen am ganzen Körper. Seine Wirbelsäule pochte.

Plötzlich fühlte er sich schrecklich unrein.

Kapitel Achtundzwanzig

»Liebe und Mord suchen die Öffentlichkeit.«
William Congreve, *The Double Dealer*

Am nächsten Morgen fuhr Karl schweißgebadet und desorientiert im Bett hoch. Er hatte Angst, aber nicht wegen des Albtraums der vergangenen Nacht; es handelte sich vielmehr um die niederschmetternde Angst eines Mannes, dessen Welt urplötzlich aus den Fugen geraten ist und sich nun mehr oder weniger seiner Kontrolle entzieht. Sein Magen schmerzte, als hätte er die halbe Nacht Klappmesser gemacht. Immer wieder war Cathy in Karls Träumen aufgetaucht, hatte gelacht und ihm erzählt, wie toll der Fick mit ihm gewesen wäre.

Gott sei Dank schlief Naomi noch und atmete tief und gleichmäßig. Die Decke reichte ihr nur noch bis zur Taille und entblößte ihre Brüste. Karl zog die Decke wieder hoch, ehe er aufstand.

Während der Kaffee kochte, dachte Karl in der Küche darüber nach, wie viel Spielraum ihm noch blieb.

Du hättest früher handeln sollen, ertönte eine vorwurfsvolle Stimme in seinem Kopf.

»Ging nicht. Nicht genügend Beweise.«

Ha! Das hat dich noch nie an etwas gehindert. Wenn überhaupt, war es dir ein Ansporn.

»Das ist etwas anderes.«

Blödsinn! Du hattest Sex mit Cathy. Womöglich hast du sie sogar im Drogenwahn getötet.

»Red keinen Scheiß!«

»Karl? Mit wem redest du da?«, fragte Naomi, die plötzlich in der Tür stand. Sie sah so verschüchtert aus wie Karl selbst.

»Was? Oh, mit mir selbst. Ich ... fliege wohl endgültig über das Kuckucksnest.« Er lächelte gezwungen. »Kaffee?«

»Du benimmst dich so seltsam seit der Nacht, in der dir angeblich dein alter Schulfreund über den Weg gelaufen ist.«

Etwas in Naomis Stimme sagte Karl, dass sie eine neue Stufe erreicht hatten – es hörte sich fast wie ein Vorwurf an. Das Wort *angeblich* hatte einen unguten Beigeschmack.

Der festen Überzeugung, dass Angriff die beste Verteidigung ist, stammelte Karl: »*Angeblich?* Was zum Teufel soll das denn heißen?«

»Cathy. Wer ist das? Du hast im Schlaf dauernd diesen Namen gesagt. Du hältst mich wohl für bescheuert, Karl Kane! Du verbirgst etwas vor mir. Etwas Schreckliches. Das spüre ich. Ich kenne dich gut genug.« Naomis Unterlippe zitterte. Damit sah sie noch viel schöner aus, aber auch empfindlich und verletzlich. Als sich Karls innerer Schweinehund meldete, fühlte er sich noch beschissener. »Wir haben seit fast einer Woche nicht mehr miteinander geschlafen. Du hast damals mitten in der Nacht geduscht, aber glaubst du, ich hätte sie nicht trotzdem an dir gerochen? Mir ist gleich, was du von mir denkst, aber eines solltest du niemals wagen, nämlich mich für dumm zu verkaufen.«

»Es ist nicht so, wie es aussieht, Naomi«, sagte Karl, der sich an dem Nikotinpflaster auf seinem Arm kratzte und sich eine Zigarette wünschte. »Das musst du mir glauben.«

»*Dir* glauben? Das ist ein Witz. Ich sag dir was. Ich sag dir was. Atme tief durch, Karl Kane. Und spuck's aus, aber ich schwöre dir eines, wenn auch nur eine Lüge über deine Lippen kommt, bei Gott, dann siehst du mich nie wieder. Das garantiere ich dir.«

»Ich brauche eine Zigarette.«

»Du kannst dich zu Tode rauchen, sobald ich hier weg bin – endgültig.«

Karl hielt es nicht mehr aus und ließ die Luft, die er angehalten hatte, aus den Lungen entweichen. Die Stunde der Wahrheit war gekommen. Es gab kein Entkommen.

»Okay ... hör zu, ich hätte gleich mit dir reden sollen, Naomi, aber wie sagt man so treffend, Alter schützt vor Torheit nicht. Ich wusste nicht, wie du reagieren würdest.«

»Ich wusste es!«, rief Naomi und brach in Tränen aus. »Ich wusste es! Du treuloses Aas!«

»Nein! Es ist nicht so, wie du denkst. Hör einfach zu. Mehr verlange ich nicht ... bitte.«

In den folgenden zwanzig Minuten gab sich Karl größte Mühe, ihr reinen Wein über Cathy einzuschenken.

»Am nächsten Morgen war ich im Krankenhaus«, fuhr Karl fort. »Ich sagte dir, wegen den Kratzern, aber in Wahrheit ließ ich mich auf Geschlechtskrankheiten untersuchen ... darum habe ich nicht mit dir geschlafen. Es tut mir leid, Naomi.«

Naomis Gesicht war aschfahl. Sie sagte kein Wort.

»McGlone hat mich mehr oder weniger vergewaltigt, Naomi. Begreifst du das nicht?«, flehte Karl mit zunehmend verzweifelterer Stimme. »Als sie mir die Nadel reingerammt hatte, war ich vollkommen hilflos. Was hätte ich machen sollen? Antworte mir, verdammt, statt nur dazusitzen und mich so vorwurfsvoll anzustarren.«

»Hast du diese … McGlone getötet und ihre Leiche in den Lagan geworfen?« Naomis tonlose Stimme hörte sich an wie Eis, das eine Glasplatte herabrutscht.

»Was? Ich fasse es nicht, dass du mich das allen Ernstes fragst. Wie kannst du nur glauben, dass ich zu so etwas fähig wäre?«

»Wie? In den letzten Monaten hast du immer wieder im Schlaf gesprochen, während du dich im Bett herumgewälzt hast …«

»Gesprochen? Was … was denn gesprochen?«

Naomis Gesicht wurde rot.

»Du … du redest immerzu von den beiden Polizisten, die vor ein paar Monaten ermordet wurden. Von diesem Bulldog …«

Karls Herz schlug einen Takt schneller.

»Was … was habe ich gesagt?«

»Du murmelst immer vor dich hin.«

»Verarsch mich nicht. Was zum Teufel habe ich gesagt?« Die Frage kam schroffer heraus, als er beabsichtigt hatte.

Plötzlich sah Naomi verängstigt aus. »Du … du hast gesagt, du bist froh, dass du sie getötet hast – alle beide.«

Karl fühlte sich, als hätte ihm gerade jemand mit einem Brecheisen den Schädel eingeschlagen. Das Zimmer geriet in Bewegung. »Ich … ich …« Er wandte sich von Naomi ab, da er ihren Blick nicht mehr ertrug.

»Karl«, sagte Naomi leise flüsternd.

»Was?«

»Manchmal …« Ihre Stimme versagte.

»Was, Naomi, was?«

»Manchmal müssen gute Menschen etwas Böses tun«, sagte Naomi, dann drehte sie sich schweigend um und verließ das Zimmer.

Kapitel Neunundzwanzig

»Meredith, wir sind drin!«
Fred Kitchen, *The Bailiff*

»Und du hat sie einfach so *verloren?*«, fragte Willie misstrauisch und sah Karl an, der verzweifelt nach einem unverdächtigen Parkplatz suchte. »Wie kann man denn einfach so eine Waffe verlieren?«

»Eben einfach so. Ich habe sie einfach so verloren. Ich bin ein einfacher Mensch«, entgegnete Karl und hielt unvermittelt vor einem geschlossenen Café. *Oh, ich habe sie in einer alten Kirche verloren, wo ich mit Jesus plauderte, und wahrscheinlich wurde eine Frau damit ermordet.*

»Also, ich besorg dir keine neue, wenn du so achtlos mit deinen Sachen umgehst.«

»Du hast ja recht, Willie. Ich hätte besser aufpassen sollen. Irgendwie mache ich es wieder gut.«

»Hoffentlich war es nicht wegen einer Pferdewette«, antwortete Willie brummig.

»Ich lasse mir was Nettes für Isabel einfallen, okay? Und jetzt mach schon. Wir müssen zu Potte kommen, bevor es hell wird.«

Ein wachsfarbener Mond, der mit dem Kinn auf den schartigen Dächern ruhte, ließ unheimliche, schwarze Schemen über die Fassaden wandern, als Karl und Willie das

Gelände betraten. Vereinzelte Straßenlaternen warfen lange Schatten. Die leere Straße, Handzettel, die vorbeigeweht wurden, und die völlige Einsamkeit – nicht einmal das geisterhafte Spiegelbild eines Besuchers in dem schummerigen Nachtklub am Ende der Straße – sorgten in ihrem Zusammenspiel für ein merkwürdiges Gefühl von Verlassenheit und Verlust. Nur im großen Vertricbszentrum der Royal Mail herrschte so etwas wie Betriebsamkeit.

»Nicht gerade viel los, was?«, sagte Willie mehr zu sich selbst als zu Karl.

»Es ist fast drei Uhr morgens. Was hast du erwartet?«, konterte Karl und zeigte plötzlich auf ein heruntergekommenes Gebäude. »Das ist es.«

»Sieht aus, als würde es jeden Moment einstürzen.«

»Mal den Teufel nicht an die Wand.«

»Und du weißt nicht, wofür dieses Gebäude genutzt wird?«

»Nee. Keine Ahnung. Nur dass Mister Bob Hannah öfter gesehen wurde, wie er herauskam. Könnte eine Lagerhalle sein, vielleicht sogar sein Zuhause.«

Karls erster Eindruck von dem Gebäude verstärkte das Unbehagen noch, das er auf dieser schmalen Kopfsteinpflasterstraße zwischen den Skeletten halb verfallener Geschäfte und Büros empfand. Unter dem Mantel der Nacht erweckte das hässliche Bauwerk den beängstigenden Eindruck eines riesigen Phönix aus Beton, der aus dem Boden hervorbrach, mit vergitterten Fenstern und einschüchternden Metalltüren verstärkt. Nur das Mansardendach verlieh ihm einen Anstrich von Form. Am Ablaufrohr hatte sich eine geronnene Wucherung von Rost gebildet und verlief streifenförmig daran herab.

»Komm. Gehen wir zur Rückseite, mal sehen, ob wir da

reinkommen«, sagte Karl. »Hier vorne stehen wir auf dem Präsentierteller.«

Der Mangel an angemessener Beleuchtung machte die graue Nacht noch gefährlicher; Karl und Willie kamen nur mühsam voran und stolperten immer wieder über den Schutt und die Holzabfälle einer nahe gelegenen Baustelle.

»Pass auf, dass du dir in dem ganzen Müll nicht den Hals brichst«, riet Karl.

»Stockfinster. Hat dir dein Freund auch ganz sicher die richtige Adresse gegeben?«, fragte Willie, der in letzter Sekunde einer aufragenden Dachlatte auswich.

»Ja«, antwortete Karl, der sich alles andere als sicher war.

Ein achtlos weggeworfenes Kinderfahrrad ragte wie eine Metallfaust aus dem klebrigen Gerinnsel aus getrocknetem Schlamm und pulverigem Betonstaub. Zahlloser anderer Schrott, überwiegend alte Möbel und Plastikkisten, waren zu einem Haufen aufgetürmt. Leere Schnapsflaschen und benutzte Kondome lagen zwischen den klebrigen, aufgeweichten Seiten von Pornoheften. Schwarze Tierkreiszeichen und mystische Symbole verunzierten die Mauern, dazwischen überwiegend falsch geschriebene Worte, die Satan und die Macht der Dunkelheit priesen. Die blutigen Kadaver von mit Backsteinen erschlagenen Ratten sahen in der Dunkelheit wie Erdbeerkuchen aus. Am meisten erschreckte Karl jedoch eine ausgeweidete, lebensechte Sägemehlpuppe, die ihre feuchten Eingeweide auf den Erdboden erbrach. Ihre gruseligen, gottlosen Augen schienen ihn herauszufordern. »Wirklich nette Gegend. Hier kriegt sogar ein Willie weiche Knie«, flüsterte Willie und drückte sein kleines Ledertäschchen wie einen Talisman an die Brust. »Tomb Street. So etwas kann man nicht erfinden. War hier nicht früher einmal ein Friedhof, oder so etwas?«

»Nein, der Name kommt daher, dass man längst tot ist, bis einem die Post zugestellt wird, wenn man hier wohnt«, antwortete Karl und verschwieg diskret, dass sich der ehemalige Friedhof seines Erachtens direkt unter ihren Füßen befand.

»Ist das da ein totes Huhn neben dieser gruseligen Puppe? Das *ist* doch ein totes Huhn, oder nicht?«

»Keine Ahnung, ob es tot ist oder nicht, ich weiß nur, dass ihm in absehbarer Zeit keine Eier mehr aus dem Arsch ploppen dürften. Das waren wahrscheinlich irgendwelche Kinder, die nichts Besseres zu tun haben«, sagte Karl und versuchte, ruhig und zuversichtlich zu klingen. »Bestimmt eine Art Mutprobe.«

»Als ich ein Kind war, haben wir als Mutprobe Klingelstreiche gemacht«, murmelte Willie, der unvermittelt vor der Hintertür stehen blieb und eine winzige Taschenlampe aus der Tasche holte. Augenblicke später fand der dünne Lichtstrahl sein Ziel: ein riesiges Messingschloss an einer eindrucksvollen, mit Graffiti übersäten Metalltür.

»Und?«, fragte Karl ungeduldig. »Schaffst du das?«

Willie schüttelte den Kopf. »Das ist ein regelrechtes Schwiegermuttermonster von einem Schloss. Ein Claymore DX mit skandinavischen ovalen Zylindern.«

»Himmelherrgott.« Der Name klang für Karl wie die Bezeichnung für ein Maschinengewehr.

»Die Dinger sind der letzte Schrei im Sicherheitsbereich«, sagte Willie. »Dieses Scheißding unterscheidet sich dadurch von normalen Schlössern, dass es mindestens tausend Schlüsselkerben hat, dazu im Inneren eine Anti-Bohrer-Platte und Anti-Säge-Bolzen. Nicht zu vergessen, einen Sicherungsriegel und einen Anti-Dietrich-Mechanismus.«

»Ziemlich Anti, Willie. Warum höre ich so gar kein Pro?«

»Dieses Schloss lässt sich so gut wie nicht knacken und ist scheiße aufzubohren. Es ist das Fort Knox unter den Schlössern.«

»Das war's dann also? Willst du sagen, dass unser nächtlicher Ausflug zu Ende ist?« Karl ließ bereits den Blick über die Fassade schweifen, um vielleicht doch noch eine Möglichkeit zu finden, einzusteigen. Schließlich blieb nur noch die Vorderseite. Doch davor graute ihm, da sie sich unnötigerweise möglichen Blicken aussetzen mussten.

»Ich sagte, *so gut wie nicht* zu knacken. Nimm die Taschenlampe. Kampflos ziehen wir hier nicht ab«, beharrte Willie, kramte in seiner Tasche und holte ein Werkzeugset und ein Gerät heraus, das wie ein winziges Hufeisen aussah. »Dieses kleine Überbrückungswerkzeug habe ich vor ein paar Jahren erfunden. Drück die Daumen, dass es funktioniert.«

»Ich drück zur Not auch die Zehen, wenn wir nur ...«

Plötzlich spürte Karl ein Kribbeln im Nacken. Ein *sehr* unangenehmes Kribbeln. Seine Hämorrhoiden schmerzten. Er warf einen Blick über die rechte Schulter und sah einen Wagen mit Standlicht verdächtig langsam vorüberfahren.

Oh, Scheiße. Ein Streifenwagen. Er fragte sich, ob Willie es auch gesehen hatte; fragte sich, wie er ihn darauf aufmerksam machen könnte, ohne Panik auszulösen. Hastig schaltete er die Taschenlampe aus, sodass wieder völlige Dunkelheit herrschte.

»Was zum Teufel machst du ...«, brachte Willie noch heraus, bevor Karl ihm eine Hand auf den Mund drückte.

»Bullen«, flüsterte Karl, dessen Magen kleine Purzelbäume schlug, als er die Hand von Willies Mund nahm.

»Irgendein Dreckskerl muss uns gesehen haben«, flüsterte Willie verstohlen.

Völlig unvermittelt hielt der Wagen an, die Scheinwerfer erloschen. Das Auto stand wie eine Skulptur in der Dunkelheit.

»Was machen die denn?«, flüsterte Karl.

»Zweifellos Verstärkung rufen.«

Sekunden wurden zu Minuten, bis sich endlich die Autotür öffnete. Ein Polizist stieg aus.

Durch das diffuse Licht sah Karl einen Polizisten mit Knollennase, der gerade ein Sandwich auf eine Weise verschlang, dass es aussah, als spielte er Mundharmonika.

»Er sieht direkt in unsere Richtung«, sagte Willie, der mehr oder weniger Karls Gedanken las.

»Sei still, Herrgott noch mal. Er kommt.«

Gedanken schossen Karl durch den Kopf, als der Polizist näher kam: *Wenn er allein ist, könnten wir versuchen, über das Gelände zu flüchten. Bis der seinen Streifenwagen gewendet hat, sind wir über alle Berge. Aber wie steht es um Willies Pumpe? Schafft er einen Sprint über den ganzen Abfall, ohne dass er zusammenklappt? Mach dich nicht lächerlich. Du würdest am Freitag seine Beerdigung besuchen. Erklär das mal Isabel.*

Der Polizist stand wenige Schritte von ihnen entfernt und wischte sich die Hände an dem Sandwichpapier ab, ehe er es zu Boden warf. Plötzlich erstarrte er und legte den Kopf zurück, als wäre ihm ein übler Geruch in die Nase gestiegen.

Er sieht uns direkt an, dachte Karl und krümmte ängstlich die Schultern. Unangenehme Hitze breitete sich in seinem Gesicht aus. Sein Mund war staubtrocken. Er konnte nicht mehr schlucken.

Der Polizist machte eine Bewegung, griff mit der rechten Hand nach der obszönen Waffe an der Hüfte. Sekunden später hörte man ein leises Ratschen, gefolgt von einem Tröpfeln mit anschließender regelrechter Flut. Die Pisse zischte und dampfte auf trockenem Laub. Ein lauter Furz ertönte, danach ein Seufzer der Erleichterung. Der Polizist zog den Reißverschluss wieder hoch, drehte sich um, schritt hastig zu seinem Streifenwagen zurück und furzte auf dem Weg dorthin noch zweimal lautstark.

»Ekelhaftes Schwein«, flüsterte Willie. »Hätte ich in aller Öffentlichkeit meinen Schwanz rausgeholt und gepisst und gefurzt, hätte der Drecksack mich garantiert festgenommen. Ich wette, er wäscht sich nicht mal die Hände.«

»Du musst die positive Seite sehen, Willie.«

»Und die wäre?«

»Furzen und Pissen gleichzeitig. Man kann sagen, was man will, zumindest sind Bullen multitaskingfähig.«

Plötzlich leuchteten die Scheinwerfer des Autos auf und weißten den Boden des Brachgrundstücks mit ihrem halbmondförmigen Lichtkegel; dann entfernte sich das Auto so langsam und bedrohlich, wie es gekommen war.

Karl stellte mit einem Mal fest, dass er seit einiger Zeit den Atem anhielt, wie ein Kind, wenn es an einem Friedhof vorübergeht. Sein Herz pochte wie wild. *Was zum Teufel machst du hier, du großer, dummer Idiot, außer dich und Willie in die größten Schwierigkeiten zu bringen? Wenn Dummheit jemals zur Währung erhoben wird, dann bist du Millionär.*

»Die Kaffeepause ist zu Ende«, sagte Willie und wandte sich wieder seiner Arbeit zu. »Halt die Lampe.«

Aus fünf Minuten wurden zehn; Karl kamen sie wie Stunden vor. Als er gerade kapitulieren und nach einer Alternative suchen wollte, brachte ein einziges wunderschönes Wort plötzlich die Erlösung für Karl.

»Geschafft!«, rief Willie aus, stieß die Tür auf und präsentierte das Überbrückungsgerät voller Stolz auf seiner fleischigen Handfläche. »Mann, wenn ich dieses gute Stück rechtmäßig patentieren lassen könnte, würde ich ein Vermögen damit verdienen.«

»Du bist besser als jeder Dosenöffner«, sagte Karl, der reglos im Schatten stehen blieb.

»Komm. Worauf wartest du? Wir müssen die Tür schnellstens wieder schließen.«

»Du hast genug getan, Willie. Ab hier übernehme ich. Du musst dich da nicht mit reinziehen lassen.«

»Was? Du lädst mich zu einer Party ein, lässt mich die ganze Arbeit machen, und dann willst du mir die Früchte dieser Arbeit verweigern? So nicht. Kommst du jetzt, oder was?«

Karl zuckte ergeben die Achseln. »Ich schätze, wir sollten lieber reingehen, bevor Officer Strullermann wieder mit einer vollen Blase zurückkehrt.«

Im Inneren des Gebäudes war es so dunkel wie in einem Tunnel um Mitternacht. Willie holte eine weitere Taschenlampe aus dem Beutel – diesmal eine recht große –, ließ den Lichtkegel schweifen und begriff.

»Mein Gott«, staunte Willie. »Das ist ... ein Kino.«

Karl hatte es die Sprache verschlagen; er betrachtete staunend, was das Licht der Taschenlampe offenbarte.

Das Kino war in verschiedenen Schattierungen von Kardinalsfarben gehalten, für die offenbar kirchliche Gewänder Pate gestanden hatten: Karminrot, Königsblau, Amethyst, Gold und Silber. Große Türen aus Mahagoni und Messing, mit Fresken und Skulpturen geschmückt, die verschiedene Schauspieler aus der Stummfilm-Ära zeigten. Gerahmte Filmplakate. Klassiker wie F. W. Murnaus *Phantom*, Joe Mays *Asphalt*, Clarence Browns *Es war*, G. W. Papsts *Die freudlose Gasse*, und dazwischen Kontroverseres: Richard Oswalds *Anders als die Andern*, Carl Theodor Dreyers *Michael* und William Dieterles *Geschlecht in Fesseln*.

In einem separaten Alkoven prangte ein Plakat, das den berühmten Belfaster Schauspieler Stephen Boyd zeigte, wie er sich mit Charlton Heston in *Ben Hur* das berühmte Wagenrennen lieferte.

»Boyd hat als Junge in dieser Straße gearbeitet«, sagte Karl und nahm Willie die schwere Taschenlampe ab. »Von der Tomb Street zur Easy Street. Toller Karrieresprung, was?«

»Erinnert dich das nicht auch an die Samstagnachmittage, als wir uns die Ärsche platt gesessen und Cowboy-Filme angesehen haben?«, fragte Willie lächelnd.

»Nicht in dem heruntergekommenen Loch in Duncairn Gardens, das liebevoll Donkey genannt wurde«, antwortete Karl, den die Wehmut überkam, die Sehnsucht nach einer Unschuld, die unwiederbringlich verloren war; eine vage Erinnerung, die sich plötzlich unterschwellig und majestätisch in den Vordergrund drängte. »Das hier ist fast wie das Moulin Rouge.«

Die Sitzreihen erwiesen sich als gleichermaßen aufwendig und prachtvoll; über ihnen ragte ein geschwungener Balkon in den Raum. Dann lief Karl ein kalter Schauer über den Rücken: Auf den Sitzen saßen bizarre lebensechte Puppen in Kleidung, die eines Romans von F. Scott Fitzgerald würdig gewesen wären, und alle richteten die leeren Blicke auf die stumme Leinwand direkt vor ihnen.

»Jetzt fehlt nur noch Mrs Fazackalee, die inbrünstig einen Stummfilm am Klavier begleitet«, sagte Willie lächelnd.

»Wer?«

»Die alte Dame, die Margaret Rutherford in dem Peter-Sellers-Klassiker *Die kleinste Schau der Welt* spielt.«

»Komm. Gehen wir zur Treppe«, sagte Karl, dem plötzlich bewusst wurde, dass ihnen die Zeit davonlief. »Da oben scheint ein Büro zu sein.«

Kurz darauf standen die beiden Männer vor einem Kabuff, dessen Metalltür dreifach abgeschlossen war.

Willie gab ein irres Lachen von sich. »*Drei?* Das ist ja wohl nicht wahr!«

»Knie dich rein.«

»Wonach *genau* suchen wir eigentlich?«, fragte Willie, der einen kleinen Dietrich in eines der Schlösser einführte.

»Weiß ich selbst nicht so genau. Etwas. Irgendwas. Wenn man nicht weiß, wonach man sucht, hilft einem das manchmal, etwas zu finden, womit man gar nicht gerechnet hat. Hoffentlich etwas Belastendes gegen ein fieses Palindrom namens Hannah.«

Willie brauchte zehn Minuten, bis er das erste Schloss geknackt hatte, und sechs weitere für die nächsten beiden.

Sie traten hastig ein; Karl schloss die Tür hinter ihnen.

Das Büro war übersät mit Dokumenten, Büchern und einem Durcheinander von Krimskrams. Eine Sammlung von Schlüsseln an Ringen, die an einem Nagel hingen. In einer Ecke stand ein Fotokopierer unter Neonröhren an quietschenden Ketten, die aussahen, als würden sie jeden Moment brechen. Ein solider Mahagonischreibtisch beherrschte den Raum, darauf eine winzige Lampe und eine Rolodex.

»Das sieht aus wie zurechtgefeilte Universalschlüssel«, sagte Willie, der die Schlüsselringe betrachtete. Er nahm ein Set vom Nagel, betrachtete es und nickte. »Tatsächlich.«

»Ich dachte, das gäb's nur in Filmen.«

»Nein. Der hier, zum Beispiel? Ein Kingston U90. Den benutzen Polizisten und Militärs, um Gefangene einzuschließen und …«

»Polizisten und Militärs?«

»So müssen sie nicht mit einer Tonne Metall in den Hosentaschen rumlaufen. Hab ich dich auf was gebracht? Deine Augen leuchten plötzlich so.«

»Ich weiß nicht. Ich denke nur nach.«

Karl durchsuchte ein paar Schubladen. Briefmarken und Briefpapier. Er roch die Späne gespitzter Bleistifte und trockene Tinte. Der Geruch weckte unangenehme Erinnerungen an die Schulzeit.

Da entdeckte er den Tresor.

»Willie?«

»Was?«

»Kannst du den knacken?«, fragte Karl und zeigte auf den Tresor.

»Hmm ...« Willie strich mit den Händen über den Tresor, als wollte er eine Séance durchführen. »Das ist ein Burton Eurovault TG-3 Stufe 3. Am Boden verschraubte, mit Beton beschwerte Konstruktion mit verstärkten Stahlfasern und Stäben.«

»Kannst du ihn *knacken?*«, wiederholte Karl ungeduldig.

»Für einen Hunderter mehr hätte er ein elektronisches Kombinationsschloss bekommen und die Antwort wäre ein klares Nein gewesen.« Willie holte einen Gegenstand aus seiner Trickkiste und kniete neben dem Tresor nieder. »Zum Glück ist der Kerl ein Geizkragen und Dummkopf. Zwei Minuten ist mein ewiger Rekord bei diesem Typ Safe. Mal sehen ...«

Eine Minute kroch dahin.

Karl sah auf die Uhr.

»Vergiss es, Willie. Wir haben nicht so viel ...«

»Ist eine Menge Zeug da drin«, sagte Willie lächelnd und zog die Tresortür auf. »Papierkram und ein paar DVDs, wie es aussieht.«

Karl bückte sich rasch und sah in den Tresor. Ein prall gefüllter Hefter mit Papieren. Er blätterte sie durch, ohne recht zu wissen, was er suchte. Auf den Blättern standen ausländische Filmtitel – überwiegend französisch – in alphabetischer Reihenfolge.

»*Observez sa matrice.*«

»Was? Hast du was gesagt?«, fragte Willie, der in einem Ledersessel saß, nachdem sein Teil der Arbeit getan war.

»*Sie muss sterben.*«

»Wer muss sterben?«

»Ich versuche, diese französischen Titel zu übersetzen.«

»Von hier hörst du dich mehr wie Peter Sellers an, der einen ganz schlechten Inspektor Clouseau gibt.«

»*Les femmes sont la mort. Die Frauen sind tot*, vielleicht?«

»Nicht gerade Disney, hm?«

»Mich beschleicht der vage Verdacht, dass das alles Snuff-Filme sind.«

»Snuff-Filme?«

»Leute – hauptsächlich Frauen – werden zum sogenannten Vergnügen anderer gefoltert und ermordet.«

»Was für ein krankes Schwein sieht sich so was an?«

»Zweifellos das kranke Schwein, das normalerweise in diesem Sessel sitzt. Unser Mister Hannah.«

Willie fuhr wie der Blitz aus dem Sessel.

»Sieh dir diese DVDs an«, befahl Karl, schnappte sich eine Handvoll und reichte ein paar davon an Willie weiter. »Die sehen wie Softpornos aus, aber du solltest trotzdem für alle Fälle einen Blick darauf werfen.«

»*Spiel mir das Glied bis zum Tod*«, sagte Willie grinsend, als er das Cover betrachtete. »Du musst zugeben, ist ein witziger Titel.«

»Zum Brüllen«, sagte Karl und sah eifrig die DVDs durch. »Der hier heißt *Die sieben Tage des Kondoms.*«

»Nicht schlecht. Acht von zehn.«

»Der Herr der Ringe.«

Willie sah verwirrt drein. *»Der Herr der Ringe?* Du machst Witze. Das ist einer meiner absoluten Lieblingsfilme.«

»Der hier nicht, das kannst du mir glauben.«

»Warum?«

»Die Ringe hier sind behaart.«

»Kranke Dreckskerle.«

Karl legte die DVDs wieder zurück und entdeckte dabei einen kleinen, eingepackten Stapel im hinteren Teil des Tresors. Er entfernte die Verpackung.

»Wenn ich mich nicht irre, sind das Überschreibungsurkunden für Immobilien«, sagte Karl. »Offenbar hat er einen lukrativen Job, unser Bob.«

»Was soll ich machen?«

»Den Rest des Zimmers durchsuchen. Wir wissen nicht, wann Hannah wiederkommt. Schau nach, ob in diesen Kisten dort in der Ecke was Interessantes ist.«

Während Willie sich um die Kisten kümmerte, legte Karl die Immobilienurkunden auf den Fotokopierer. Während er auf die Kopien wartete, durchsuchte er die Rolodex-Adresskartei, wobei er widerwillig die Lampe einschaltete, damit er besser sehen konnte. Seltsamerweise enthielt sie gar keine Namen oder Adressen, nur Initialen und Telefonnummern.

Karl nahm hastig einige Karteikarten aus der Rolodex und fotokopierte sie ebenso wie die Immobiliendokumente.

»Karl!«, zischte Willie und zeigte zum gegenübergelegenen Eingangstor. *»Wir bekommen Besuch.«*

Augenblicklich schaltete Karl die Lampe aus. Er spähte

durch die Vorhänge am Bürofenster und sah zwei Gestalten, die sich miteinander unterhielten.

»Wer ist das?«, flüsterte Willie mit kaum hörbarer Stimme.

»Den Fotos nach zu urteilen, die ich gesehen habe, ist der Größere Bob Hannah. Keine Ahnung, wer der andere ist.«

Hannah war groß, extrem muskulös und hatte das Haar fast bis zur Kopfhaut rasiert. Die andere Gestalt war schwerer zu erkennen. Deutlich kleiner als Hannah, und viel zierlicher.

Plötzlich gab der Fotokopierer in der Ecke ein lautes Geräusch von sich; Karl und Willie zuckten zusammen.

»Verdammte Scheiße!«, zischte Karl und lief zu der Maschine. »Papierstau.«

»Er sieht hier rauf, Karl. Der Kerl sieht direkt hier rauf«, sagte Willie mit Panik in der Stimme. »Oh, nein. Er kommt ...«

Karls Nerven waren gespannt wie Gitarrensaiten.

Für einen so großen und muskulösen Mann hatte Bob Hannah einen recht leichtfüßigen Gang. Er kam gelassen und zuversichtlich die Treppe herauf und blieb vor seinem Büro stehen. Er horchte. Er zeigte keine Eile. Er steckte die Schlüssel in die Schlösser und öffnete sie eines nach dem anderen, wobei er sich ebenfalls Zeit ließ, dann stieß er die Tür auf, trat ein und machte dabei das Licht an. Er ließ die nahezu vollständige Stille in dem Raum auf sich einwirken, dann erst betrachtete er den Tresor und den Tisch. Nichts Ungewöhnliches. Er sah zum Fotokopierer. Da schien etwas verändert zu sein. Was? Er ging hin und legte die Hand auf die Maschine. Er nahm die Hand weg und betrachtete irritiert die Handfläche, als wäre er nicht ganz sicher, was er da vor sich sah. Warm? Oder lag das nur an der drückenden Hitze in dem Zimmer? Der Ledersessel schien verschoben worden zu sein. Wie das? Er legte die Hand auf die Mulde im Leder, wo vor einer Minute noch Willies Hintern geruht hatte. Ebenfalls warm? Hannah sah zur Seitentür. Lief hin und überprüfte, ob sie abgeschlossen war.

Sie war es. Er schloss sie auf und ging die Treppe hinunter, nahm jedoch im Vorübergehen noch die Feueraxt von der Wand. Das Ausgang-Schild leuchtete grünlich; er folgte ihm pflichtschuldig und ohne das Licht im Treppenhaus einzuschalten.

An der Eingangstür beugte er sich vor und presste eine Handfläche auf die Tür, als wollte er deren Energie ansaugen. Er hielt das rechte Ohr an die Tür und horchte, während er die Axt fester umklammerte. Er wiegte sich dabei wie ein Gott der Antike, der auf ein Opfer wartet.

Karl und Willie verharrten reglos mit den Rücken zur Eingangstür. Keiner sagte ein Wort. Sie waren ein Verstand in zwei Körpern und atmeten so flach wie Lämmer auf dem Weg zur Schlachtbank. Karl spürte, wie etwas seine Eingeweide packte und zusammenknotete.

Mit jeder lautlosen Sekunde wuchs die Angst. Karl versuchte, die Kiefermuskeln zu entspannen. Er hörte Atemgeräusche. Nicht seine. Nicht die Willies. Sie kamen von der anderen Seite der Tür. Als hätten sie ein Eigenleben. Greifbar. Böse. Er spürte, wie sich die Tür fast unmerklich bewegte, als würde sie ebenfalls atmen. Drückte jemand dagegen? Er hielt den Atem an. Wartete.

Hannah wartete und lauschte der Außenwelt, die ein chaotischer Gott erschaffen hatte. Er hörte die nächtlichen Geräusche rolliger Katzen; trägen Verkehr in der Ferne; das nächtliche Summen der Stille einer schlafenden Stadt unter einer Glasglocke. Er hegte keinerlei Zweifel daran, dass sich da draußen jemand aufhielt. Ganz in der Nähe. Er dachte an die fremden Gerüche im Büro und den unheimlichen Nachhall einer Person, die noch nicht lange fort war. Der Gedanke beunruhigte ihn kurz, doch dann verschwand er ebenso rasch wieder. Er dachte an etwas anderes. Die dünne Linie zwischen Leben und Tod und was das Schicksal bringen kann, wenn man es herausfordert. Er unterdrückte den Wunsch, das Schicksal und seine launische Natur herauszufordern, doch es gelang ihm nicht; er stieß die Tür auf und atmete die warme, feuchte Nachtluft ein, die ihm entgegenströmte.

Er trat einen Schritt zurück, machte sich bereit, dem Schicksal zu begegnen, und hielt die Axt zum Schlag erhoben. Er knirschte mit den Zähnen. Wartete. Die Nacht war da draußen, lauerte wie ein schwarzes Nichts und harrte seiner geduldig. Es schien dunkler als sonst zu sein. Er hielt den Atem an und ging hinaus, wie aus einer Zeitmaschine, ohne zu wissen, was ihn erwartete.

Sie erschreckten ihn, die beiden Trunkenbolde, die sich ein paar Schritte entfernt auf dem Boden wälzten und um einen billigen Wein kämpften, den sie offenbar zwischen den zahlreichen zerschmetterten Flaschen auf der stinkenden Müllhalde gefunden hatten. Sie fluchten, drohten einander die schlimmsten Strafen an und zuckten und zappelten in der Nacht und im Dreck herum. Einer hatte sich in die Hose gepisst. Das sah man deutlich, selbst unter dem schwarzen Leichentuch der Dunkelheit.

Ekelhafte Kreaturen, dachte er. »Tiere … Abschaum …«, flüsterte er und fürchtete und hoffte zugleich, sie könnten ihn hören, während er den Axtstiel so fest umklammert hielt, dass die Knöchel weiß hervortraten. Er wünschte, diese dreckigen Tiere hätten gleich ihm auch dieses heilende Werkzeug in den Händen, mit dem sie sich dann gegenseitig totschlagen könnten. Und ihr Tod wäre nicht einmal bedeutsam; der billige Wein und ihre stinkende Pisse würden ihre eigene Bedeutungslosigkeit in dieser Welt fortspülen.

Er schloss leise die Tür und ging zurück, woher er gekommen war, in den Kinosaal. Die Axt ließ er wie einen Wachtposten am oberen Ende der Treppe zurück.

»Sie dürfen jetzt die Augen aufmachen, Miss McCambridge«, sagte er mit einem gepressten Lächeln, das auf seinen dünnen Lippen wie hingekritzelt wirkte.

Gehorsam schlug das junge Mädchen die Augen auf und staunte. »Ist ... ist das ... das gehört nicht Ihnen ... das kann ja nicht sein ... oder, Mister Hannah?«

Aus seinem dünnen Lächeln wurde ein breites Grinsen. »Doch. Ist es nicht wunderschön?«

Sie nickte mit offenem Mund, sagte aber nichts.

»Lass mich dich ausziehen«, sagte er und kam mit ausgebreiteten Armen auf sie zu.

»Hier?« Ihr Gesicht lief hellrot an. »Mitten im Kino?«

»*Filmtheater*«, verbesserte er sie mit schneidender Stimme. »Kinos sind etwas für Barbaren. Hier befinden wir uns in der Gegenwart von Göttern, Miss McCambridge. Und die sollen sich an Ihrer Schönheit laben. Wenn Sie die Götter zufriedenstellen, können Wunder geschehen. Wussten Sie das nicht?«

Ihr Gesicht wurde noch röter. Sie lächelte verlegen, während er ihr den verdreckten Pullover auszog. Der Pullover fiel zu Boden, da bedeckte sie instinktiv den winzigen, schmutzigen Büstenhalter, den sie trug. Sie zitterte. Es war extrem warm in dem Kino.

»Sie können mit Worten umgehen, Mister Hannah.«

»Bob. Nenn mich Bob. Darf ich dich Judy nennen?« Er lächelte.

Judy lächelte schüchtern. Ja … na klar … Bob.«

»Sag mir, Judy, warum, um alles in der Welt, hast du dir das wunderschöne Haar abgeschnitten? Dadurch siehst du so knabenhaft aus – auf eine unglaublich sexy Weise, natürlich.«

»Das … verhindert, dass sie mich wollen. Nachts, auf der Straße … Die beobachten mich immer und machen sich an mich ran, ohne dafür zu bezahlen. Sie sind nicht so, Mister … ich meine Bob. Sie sind ein anständiger Mann. Das weiß ich, weil Sie letzte Woche und heute so freundlich mit mir gesprochen und mir Hamburger und Zigaretten spendiert haben.«

»Es warten noch viel mehr Überraschungen auf dich, Judy. Und jetzt zieh den BH aus. Die Götter können es kaum erwarten, zu sehen, was sich darunter befindet.«

Nervös streifte sie den BH ab. Ihre Brüste waren Knospen. Mehr nicht.

»Nein … nicht die Brüste bedecken«, sagte er. »Sie sind wunderschön und sollten gesehen werden.«

Sie gehorchte und ließ langsam die Hände sinken.

»Wie alt bist du, Judy?«

»Vier … ich meine sechzehn. Nächste Woche werde ich siebzehn.«

»Wirklich? Dann müssen wir eine *ganz spezielle* Party für dich veranstalten. Ich lade einige *sehr wichtige* Leute dazu ein. Das gefällt dir doch sicher, oder nicht?« Er fasste ihre Brüste an und glitt mit den Nägeln über die winzigen Brustwarzen. Ein angenehmes, aber beunruhigendes Gefühl überraschte ihn trotz des ausgeprägten Gestanks, der von ihrem ungewaschenen Körper ausging. Sie brauchte dringend ein Bad – höchstwahrscheinlich mehr als eines.

»Zieh deine restlichen Sachen aus. Ich habe frische Sachen für dich. Eine Schönheit wie du darf nicht in solchen Lumpen herumlaufen.«

Zögernd zog sie die abgewetzten Schuhe und völlig verdreckten Jeans aus; große Boxershorts kamen zum Vorschein, über deren Saum knochige Hüften ragten, wie winzig kleine Anker. Sie zog die Shorts aus und stand nackt vor ihm; die knochige Brust und die Rippen hatten in dem künstlichen Licht eine Farbe wie graue Kreide. Kleine Narben und rote Male überzogen ihre Oberarme.

»Das hilft dir, dich zu entspannen, Judy«, sagte Hannah und brachte eine Spritze mit Nadel zum Vorschein.

»Was … was ist das, Bob?«

»Das nimmt dir Leid und Schmerz. Für immer.«

Kapitel Dreißig

»They fuck you up, your mum and dad.
They may not mean to, but they do.
They fill you with the faults they had
And add some extra, just for you.«
Philip Larkin, *This Be the Verse*

Es war Freitagnachmittag, Karl legte die Füße auf den Tisch, lehnte sich im Sessel zurück und las einen Zeitschriftenartikel über Reisen nach Belfast. Einst als eines der vier B geschmäht, die man auf Reisen unbedingt meiden sollte – Beirut, Bagdad und Bosnien waren die anderen apokalyptischen Reiter –, bekam Belfast heute, wenn auch spät, eine etwas gnädigere Presse.

»Hier steht, Touristen müssen keine kugelsicheren Westen mehr tragen, wenn sic nach Belfast reisen«, sagte Karl laut durch die offene Tür und hoffte, dass Naomi es hörte.

Naomi beachtete ihn nicht und arbeitete im Nebenzimmer weiter an ihrem Computer.

»Es ist jetzt eine Woche her, Naomi«, sagte Karl. »Wann nimmst du mich endlich wieder zur Kenntnis und taust ein wenig auf?«

Naomi schaute vom Bildschirm auf und warf Karl einen vernichtenden Hast-du-gewagt-etwas-zu-sagen-Blick zu.

Zu Karls Unglück musste er recht bald feststellen, dass

Naomi ausgesprochen gut darin wurde, ihn zu ignorieren, während sie ihren alltäglichen Verrichtungen nachging. Tief in seinem Innersten wünschte er sich ein paar saftige Ohrfeigen als Strafe für Cathy McGlone – und nicht dieses quälende, eisige Schweigen.

Glücklicherweise klingelte sein Handy auf dem Schreibtisch. Er nahm den Anruf entgegen. »Hallo?«, sagte er.

»Dad?«

»Katie! Wie geht es meiner Lieblingstochter?«

»Prima. Und wie läuft's in Belfast?«

»Gar nicht gut, wenn du nur aus Schottland anrufst, um mich anzupumpen.« Karl hörte ein Kichern am anderen Ende.

»Du bist so misstrauisch, Dad.«

»Bringt der Beruf so mit sich, meine Herzallerliebste. Egal, genug gescherzt. Wie geht es dir?«

»Echt gut, Dad.«

»Nimm dich bloß vor diesen Schotten in Acht. Trau nie einem Mann, der einen Rock trägt«, sagte Karl und kratzte an seiner Nase.

»Das ist eklig.«

»Das ist die Wahrheit.«

»Ich meine nicht die Schotten, Dad. Ich meine, dass du in der Nase bohrst.«

»Ich bohre nicht in … woher zum Teufel …?« Karl nahm augenblicklich die Füße vom Tisch und schnellte hoch. Vor dem Bürofenster erblickte er Katies strahlendes Gesicht. Sie winkte.

Bevor Karl sich in Bewegung setzen konnte, hatte Naomi schon die Bürotür geöffnet. Katie stürmte herein, umarmte ihren Vater und beachtete Naomi gar nicht.

»Warum hast du mir nicht gesagt, dass du kommst? Ich

hätte einen Kuchen gebacken«, sagte Karl lächelnd und gab seiner Tochter einen Kuss auf den Kopf.

»Es sollte eine Überraschung sein.« Katie drückte ihn noch fester. »Überrascht?«

Karl dachte, dass das Drücken und die übertriebene Freude ein bisschen Schau für Naomi waren.

»Einigermaßen. Hast du Naomi schon begrüßt?«

»Was sagst du dazu, wenn wir rüber zu Nick's Warehouse gehen?«, antwortete Katie, die die Frage ignorierte. »Es ist über ein Jahr her, seit ich zum letzten Mal dort war.«

»Okay«, stimmte Karl zu. »Naomi? Möchtest du was essen?«

Katie verzog das Gesicht.

»Nein danke«, antwortete Naomi eingeschnappt.

»Okay ... ich müsste bald wieder da sein.«

Naomi kehrte ohne ein weiteres Wort zu ihrem Computer zurück.

Vor Nick's Warehouse radelte eine Gruppe Jongleure auf winzigen Dreirädern an Karl und Katie vorbei. Sechs farbenfrohe Clowns folgten ihnen, tröteten und warfen den Schaulustigen Schwämme zu, die die Form von Tieren hatten.

»Clowns. Die waren mir schon immer unheimlich. Mit diesen Klamotten und den spitzen Hüten sehen sie wie Faschisten aus«, sagte Karl griesgrämig. »Ku-Klux-Clowns.«

»Du bist so eine Spaßbremse«, sagte Katie lächelnd. »Ich wusste gar nicht, dass hier gerade ein Zirkus gastiert. Weißt du noch, wie du immer mit mir hingegangen bist, als ich noch ein Kind war?«

»Du bist immer noch ein Kind. Auch wenn du sechzig bist, wirst du für mich immer noch ein Kind sein. Vergiss das nie.«

»Das ist peinlich, Dad.«

»Nein, das sind elterliche Gefühle.«

»So viele Clowns«, sagte Katie kopfschüttelnd. »Ich habe noch nie so viele auf einmal gesehen.«

»In dieser Stadt spielt immer irgendjemand den Clown«, witzelte Karl, der plötzlich einen nashornförmigen Schwamm ins Gesicht bekam.

»Ich finde das toll. Es macht die Stadt irgendwie mehr zu einer Großstadt.«

»In Großstädten gibt es Superhelden. Hier haben wir Clowns. An der Uferpromenade findet eine Tagung statt. Die scheinen nicht zu wissen, dass es oben in Stormont einen festen Zirkus gibt.«

In Nick's Warehouse ging Karl zu seinem Lieblingsplatz am Fenster mit Blick auf das ein Stück die Straße hinunter gelegene Büro. Er stellte sich vor, wie Naomi an ihrem Computer saß und tippte. Und verspürte schreckliche Schmerzen im Magen.

»Das war sehr unhöflich von dir eben im Büro, Katie«, sagte Karl, der Katie zu ihrem Stuhl führte.

»Ich weiß nicht, was du meinst.« Der Hauch eines Grinsens umspielte Katies Gesicht.

»Du weißt ganz genau, was ich meine. Naomi einfach zu ignorieren.«

»*Naomi?* Ach, so heißt sie also. Sie ist hässlich. Was findest du nur an ihr?«

»Werd nicht frech.«

»Na ja, ich mag sie nicht.«

»Das verlangt auch niemand, aber sei bitte nicht so unhöflich. Und jetzt raus damit, wieso hast du mir nicht gesagt, dass du den Sommer über nach Hause kommst?«

»Ich komme nicht den Sommer über nach Hause.«

»Was soll das heißen?«

»Ich komme für immer nach Hause, Dad. Die Queen's hat mir endlich eine Zusage gegeben.«

»Mensch, Katie! Das ist super!«, antwortete Karl erfreut, nahm Katies Hand und drückte ihr einen Kuss auf die Wange. »Moment mal. Warum freue ich mich eigentlich? Das bedeutet nur, dass du mich jetzt leichter findest, wenn du Geld brauchst. Ich kann nur verlieren!«

Katie lachte und legte dabei den Kopf ein wenig in den Nacken; Karl sah – als wäre es das erste Mal –, dass aus seiner Tochter eine bildschöne junge Frau geworden war. Sie würde viele Männerherzen brechen, genau wie ihre Mutter.

»Montag hat Mama Geburtstag«, sagte Katie mit funkelnden Augen.

»Und?«

»Ich dachte mir, wir überraschen sie. Gehen mit ihr in The Edge. Sie liebt dieses Restaurant.«

Gehen mit ihr in The Edge. Eine schreckliche Erinnerung an seine Exfrau Lynne schoss Karl durch den Kopf. Er war unerwartet früh von einer Geschäftsreise nach Dublin zurückgekommen und hatte einen nackten Fremden in seinem Bett vorgefunden.

»Scheiße«, hatte der Fremde in Karls Bett gesagt und seltsame Verrenkungen unter dem Laken gemacht.

Es hatte einen Moment gedauert, bis Karl begriffen hatte, dass der Fremde Karls Frau anstupste und verzweifelt versuchte, ihre Aufmerksamkeit zu erregen. Und es dauerte noch einen Moment, bis Karl festgestellt hatte, dass das gar kein Fremder war, sondern eine Fremde.

Lynne hatte langsam den Kopf unter der Bettdecke hervorgezogen; ihr großer Mund glänzte vom Oralverkehr.

»Was machst du denn hier«, hatte sie recht heiser geflüstert und sich den Mund abgewischt.

»Und was machst du *da?*«, hatte Karl gefragt und wollte sofort wieder gehen.

»Karl, bitte ... bitte lass es mich erklären ...«

»Nicht nötig. Ich gehe. Bleib ruhig hier ... zwischen euch läuft es ja offenkundig wie geschmiert.«

»Du Dreckskerl!«, hatte Lynne gekreischt und war aus dem Bett gesprungen; sie hatte einen beängstigend großen Dildo um den Unterleib geschnallt. »Leck mich am Arsch!«

Nein danke. Das Lecken überlass ich dir.

»Dad? Hörst du mir überhaupt zu?«, fragte Katie und riss ihn aus den quälenden Erinnerungen.

»Tut mir leid, Katie, aber wir versöhnen uns ganz bestimmt nicht wieder, wenn du das vorhast.«

»Ich kann nicht glauben, dass du zwanzig Jahre Ehe wegwirfst, nur weil sie einen alten Jugendfreund geküsst hat.«

»Einen alten ...? Was für einen *alten Jugendfreund?*«

»Mama hat mir alles erzählt; dass ein Freund aus der Kindheit sie geküsst hat und du reingeplatzt bist. Sie gibt zu, der Kuss hat länger gedauert, als er sollte, aber daran waren Gin und Tonic schuld, sagt sie.«

»Ach was. Nur ein Kuss unter Alkoholeinfluss? Sehr originell.«

»Sie hat mir versichert, dass sie den Rest ihres Lebens keinen anderen Mann auch nur eines Blickes würdigt, Dad.«

»Das glaube ich ihr aufs Wort.«

»Und?«

»Katie, ich weiß, wie sehr du dir wünschst, dass deine Eltern wieder zueinanderfinden, aber dazu wird es nie im Leben kommen, Süße.«

»Es ist ihretwegen, nicht? Die mit dem schicken Namen.

Du hast Mama verlassen, weil deine Schickse viel jünger ist. Ist es nicht so?«

Karl bemerkte den harten Unterton in Katies Stimme.

»Nein, so ist es nicht, Katie. Sie ist keine Schickse. Es ist etwas komplizierter. Du solltest deinem alten Herrn zugestehen, dass er nicht ganz so simpel gestrickt ist. Akzeptiere einfach, dass ich jemanden gefunden habe, den ich sehr liebe – und sie mich.«

»Das kann doch nicht wahr sein! Diese … diese *Sekretärin* ist dir wichtiger als Mama, als meine Gefühle?« Katies Stimme klang wütend und wurde zunehmend lauter.

»Beruhige dich, Katie. Bitte.«

»Du kannst sie nicht lieben!«

»Würdest du dich jetzt bitte beruhigen und …?«

Katie schob ruckartig den Tisch weg, stand auf, rauschte hinaus und rannte dabei fast den Kellner um, der gerade an ihren Tisch kam.

»Katie!«, rief Karl und lief ihr hinterher.

»Solange du bei dieser Frau bleibst, bist du nicht mehr mein Vater!«, kreischte sie und verschwand in der dichten Menge von Passanten, Clowns und Jongleuren.

Kapitel Einunddreißig

»Steter Tropfen höhlt den Stein …«
Ovid, *Epistulae Ex Ponto*

Am nächsten Morgen wurde Karl von seinem Handy geweckt, das auf dem Boden lag.

»Dieses verfluchte Sofa … mein armer Rücken …«, stöhnte er und rappelte sich auf.

Mit blutunterlaufenen Augen sah er auf die Uhr. 7:30. »Wer zum Teufel …?« Er las die Nummer, die angezeigt wurde. Kannte er nicht. Nach dem selbstmitleidigen Besäufnis in der vergangenen Nacht hatte er einen Kater und einen üblen Geschmack im trockenen Mund.

Karl hielt das Handy ans Ohr. »Hallo?«, flüsterte er.

»Karl?« Eine Frauenstimme. Nervös. Unsicher.

»Ja?« Er hatte das Gefühl, dass er die Stimme kannte, war aber nicht hundertprozentig sicher. »Wer ist da?«

»Lynne«, antwortete seine Ex.

»Lynne? Hör mal, wenn es um das Scheißgeld geht …«

»Ist Katie bei dir?«

Etwas in Lynnes Stimme vertrieb den dichten Nebel in Karls Kopf schlagartig.

»Katie …? Nein … nein, sie ist nicht hier. Warum? Was ist denn los?« Karl schwang die Beine über den Rand des Futons.

»Sie ist gestern Nacht nicht nach Hause gekommen. Sie hat mir gesagt, dass sie dich im Büro überraschen wollte. War sie da?«

»Ja … wir waren im Nick's essen.« Dann fiel ihm alles wieder ein, und er verbesserte sich hastig: »Na ja, zum Essen sind wir gar nicht gekommen.«

»Was soll das heißen?«

Karl spürte, wie er rot wurde.

»Wir … haben nicht einmal bestellt. Wir hatten einen … eine kleine Auseinandersetzung. Sie hat mich sitzen lassen.«

»Du Dreckskerl! Sie kommt extra aus Schottland hierher, um dir die großen Neuigkeiten zu erzählen, und du streitest mit ihr? Was zum Teufel stimmt mit dir nicht?«

»Verschon mich bloß mit deinem scheinheiligen Geschwätz, Herrgott noch mal!«, fuhr Karl sie an, sprang auf und ging auf dem Teppich auf und ab.

»Habt ihr euch wegen *Näh-Omi* gestritten?«, fragte Lynne herablassend. »Deine Tochter treibt sich auf der Straße rum, und dich interessiert nur *deine Näh-Omi?*«

»Es führt zu nichts, wenn wir uns anbrüllen. Katie übernachtet offensichtlich bei einer Freundin. Ich ruf sie gleich alle an, wenn du aufhörst, ins Telefon zu keifen!«

»Ach ja? Sag mir den Namen *einer* Freundin von Katie, Karl.«

Karl hatte plötzlich das Gefühl, als würde sein Gesicht brennen.

»Ich …«

»Du elender Scheißkerl! Du kennst nicht *eine einzige* Freundin deiner Tochter. Aber ich wette, die Freunde von *Näh-Omi* kennst du alle.«

»Beruhige dich, Lynne. Beruhige dich einfach …«

»Geh Katie suchen, du Drecksack! Such sie!«

Kapitel Zweiunddreißig

»Des Teufels Werkzeuge können ja von Fleisch und Blut sein, nicht wahr?«
Arthur Conan Doyle, *Der Hund von Baskerville*

Kaie erwachte in völliger Dunkelheit, die nicht den geringsten Hinweis bot, wo sie sich befand, aber ein Gefühl nächtlichen Grauens mit sich brachte. Nur eine feuchte, nach Pisse und Kotze stinkende Matratze befand sich zwischen ihr und dem Boden.

Zu ihrem Entsetzen war sie nackt. Instinktiv zog sie die Knie bis zur Brust hoch und schlang die Arme darum. Der Geruch von Feuchtigkeit lag in der Luft. Sie hörte Geräusche in der Ferne, leise, wie durch einen Tunnel.

»Braves Mädchen. Du bist wach«, ertönte eine Stimme in der Dunkelheit.

Die Stimme erschreckte und ängstigte sie. Sie umklammerte die Knie noch fester. Glühend heiße Panik breitete sich in ihrer Brust aus. Könnte sie doch nur aus diesem Albtraum erwachen. »Was ... wo bin ich?«

»Mach dir keine Sorgen, Katie. Du bist in Sicherheit. Dies ist mein Königreich. Hier kann dir kein Leid geschehen, vorausgesetzt, du hältst dich an die Regeln – meine Regeln.«

»Woher ... woher kennen Sie meinen Namen? Warum ... machen Sie das?« Ihre Stimme hörte sich seltsam an.

»Ist dir klar, was für einen starken Willen du hast? Du wärst überrascht, wie viele Menschen sterben, wenn sie verwirrt und gestresst in einer fremden Umgebung die Augen aufschlagen. Sie haben solche Angst, dass ihre Herzen einfach den Dienst versagen.«

»Bitte tun Sie mir nicht weh.« *Bleib ruhig. Jeden Moment klingelt der Wecker und erlöst dich von diesem Wahnsinn.*

»Du musst aufstehen.«

»Bitte ... kann ich meine Sachen haben? Es ist so kalt ...«

Wach auf!

»Später, wenn du dich benimmst. Vorerst musst du stehen. Zwing mich nicht noch einmal, mich zu wiederholen.«

Sie versuchte zu stehen, aber ihre Knie zitterten so sehr, dass sie sich wieder setzen musste.

»Ich ... kann nicht stehen. Meine Knie.«

Unvermittelt berührte sie jemand an der Stelle, wo der Rücken in die Pobacken überging; etwas Kaltes und Klammes, wie die gummiartige Haut eines Hais. Hände. Große Hände.

Sie schrie.

»Schreien ist zwecklos, Katie. Niemand kann dich hören. Nicht hier unten.«

Die feuchten Hände zogen sie in die Höhe und zwangen sie zu stehen. Sie schaffte es nur mit Mühe, da ihre Knie nicht aufhören wollten zu zittern. Langsam gewöhnten sich ihre Augen an die Dunkelheit, als würde sich ein Nebel lichten.

Da stand es, das Monster, ein Schattenriss in der finsteren Schwärze. Groß. Muskulös. Nackt. Etwas, das die Hände eines wahnsinnigen Gottes geschaffen hatten; das Gesicht eine Landkarte dunkler Flecken.

Ihr Herz schlug schneller. *Wach auf, verdammt!*

»Wenn du machst, was ich dir sage, ist alles gut«, beharrte er. »Da rüber, in die Richtung.«

Die Hände zogen sie und führten sie wie eine Blinde. Der Boden unter ihren nackten Füßen war übersät mit Pfützen, die nach Urin und Öl stanken. Plötzlich stieß sie sich die Knie an etwas an, etwas Hartem mit Rädern.

»Gut«, ertönte die Stimme. »Klettere da rauf und leg dich hin.«

»Okay ... bitte tun Sie mir nur nicht weh. Ich mache, was Sie ...« Dann sprang Katie ihn mit solcher Wut an, dass er gegen die Wand prallte und sich mit einem ekelerregenden Knirschen den Kopf anschlug. Augenblicklich wurden ihre Fingernägel zu Dolchen, die kratzten und stachen und Haut und Fleisch blutig rissen. »Dreckskerl! Elender, widerlicher Dreckskerl!«, kreischte sie, ertastete seine Augen, stach hinein und knirschte vor Hass und wilder Entschlossenheit mit den Zähnen.

Er heulte wie ein verwundetes Tier, während ihm Blut aus Augen und Gesicht lief.

»Dreckskerl! Dreckskerl! Dreckskerl!«, schrie Katie und spürte, wie sich die glibberigen Augäpfel in den Höhlen bewegten. *Noch ein paar Sekunden. Du schaffst es. Blende den Schleimbeutel. Kratz ihm die Augen aus!*

Der plötzliche Tritt entlockte ihr einen Schmerzensschrei. Sie litt Höllenqualen. Es verlangte ihr alles ab, trotz der Schmerzen die stinkende Luft einzuatmen; sie übergab sich.

Plötzlich wurde sie gepackt und wie eine Puppe vom Boden emporgerissen, dann knallte sie brutal auf das Ding mit den Rädern.

Sie spürte Gurte, die sich wie eine Boa constrictor um sie herum zusammenzogen.

»Du hast gegen die Regeln verstoßen. Jetzt musst du die Konsequenzen tragen«, zischte er und zog die Gurte fest, bis sie kaum noch Luft bekam.

»Du kennst … du kennst meinen Vater nicht. Er … findet dich, du Drecksack. Er bringt dich um.« Jetzt sah sie sein Gesicht zum ersten Mal deutlich, und das machte ihr mehr Angst als der schemenhafte Umriss in der Dunkelheit.

»Da irrst du dich, süße Katie. Ich kenne deinen Vater ziemlich gut. Weder findet er mich noch bringt er mich um. Und jetzt musst du den Mund aufmachen. Wenn du dich weigerst, habe ich Mittel und Wege – *sehr schmerzhafte Mittel und Wege* –, dich zu zwingen.«

Er drückte ihr etwas in den Mund. Fest und glitschig. Es stank wie die Urinpfützen am Boden.

Sein Penis? Sie spürte, wie sich ihr der Magen umdrehte, achtete aber nicht darauf, sondern wappnete sich. *Soll er es machen, soll der Dreckskerl ihn mir reinschieben. Ich beiß ihm die Eichel ab. Damit er verblutet. Dreckschwein.*

»Wenn du dich gegen den Schlauch wehrst, reißt er dir die Luftröhre auf. Das wäre sehr schmerzhaft und könnte fatale Folgen haben. Es ist besser, du fügst dich. Viel, viel besser.«

Sie biss mit aller Kraft die Zähne zusammen.

»Na gut«, sagte er. »Du lässt mir keine andere Wahl.«

Sie hörte, wie er herumschlurfte und in der Dunkelheit etwas bewegte.

»Du bist selbst schuld, Katie.«

Ein bizarres Metallteil wurde ihr ins Gesicht gedrückt. Es fühlte sich wie eine Maske mit Kinnstütze an. Er drehte eine kleine Flügelmutter an der Seite.

Katie spürte den Druck auf den Kiefern, je fester er drehte. Sie bekam eine Klammer auf die Nase. Sie versuchte, den

Atem anzuhalten, doch das gelang ihr nicht; schließlich riss sie den Mund auf und schnappte nach Sauerstoff wie ein gestrandeter Fisch.

Er führte ihr den Schlauch ein, den er mit einem zähen, durchsichtigen Gel bestrichen hatte. »Ich habe dich gewarnt.«

Sie würgte, und plötzlich zuckte ihr ganzer Körper wie bei einem epileptischen Anfall.

»Ruhig, ruhig«, beschwichtigte er sie und schob ihr den Schlauch noch tiefer in den Hals. »Du solltest versuchen, nicht in Panik zu geraten. Sonst erstickst du am Ende nur ... ruhig ... ruhig ... entspann dich ... braves Mädchen ... bald bist du bereit.«

So schnell sie begonnen hatten, so schnell endeten die Zuckungen wieder. Katie spürte, wie die Dunkelheit sie umfing und sich über ihre Augen legte. Eine Ohnmacht. Sie war dankbar dafür.

Zweiter Teil

Der Ort der Dunkelheit

Kapitel Dreiunddreißig

»Ein Haar einer Frau kann mehr ziehen
als hundert Paar Ochsen.«
James Howell, *Familiar Letters*

Detective Inspector Mark Wilson stand am Fenster seines Büros, trank Kaffee und ließ den Blick über die arbeitende Bevölkerung schweifen, die zu ihren Arbeitsplätzen im Zentrum von Belfast strömte. Der Ansatz eines kleinen Bierbauchs verunzierte seinen ansonsten durchtrainierten Körper. Der soldatische Bürstenschnitt – in der Form eines Bügeleisens – betonte ein pockennarbiges Gesicht. Nicht die Folge von Akne, sondern eines Schrotschusses ins Gesicht, vor vielen Jahren.

Es klopfte.

»Ja?«

Die Tür ging auf, und Detective Malcolm Chambers' erschöpftes Gesicht erschien.

»Hier ist eine Frau, Sir – draußen, meine ich. Die ... die will Sie sofort sprechen. Ich ... habe ihr gesagt, dass das unmöglich ist. Ich weiß nicht einmal, wie sie hier raufgekommen ist, ohne dass jemand sie aufgehalten hat ...«

»Eine Frau? Wer zum Teufel ist sie, und was will sie?«

»Sie hat mir gesagt, ich soll ... Sie holen, und ich könnte mich ...«

Plötzlich wurde Chambers von der Frau, deren aufgebrachtes Gesicht blanke Wut ausdrückte, zur Seite gestoßen.

»Lynne?«, fragte Wilson, dem fast die Kaffeetasse aus der Hand fiel. »Was soll das, einfach hier reinzustürmen, ohne …?«

»Was hast du wegen Katie unternommen?«, fragte Lynne laut.

»Katie?« Wilson setzte eine verwirrte Miene auf. »Was meinst du? Was ist denn mit Katie?«

»Soll das heißen, Karl hat dich nicht informiert, dass Katie seit gestern vermisst wird?« Lynnes attraktives, aber übernächtigtes Gesicht lief rot an. »Das kann doch nicht wahr sein!«

Als Karls Name fiel, befiel Wilson ein nervöses Zucken.

»Beruhige dich, Lynne«, sagte Wilson, ging zu seiner Schwester und zog sie hastig auf einen Stuhl. »Chambers? Hören Sie auf zu glotzen. Bringen Sie Tee und Kekse für meine Schwester – und für mich noch einen Kaffee.«

»Sofort, Sir!«, rief Chambers aus und verließ überstürzt das Büro.

»Okay, Lynne«, sagte Wilson beschwichtigend. »Erzähl mir alles von Anfang an.«

Lynne schien den Tränen nahe zu sein. Diese unnatürliche Empfindsamkeit seiner sonst so dickhäutigen Schwester – einer Frau, die sich so gut wie nie Schwäche anmerken ließ – beunruhigte und verwirrte Wilson zutiefst.

»Katie hat vor ein paar Tagen erfahren, dass sie an der Queen's weiterstudieren darf. Sie fängt nach den Semesterferien dort an.«

»Queen's? Das ist doch gut«, antwortete Wilson lächelnd. »Jetzt bekomme ich meine Lieblingsnichte öfter zu sehen.«

»Sie ... ging am Donnerstag weg, um ihrem Vater die gute Nachricht mitzuteilen, und als sie Freitagnachmittag noch nicht wieder da war, habe ich Karl angerufen, ob sie bei ihm wäre.«

»Und? Was hat er gesagt?«

»Sie ... sie haben sich offenbar gestritten. Katie ist gar nicht bei ihm geblieben. Zuletzt hat er sie in Nick's Warehouse gesehen, wo sie im Streit weggegangen ist, ohne etwas zu essen.«

»Worum ging es bei dem Streit? Hat er das gesagt?«

»Nein. Du kennst ihn doch. Er kann doch die Wahrheit nicht von einer Lüge unterscheiden, der Dreckskerl.« Lynne verzog das Gesicht. »Und jetzt bist du dran, die Wahrheit zu sagen.«

»Was meinst du damit?«

»Warum hat sich Karl nicht mit dir in Verbindung gesetzt? Das hätte er normalerweise sofort getan, ganz gleich, wie unfähig er sonst sein mag.«

»Woher zum Teufel soll ich wissen, warum er mich nicht informiert? Warum fragst du nicht *ihn?*«

»Deine Augen verraten dich immer, Mark. Schon als Kind. Darum wussten Mama und Dad immer, wenn du etwas angestellt hattest. Du kannst nicht gut etwas verheimlichen.«

Wilson betrachtete seine Schwester, als müsste er gründlich über seine Antwort nachdenken.

»Zwischen ... zwischen Karl und mir ist etwas vorgefallen. Ich kann keine Einzelheiten erzählen, Lynne. Nicht einmal dir. Dein Exmann geht auf einem schmalen Grat durchs Leben. Mehr muss ich nicht ...«

Wilson verstummte unvermittelt. Er hatte nicht bemerkt, dass Chambers mit einem Tablett in der Hand an der Tür stand. Wie lange stand er schon da?

»Stellen Sie das verdammte Tablett auf den Tisch, Mann. Wir haben keine Giraffenhälse!«

»Ja, Sir! Ich habe geklopft, bevor ich eingetreten bin. Entschuldigung.«

Lynne wartete, bis Chambers die Tür hinter sich geschlossen hatte. »Jetzt hör mir zu, Mark, und hör mir gut zu. Glaubst du allen Ernstes, ich lasse zu, dass irgendein Blödsinn zwischen dir und Karl das Leben meiner Tochter gefährdet?« Lynne warf ihrem Bruder einen Blick zu, der ihm die Hoden zusammenschrumpeln ließ.

»Lynne, du weißt, ich tue, was in meiner Macht steht, um …«

»Nicht. Verschon mich mit deinen Presseerklärungen«, zischte Lynne und stand auf. »Ihr zwei findet Katie – und zwar schnellstens. Habe ich mich klar ausgedrückt?«

Wilson konnte ihr nicht in die Augen sehen.

»Ja«, sagte er schließlich, und sah ihr nach, wie sie zur Tür hinausging. Noch lange danach war ihm, als wäre sie immer noch im Raum.

Kapitel Vierunddreißig

»Die Erinnerung ist der beste Freund und schlimmste Feind des Menschen.«
Gilbert Parker, *Romany of the Snows*

Karl sah übernächtigt aus und hatte lila Ringe unter den Augen. Seit er vor zehn Minuten Wilsons Büro betreten hatte, plagte ihn ein niederschmetterndes Gefühl von Déjà-vu. Je mehr Zeit verstrich, desto mulmiger wurde ihm, und er fragte sich mehr als einmal, ob seine Ängste berechtigt waren oder lediglich die Ausgeburt seines überlasteten Verstandes. Eines jedenfalls stand fest: Er freute sich nicht auf dieses Zusammentreffen mit seinem Exschwager, und das trotz der guten Nachricht, dass Überwachungskameras Katies letzte Schritte vor ihrem Verschwinden festgehalten hatten.

»Ich wünschte, Mark würde sich beeilen und herkommen«, sagte Lynne, die in dem Zimmer auf und ab ging. »Ich muss diese Aufnahmen sehen.«

»Er kommt, wenn es *ihm* passt. Da kannst du Gift drauf nehmen«, sagte Karl höhnisch. »Vermutlich hat er Wichtigeres zu tun, zum Beispiel frühstücken.«

»Kaum zu glauben, dass ich vor zwei Tagen hier war und ihn angebrüllt habe, dass er nichts tut.«

»Er hat ja seither auch nichts getan, außer, dass er uns warten lässt.«

»Lass das, Karl. Du hast es nicht besser gemacht, indem du ihn nicht gleich informiert hast. Er hätte viel früher aktiv werden können.«

»Schön, dass du so ein Gottvertrauen in deinen Bruder hast. Könnte ich doch nur auch ...«

Plötzlich betrat Wilson das Zimmer, nickte Lynne zu und würdigte Karl keines Blickes.

Am Ende blieb es Lynne überlassen, das eisige Schweigen zwischen den beiden zu brechen.

»Hört mal, ich habe keine Ahnung, was da zwischen euch beiden läuft, und es ist mir auch egal«, sagte Lynne und sah von Karl zu Wilson. »Aber ich bitte euch, dass wir uns von jetzt an *alle* auf eine einzige Sache konzentrieren, und nur eine: dass wir Katie wohlbehalten wiederbekommen. Danach könnt ihr euch wieder gegenseitig hassen, bis der Arzt kommt. Einverstanden?«

Karl nickte; Wilson murmelte etwas Unverständliches.

»Mark? Ich habe kein Wort verstanden«, sagte Lynne und warf ihrem Bruder einen ungeduldigen Blick zu.

»*Einverstanden*«, antwortete Wilson und sah giftig drein.

»Okay«, fuhr Lynne sichtlich erleichtert fort. »Das ist dein Spezialgebiet, Mark.«

Alle sahen Wilson an, der einen Fernseher auf seinem Schreibtisch einschaltete. Der Bildschirm leuchtete auf.

»Das ist Material von Überwachungskameras, das wir erst vor drei Stunden reinbekommen haben. Es ist manchmal etwas unscharf. Darum komme ich so spät; ich wollte es so klar wie möglich haben.«

Karl spürte, wie er rot wurde.

»Es wurde an dem Tag aufgenommen, als Katie verschwand«, fuhr Wilson fort. »Man sieht, wie sie aus Nick's

Warehouse kommt und dann die Hill Street runter Richtung Talbot Street geht.«

»O Gott, Karl, sieh sie dir an«, sagte Lynne, der plötzlich Tränen in die Augen schossen, mit bebender Stimme.

Karl spürte selbst einen Kloß im Hals, als er sah, wie Katie die Hill Street hinunterging, hastig die Talbot Street überquerte und in Richtung der Saint Anne's Cathedral abbog. Ihre zierliche Gestalt wirkte schrecklich hilflos und verloren, und plötzlich überkamen ihn Schuldgefühle und der Gedanke *Hätte ich doch nur* …

Wilson drückte eine Taste auf der Fernbedienung und fror das Standbild ein. »Hier verlieren wir sie, in der Academy Street, weil einige Kameras in der Gegend mutwillig zerstört wurden und nicht mehr funktionieren. Die Überwachungskameras der University of Ulster haben sie dann wieder aufgezeichnet, diesmal in Richtung Fredrick Street, dann verschwindet sie endgültig.«

»O Gott«, flüsterte Lynne. »Du … du musst etwas unternehmen, Mark. Bitte.«

»Wir arbeiten sieben Tage die Woche rund um die Uhr an Katies Verschwinden …«

»Entführung«, unterbrach ihn Karl. »Sie ist nicht verschwunden, weil ein Magier sie weggezaubert hat. Sie wurde *entführt*.«

»Ich setze alle Hebel in Bewegung«, fuhr Wilson fort, als hätte er Karl gar nicht gehört. »Vier Detectives arbeiten an dem Fall, drei davon aus anderen Revieren.«

»Ich hoffe, Grinsegesicht Chambers gehört nicht dazu«, sagte Karl.

»Gut! Das reicht!«, sagte Wilson, dessen Gesicht rot anlief. »Ich lasse mich hier doch nicht lächerlich machen von einem …«

»Mark, wage es ja nicht!«, rief Lynne und wandte sich an Karl. »Was ist nur los mit dir, Karl? Kannst du nicht ein Mal die Klappe halten und zuhören?«

»Er redet Blödsinn!«, fauchte Karl. »Frag ihn, warum sie nicht das Anwesen des Hauptverdächtigen Bob Hannah durchsucht haben, obwohl ihnen ein Hinweis aus der Bevölkerung vorliegt.«

Plötzlich herrschte Schweigen im Raum. Alle Blicke richteten sich auf Wilson, dem unwohl zu sein schien.

»Und, Mark?«, fragte Lynne, die als Erste wieder Worte fand. »Stimmt es, was Karl gerade gesagt hat?«

Wilson biss sich auf die Unterlippe, ehe er antwortete. »Bob Hannah ist Geschäftsmann und Multimillionär. Er spendet für zahlreiche wohltätige Organisationen …«

»Und wie viele davon sind wohltätige *Polizei*organisationen?«, fragte Karl.

»Er spendet für zahlreiche wohltätige Organisationen«, fuhr Wilson fort, »und gehört nicht zu den Leuten, deren Häuser man durchsucht, nur weil ein *anonymer* Hinweis von jemand aus der Bevölkerung eingeht, der vermutlich irgendeine Rechnung mit ihm offen hat, ohne handfeste Beweise. Einer meiner Männer kam damit zu mir. Ich habe ihm gesagt, dass er den Anruf vergessen kann.«

»Du Dreckskerl«, sagte Karl.

»Du warst der Anrufer, oder nicht?«, warf Wilson ihm vor. »Hast wohl kein großes Vertrauen in deine Informationen, wenn du sie anonym durchgeben musstest.«

»Hört auf, alle beide!«, rief Lynne. »Herrgott noch mal, hört einfach auf!«

»Du bist verdammt gut darin, ihn in Schutz zu nehmen«, beharrte Karl. »Wie die Wissenschaft uns lehrt, sind Serienkiller meist intelligent, haben in ihrer Kindheit ein schweres emotionales Trauma erlitten, überwiegend sexuellen Missbrauch, und sind als Einzelgänger aufwachsen. Das passt auf Hannah wie die Faust aufs Auge.«

»Schweres emotionales Trauma? Du meinst, dass seine Mutter getötet wurde, als er noch ein Kind war?«, konterte Wilson hämisch. »Was ist dann mit dir, Kane?«

»Mark! Wie kannst du es *wagen*, so mit Karl zu reden?«, sagte Lynne jetzt kalt und gefasst und beugte sich zu ihrem Bruder. »Du entschuldigst dich *sofort* bei Karl.«

»Schon gut, Lynne«, sagte Karl, der sich zwang, ruhig zu bleiben. »Davon lasse ich mich nicht ablenken. Es ist allerdings höchste Zeit, dass Mark endlich den Arsch hochkriegt.«

»Gib mir Beweise, statt mich zu beleidigen, Karl. Das ist doch das Einzige, was du zustande bringst.«

»Beweise? Du willst Beweise?«, fragte Karl mit anschwellender Stimme. »Er hat Ivana ermordet, weil er Angst hatte, sie könnte seine Vergangenheit ans Licht bringen.«

»Das ist Bockmist. Wir haben den Mörder in Gewahrsam. Und die Beweislast gegen ihn wird von Tag zu Tag erdrückender.«

»Vincent Harrison? *Das* ist Bockmist! Er ist doch nur der Sündenbock für die Unfähigkeit der Polizei.«

»Hast du gegenteilige Beweise?«, fragte Wilson höhnisch. »Dann raus damit.«

»Wusstest du, dass Hannah seine Mutter ermordet hat?«

»Das ist doch jetzt der allergrößte Bockmist! Es war ein Unfall während eines Jagdausflugs, als er noch ein Kind war.«

»Ivana war dabei.«

»Du hast ja wirklich eine blühende Fantasie. Wie gut, dass Ivana tot ist, da kannst du ja erzählen, was du willst.«

»Der Polizei passt es gut in den Kram, dass Ivana ermordet wurde, nicht?«

»Was? Was hast du gesagt? Das ist Verleumdung ...«

»Hannah hat nicht nur seine Mutter ermordet, er hatte auch eine inzestuöse Beziehung mit ihr.«

»O mein Gott ...«, flüsterte Lynne. »Bist ... bist du dir sicher?«

»Ha! Sicher ist er sich mit gar nichts«, sagte Wilson. »Das ist alles nur Klatsch und Tratsch. Wo sind deine *Beweise*, Karl?«

»Mein Instinkt.«

»Im Mittelalter hätte dein Instinkt vielleicht noch etwas gegolten. Zum Glück hat so etwas heute keinerlei Gewicht in einem Prozess. Das Gesetz verlangt mehr als deine verdammten *Instinkte*, um einen Menschen zu verurteilen.«

»Tina Richardson. Ihre Leiche wurde verstümmelt auf dem Black Mountain gefunden.«

»Beweise?«

»Eileen Flynn. Verstümmelt.«

»Wo sind deine *Beweise*, Karl?«

»Er hat Martina Ferris entführt und brutal ermordet ...«

»Beweise, Beweise, Beweise.« Jetzt grinste Wilson unverhohlen.

»Cathy McGlone, kürzlich ermordet. Sie war die letzten sechs Jahre wegen angeblicher Kindesentführung auf der Flucht.«

»Ja. Ich weiß. Und?«

»Das Kind wohnte damals zwei Blocks von Bob Hannah entfernt.«

»Zufälle sind keine Beweise, Kane.«

»Es ist Hannah, und du weißt das ganz genau!«

»Du hast nicht den geringsten Beweis, dass auch nur *eine* deiner Behauptungen …«

Karl schlug so fest mit der Faust auf den Tisch, dass Lynne zusammenzuckte.

»Da sind deine Scheißbeweise!«, brüllte Karl und schlug einige zusammengefaltete Dokumente auf. »Hier. Direkt unter deiner verdammten Rotznase.«

Wilson nahm zaghaft die Dokumente vom Schreibtisch und überflog sie.

»Fotokopien von Immobilienüberschreibungen? Was sollen die beweisen?«, fragte Wilson.

»Was hältst du da in deiner rechten Hand? Siehst du die Immobilie?«

Wilson warf einen Blick auf das Dokument. »Haftanstalt Crumlin Road? Und?«

»Sie gehören alle Bob Hannah.«

»Und?«, fragte Wilson. »Ihm gehört also die Haftanstalt Crumlin Road. Ich wünschte, sie gehörte mir.«

»Martina Ferris hatte Farbe unter den Fingernägeln. Spezielle Farbe mit der Bezeichnung Neo X2. Damit streicht man Kasernen und … Gefängnisse.«

»O mein Gott«, flüsterte Lynne und schlug eine Hand vor den Mund. »Du glaubst … glaubst, Katie wird in der Crumlin Road gefangen gehalten? O Gott, Karl …«

»Irgendwas muss ich glauben, Lynne, sonst verliere ich den Verstand. Außerdem hat Hannah einen Universalschlüssel in seinem Kino. Sag mir, dass das ein Zufall ist.«

»Hörst du das, Mark?«, fragte Lynne. »Was zum Teufel hast du jetzt vor?«

»Ich … ich muss mir das genauer ansehen …«

»Ansehen? *Ansehen?*«, kreischte Lynne. »Du wirst dir das nicht nur ansehen, Mark, das schwöre ich dir.«

»Ich tue mein Bestes, Lynne. Das ist für mich auch nicht leicht.«

»Also, wie es aussieht, ist dein Bestes nicht gut genug«, sagte Karl. »Das andere Blatt, das du in der Hand hältst, ist die Fotokopie einer Rolodex. Nur Zahlen. Keine Namen. Aber sieh dir die Zahlen so an wie ich. Sie gehören zu verschiedenen Politikern und Richtern – einschließlich unseres derzeitigen Bürgermeisters Alan Mosley. Zweifellos schätzen sie dieselben Filme wie Bob Hannah. Snuff-Filme. Weißt du, was Snuff-Filme sind? Da werden Frauen zur Unterhaltung gefoltert und ermordet.«

Lynne wurde blass. Sie machte den Mund auf, brachte aber kein Wort heraus.

»Und das hast du rein zufällig entdeckt?«, fragte Wilson.

»Nein. Ich bin in sein Kino eingebrochen, wo er seit zehn Jahren lebt. Er hortet da Snuff- und Pädophilenfilme. Das allein sollte ausreichen, den Wichser ins Gefängnis zu bringen.«

»Du gibst zu, dass du eingebrochen bist und gestohlen hast?«

»Schockierend, nicht? Und zu diesen Menschheitsverbrechen kommen noch hundert unbezahlte Strafzettel wegen Falschparken.«

»Du musst dieses Monster schnappen, Mark«, flehte Lynne.

»Kane ist illegal an die Beweise gekommen«, sagte Wilson. »Das Gericht würde sie nicht anerkennen. Es dürfte schwer werden, zu …«

»Du unternimmst besser irgendwas, Mark – und zwar schnell«, sagte Lynne mit unheimlich ruhiger Stimme. »Schluss mit den Ausflüchten. Besorg dir einen Haftbefehl. Bring den Dreckskerl her, oder bei Gott, ich bringe ihn um.«

Kapitel Fünfunddreißig

»Alles Unheil kommt von einer einzigen Ursache, dass die Menschen nicht in Ruhe in ihrer Kammer sitzen können.«
Blaise Pascal, *Pensées*

Am nächsten Morgen warteten Karl und Lynne nervös in Wilsons Büro.

»Es ist schon lange nach zehn. Wo zum Teufel steckt dein Bruder? Er sagte, er würde uns Bescheid geben, sobald Hannah hergebracht wird«, sagte Karl vorwurfsvoll und trank einen Schluck Kaffee.

»Man glaubt immer, dass so etwas nur den Kindern anderer Leute zustößt«, sagte Lynne, die Karls Jammern keine Beachtung schenkte. »Niemals den eigenen.«

»Wir können unsere Kinder nicht zu Hause einsperren, Lynne, sonst haben Drecksäcke wie Hannah gewonnen.«

»Und wenn es nicht Hannah ist? Was machen wir dann, Karl?«

»Er *ist* es«, sagte Karl im Tonfall einer Zuversicht, die er nicht empfand.

Lynne holte ein Feuerzeug und ein Päckchen Zigaretten aus der Handtasche und bot Karl eine an, ohne auf das »Rauchen verboten«-Schild auf Wilsons Schreibtisch zu achten.

»Ich habe ...« Aus der offenen Packung stieg ihm Tabakduft in die Nase. Es roch so gut. Er nahm eine Zigarette heraus und steckte sie sich in den Mund. Sie schmeckte so verflucht lecker. *Nur eine, um die Nerven zu beruhigen.*

Lynnes Feuerzeug schlug Funken, bis die Flamme endlich aufloderte. Sie zündete sich ihre Zigarette an, dann hielt sie Karl die Flamme vors Gesicht.

»Ich hab's aufgegeben«, sagte er, nahm die Zigarette aus dem Mund und gab sie Lynne zurück.

»Machst du Witze? Oh, Karl, das tut mir leid. Das wusste ich nicht.« Lynne sah verlegen drein.

»Mach dir keine Gedanken. Ich wollte mich nur selbst auf die Probe stellen.«

»Das ist gut«, sagte Lynne und sog einmal kräftig an der Zigarette, bevor sie toxischen Rauch in die Atmosphäre blies. »Ich wünschte, ich könnte es auch.«

»Du hast gelächelt.«

»Du hast dich verändert.«

»Ich? Ha! Ich glaube kaum.«

»Doch, wirklich. Ich kann es nicht genau benennen, aber irgendwie hast du dich verändert.«

»Das muss ich Naomi erzählen ...« Plötzlich fühlte er sich unbehaglich. »Ich ...«

»Tut mir leid, dass ich mich über Naomis Namen lustig gemacht habe. Das war kindisch von mir«, sagte Lynne und wich seinem Blick aus. »Da war etwas zwischen uns, Karl, oder nicht? Vor Jahren. Wir haben einander *geliebt*.«

»Natürlich haben wir uns geliebt. Wie sonst hätten wir es so verdammt lang miteinander ausgehalten?«

»Ich ... ich dachte immer, unsere Ehe würde ewig halten; wie ein Fels.«

»Ich auch. Aber dann ist sie den Weg der Twin Towers gegangen«, sagte Karl lächelnd und brachte Lynne trotz der Situation, in der sie sich befanden, zum Lachen.

»Oh, Karl, ich vermisse dich und deinen Humor. Weißt du das?«

»Ich muss pinkeln«, sagte Karl, der hastig aufstand. »Zu viel Kaffee.«

»Bleib nicht zu lange weg. Falls Mark kommt.«

Als Karl den Flur hinab zur Toilette ging, kam er an zwei uniformierten Beamten vorbei. Beide nickten ihm ernst zu.

In der Toilette wartete er ein paar Sekunden, atmete tief durch und versuchte, seine wirren Gedanken zu ordnen. *Keine Panik. Immer schön ruhig bleiben. Die vielen Besuche hier im Lauf der Jahre zahlen sich jetzt aus. Du kennst diese Flure wie deine Westentasche.*

Er streckte den Kopf auf den Flur hinaus und sah nach links, dann nach rechts. Alles klar. Hastig schlich er den Flur hinunter, bog nach links ab, gleich wieder nach rechts und erreichte einen recht schäbigen Raum, der sich als Teestube entpuppte. Auf dem Tisch fleckige Tassen und angebissene Sandwiches. Zum Glück war niemand da. Rasch öffnete er eine Tür, die ihn zu seinem anvisierten Ziel führen würde.

Unmittelbar über zwei Türen erstrahlten zwei grüne Lichter im Halbdunkel.

Die haben noch nicht angefangen. Welches verfluchte Zimmer benutzen sie?

Plötzlich ertönten im Flur ferne Stimmen. *Scheiße! Entscheide dich für eine Tür. Schnell!*

Karl betrat verstohlen einen Raum, begrüßte die tröstliche Dunkelheit und versuchte, möglichst ruhig zu atmen.

Die Stimmen wurden lauter, deutlicher. Plötzlich drehte jemand den Türknauf.

Karl hielt den Atem an. Vor lauter Nervenflattern fühlte er sich einer Ohnmacht nahe. Langsam ging die Tür auf.

»Nein, wir nehmen Raum B, Detective Chambers«, ertönte Wilsons Stimme.

»Okay, Sir«, lautete die Antwort. Die Tür wurde wieder geschlossen.

Karl ließ die aufgestaute Luft aus den Lungen entweichen und ging zu dem verspiegelten Fenster. Vier Stühle standen im benachbarten Zimmer. Aus Gesprächen mit Wilson wusste Karl, dass der fehlende Tisch zu den psychologischen Spielchen gehörte, die in dem Verhörzimmer stattfanden. In so einer klaustrophobischen Umgebung kam die Entfernung eines Tisches der Entfernung von Barrieren gleich, wodurch der Verhörleiter hoffte, als Freund wahrgenommen zu werden.

Plötzlich ging die Tür auf und ein lächelnder Hannah und ein bekannter Anwalt namens James Johnson erschienen. Wilson und Chambers folgten.

Hannahs Augen glichen Schlitzen im Schatten.

Ich frage mich, wie viele unglückliche Opfer diese Augen gesehen haben, bevor sie ohne Mitleid oder Reue ermordet wurden, du Drecksack? Und was zum Teufel sind das für Verletzungen in deinem Gesicht? Sieht aus, als hätte dir jemand ein ordentliches Stück rausgekratzt. Karl fand, dass die Schrammen in Hannahs Gesicht frisch aussahen. Höchstens ein paar Tage alt.

Karl drückte einen kleinen grünen Knopf dicht unter der Fensterscheibe. Wilsons Stimme erklang aus zwei winzigen Lautsprechern in der Täfelung.

»Mister Hannah. Das ist Detective Malcolm Chambers. Er führt das Verhör durch. Ich bin nur Beobachter. Ist das in Ordnung?«

Hannah nickte. »Gewiss. Ich weiß, Sie machen nur Ihre Arbeit, Inspector Wilson. Wie ich schon sagte, bin ich hergekommen, um …«

»Sagen Sie kein Wort mehr, Robert«, unterbrach ihn Johnson und reichte Wilson einen Stapel Papiere. »Ich möchte Ihnen diese eidesstattliche Erklärung meines Mandaten übergeben, in der er betont, dass er abgesehen von dieser *keine* Aussagen bei der Polizei mehr machen wird. Sie können ihn gern wegen irgendwelchen fragwürdigen Anschuldigungen festnehmen, aber ich garantiere Ihnen, dass er binnen einer Stunde wieder auf Kaution frei ist. Ich bin sicher, Sie wissen, was für eine bedeutende Persönlichkeit Mister Hannah ist und dass er wohltätige Organisationen auch der Polizei unterstützt?«

Chambers betrachtete Wilsons ausdrucksloses Gesicht, bevor er antwortete. »Ja ... natürlich, Mister Johnson, und wir wissen seine Kooperation zu schätzen. Wir haben ganz bestimmt nicht die Absicht, Mister Hannah festzunehmen; wir wollen ihm nur ein paar Fragen dazu stellen, wo er sich in bestimmten Nächten des vergangenen Monats aufgehalten hat.«

»Mein Mandant beantwortet *keine* Fragen hinsichtlich ...«

»Schon gut, James«, warf Hannah ein. »Es macht mir nichts aus, ein paar Fragen über meinen Verbleib zu beantworten, wenn es der Polizei bei ihren Ermittlungen hilft.«

»Bitte, Robert, als Ihr Rechtsbeistand rate ich Ihnen, keine anderen Aussagen zu machen als die, auf die wir uns geeinigt haben, bevor ...«

Hannah hob eine Hand und unterbrach Jones' Wortschwall. »Es ist wirklich in Ordnung, James. Ich habe nichts zu verbergen.«

Resigniert wandte sich Jones an Chambers. »Okay, aber keine Tonbandaufzeichnungen. Einverstanden?«

Chambers sah zu Wilson.

»Einverstanden«, sagte Wilson.

»Detective Chambers?«, sagte Hannah lächelnd. »Ihre Fragen, bitte.«

»Ja, danke, Mister Hannah«, sagte Chambers und zog ein Notizbuch aus der Tasche. »Können Sie mir sagen, wo Sie am elften des vergangenen Monats waren?«

»Hm. Das ist schwer. Können Sie sich erinnern, wo *Sie* waren, Detective?«

»Bitte beantworten Sie nur die Frage, die man Ihnen stellt, Mister Hannah«, sagte Wilson.

»Ja, Sie haben recht. Verzeihung, Inspector. Wenn Sie mich einen Moment nachdenken lassen ... Oh! Natürlich! Wie konnte ich das nur vergessen? Ich war bei einer Wohltätigkeitsgala.«

»Kann das jemand bestätigen?«, fragte Chambers.

»Ja, gewiss. Ein paar Leute. Ian Finnegan, zum Beispiel. Nicht zu vergessen Richter ...«

»Ian Finnegan?« Chambers wurde blass. »Chief Constable Finnegan?«

»Ja, genau. Ist das ein Problem?«

»Was? Nein. Nein, natürlich nicht«, antwortete Chambers aufgeregt und sah flehentlich zu Wilson.

Wilsons Gesicht blieb reglos – anders als das von Karl, das heftig zuckte, als er den Namen des Chief Constable hörte.

»Ihre nächste Frage, Detective Chambers?«, sagte Hannah.

»Äh ... ja, Sir. Mal sehen ...«, murmelte Chambers und schlug wahllos Seiten seines Notizbuchs auf.

Welche Fragen Chambers zu Anfang auch auf seinem Plan stehen hatte, es konnten unmöglich die banalen sein, die er jetzt aussprach, dachte Karl, der dem kriecherischen Chambers mit wachsender Verstimmung zuhörte.

»Frag ihn, woher er diese Schrammen hat, du Idiot«, flüsterte Karl.

Wie durch ein Wunder griff Wilson plötzlich ein.

»Diese Kratzer sehen ziemlich übel aus, Mister Hannah. Könnten Sie mir sagen, was passiert ist? Woher haben Sie die?«

»Was – oh! Die?« Hannah lächelte und strich über die Kratzer. »Die stammen von Blue Boy.«

»Blue Boy?«

»Meine Katze. Eine Russisch Blau. Normalerweise ist der Kater recht verträglich, aber vor ein paar Tagen hat er sich auf mich gestürzt, als ich im Bett lag. Vermutlich hatte das etwas mit der Tatsache zu tun, dass ich ihn kastrieren ließ.«

»Kastrieren?«, fragte Chambers.

Langsam und absichtlich drehte Hannah den Kopf. Er sah direkt in die auf der anderen Seite verspiegelte Scheibe und antwortete: »Ich ließ ihm die Eier abschneiden.«

Chambers verzog das Gesicht. Wilson blieb unerschütterlich.

Im angrenzenden Raum wurde Karl nach Hannahs Bemerkung rot vor Wut. *Du Drecksack.*

Karl hörte weitere zwanzig Minuten zu und konnte am Ende seine Wut über Chambers' läppische Fragen und Wilsons scheinbare Gleichgültigkeit kaum noch im Zaume halten.

Warum habt ihr ihm nicht gleich Kekse und Tee gebracht?, dachte Karl und schlich hastig aus dem Zimmer.

»Karl? Wo um alles in der Welt hast du so lange gesteckt?«, fragte Lynne nervös, als Karl wieder Wilsons Büro betrat. »Was ist los? Du siehst vollkommen elend aus.«

»Das ist nichts weiter. Ich muss was Schlechtes gegessen haben.«

»Es geht gerade ein Virus um.«

»Ja, irgendein Virus«, antwortete Karl und ging zum offenen Fenster, um Luft zu holen. »Diese Scheißhitze kann unmöglich noch schlimmer werden.«

Fünf Minuten später betrat Wilson das Zimmer.

»Und?«, fragte Lynne hastig. »Was hast du herausgefunden, Mark?«

Wilson ging zum Schreibtisch, schenkte sich ein Glas Wasser ein und trank einen Schluck, bevor er antwortete.

»Nicht viel. Er hat uns die Namen von Leuten genannt, mit denen er an den Tagen zusammen war, nach denen wir ihn gefragt haben. Natürlich prüfen wir die Angaben alle gründlich nach, bevor wir …«

»Natürlich«, unterbrach ihn Karl.

»Was soll diese Bemerkung?«, fauchte Wilson.

»Du weißt genau, was das soll!«

»Karl! Mark! Herrgott, könnt ihr mit diesem Unsinn aufhören?«, schrie Lynne. »Was ist bloß mit euch los?«

»Was los ist?«, fuhr Karl sie an. »Frag deinen Bruder, warum er Hannah mit Samthandschuhen angefasst hat.«

»Woher zum Teufel willst du wissen, dass …« Plötzlich verstummte Wilson. »Du … du warst im Beobachtungsraum.«

»Glaubst du allen Ernstes, der Drecksack hat die Kratzer im Gesicht von einer beleidigten Katze?«

»Du Idiot! Ist dir klar, was du damit angerichtet hast, dass du uns belauschen musstest? Du gefährdest unsere ganze Arbeit!«

»Blödsinn! Es ist noch nicht lange her, da hast du mich in den Beobachtungsraum gelassen, um mir Verdächtige anzuhören, solange ich die Kastanien für dich aus dem Feuer geholt habe!«

»Du bist vielleicht auf einen Pyrrhussieg aus, Karl, aber uns geht es um etwas sehr viel Handfesteres. Weißt du, wie wichtig der Verhörraum ist? Natürlich weißt du es verdammt noch mal nicht! Wir müssen alle Aussagen sammeln, damit wir später alles hieb- und stichfest belegen können. Es ist entscheidend, dass alle Aussagen klar sind, unbeeinflusst und freiwillig.«

»Scheiße, da hat sich ja einiges geändert, seit man den Wichsern einfach in die Eier getreten hat, damit sie gestehen!«

»Du hältst dich echt für oberschlau, was? Dann denk doch mal nach, Klugscheißer«, sagte Wilson mit plötzlich eiskalter, ruhiger Stimme. »Wenn ich Hannah verhafte, ins Gefängnis stecke und sich herausstellt, dass er Katie tatsächlich entführt hat und allein handelt, wer gibt ihr dann zu essen und zu trinken? Er nicht, denn er ist ja eingesperrt. Willst du das etwa?«

Plötzlich wurde Karl sehr schweigsam und versuchte verzweifelt, sich daran zu erinnern, was er vor einem Augenblick noch gedacht hatte. Es fiel ihm nicht mehr ein. Ein Panikanfall? Das war es; sein Gehirn versagte ihm den Dienst.

»Ich ...«, murmelte Karl, dem ausnahmsweise einmal die Worte fehlten.

»Ich glaube, für heute hast du genug Schaden angerichtet, Kane. Da ist die Tür.«

Kapitel Sechsunddreißig

»Ah, welch staubige Antwort erhält die Seele, wenn sie in diesem unserem Leben nach Gewissheiten sucht!«
George Meredith, *Modern Love*

Karl stand wie ein Zombie am Fenster und sah den Leuten nach, die zur Arbeit gingen. Es war, als hätte man ihnen allen ausdruckslose Gesichter zwischen die Ohren genäht. Er versuchte immer wieder, sich zu konzentrieren, musste aber ständig an die gestrigen Ereignisse im Polizeirevier denken. Wilson hatte recht. Was hätte es genützt, Hannah zu verhaften? Karl erschauerte, als er sich vorstellte, wie Katie in irgendeinem dunklen Loch verhungerte. Was zum Teufel hatte er sich gedacht? Das war das Problem. Er dachte gar nicht, sondern ließ sich von seinen Gefühlen leiten.

»Quäl dich nicht, Karl«, sagte Naomi und legte ihm eine Hand auf die Schulter. »Es wird alles gut. Du wirst schon sehen.«

»Ich bin froh, dass du nicht gegangen bist«, sagte Karl und hielt Naomis Hand. »Sonst wäre ich jetzt völlig im Arsch.«

»Lass uns jetzt nicht darüber reden.«

Das Telefon auf dem Schreibtisch läutete. Er nahm hastig ab.

»Hallo?«

»Ich werde mich kurz fassen«, sagte Wilson am anderen Ende. »Ich leite kein Verfahren gegen dich ein. Aber ich muss dich warnen, Hannah ist alles andere als glücklich ...«

»Mir ist scheißegal, ob der glücklich ist!«, fauchte Karl, in dessen Erleichterung sich plötzlich Wut mischte.

»Würdest du mich vielleicht ausreden lassen!«, konterte Wilson mit giftiger Stimme. »Er ist deshalb nicht glücklich, weil in diesem Augenblick seine sämtlichen Immobilien – einschließlich des Gefängnisses Crumlin Road – durchsucht werden.«

Karls Erleichterung kannte keine Grenzen.

»Ich ... danke«, murmelte Karl. »Ich ... weiß das zu schätzen ...«

»Ich will deinen Dank nicht. Ich habe das nicht für dich gemacht – oder für meine Schwester. Ich habe es gemacht, weil Katie meine Nichte ist und ich sie wie meine Tochter liebe.«

»Ich muss mich bei dir entschuldigen, weil ich ...«

»Deine Entschuldigung kannst du dir sonst wo hinschieben! Glaub nicht, dass das etwas zwischen uns ändert. Du bist schuld am Tod meiner Detectives. Eines Tages krieg ich dich, Karl«, zischte Wilson und legte auf.

Kaum hatte Karl den Hörer aufgelegt, klingelte das Telefon erneut.

»Hallo?«, sagte Karl.

»Sie konnten es einfach nicht auf sich beruhen lassen, was?«, ertönte eine zischende Stimme am anderen Ende.

»Hannah?«

»Ich hätte sie nach einer Weile freigelassen. Aber Sie haben die Regeln missachtet, werter Karl, und ich dulde nicht, dass man meine Regeln missachtet. In diesem Augenblick nehmen Barbaren mein Kino auseinander, und das Ihretwegen. Daran hege ich nicht die geringsten Zweifel. Wissen Sie, wie man sich fühlt, wenn man derart vergewaltigt wird?«

»Lassen Sie Katie gehen. Bitte. Ich mache, was Sie verlangen.«

»Zu spät. Viel zu spät für eine Übereinkunft, Karl.«

»Was wollen Sie von mir?«

»Ich werde sie töten, werter Karl, und zwar auf eine höchst unschöne Weise. Ich töte sie mit der Waffe, die Cathy Ihnen abgenommen hat.«

»Das waren Sie, in jener Nacht, richtig? Sie haben Cathy ermordet.«

»Cathy war einfach nicht mehr nützlich. Sie war nur noch ein Klotz am Bein. Das Gute ist, auf der Waffe sind Ihre Fingerabdrücke, nicht meine.«

Plötzlich verkrampfte sich Karls Magen.

»Wann haben Sie Ihre bildschöne Tochter zuletzt nackt gesehen, werter Karl?«

Das Blut schoss Karl direkt in den Kopf. *Ich bring dich um!*

»Sie sind so still, werter Karl«, fuhr Hannah fort. »Versuchen Sie, diesen Anruf zurückzuverfolgen? Das nützt Ihnen nichts. Ich benutzte immer Telefone, die ich danach wegwerfe. Wo war ich stehen geblieben? Oh! Die süße Katie. Wussten Sie, dass sie ihre winzigen Nippel und die Klitoris gepierct hat? Ziemlich aufreizend, das kann ich Ihnen versichern. Aber das wussten Sie vermutlich schon, hm? Ich schicke Ihnen vielleicht ein Foto von ...«

»Drecksack! Ich schwöre dir, du Schwein, wenn du meine Tochter angefasst hast ...«

»Überlegen Sie mal: Wenn ich Sie an dem Tag nicht in Nick's Warehouse gesehen hätte, wäre ich nie auf die Idee gekommen, dass Katie Ihre Tochter ist. Sie haben mich direkt angesehen, als ich Ihnen diesen nashornförmigen Schwamm ins Gesicht geworfen habe«, sagte Hannah lachend.

»Was?«

»Der Clown. Das war ich, werter Karl. Ich habe Ihnen im Vorübergehen sogar zugeblinzelt. Ich war auf der Suche nach anderen jungen ... Begleiterinnen, als mir plötzlich die Ähnlichkeit zwischen Vater und Tochter auffiel.«

»Elendes Schwein ...«

»Sie haben sich das alles selbst zuzuschreiben, Karl. Leben Sie mit den Konsequenzen – für immer.«

Die Verbindung wurde unterbrochen.

Kapitel Siebenunddreißig

»›Soldat sein‹, gnädige Frau, das ist die Kunst des Feiglings, erbarmungslos anzugreifen, wenn er die Übermacht hat, und weit vom Schusse zu bleiben, sobald er der Schwächere ist. Trachte, deinen Feind zu übervorteilen, und niemals, in keinem Falle, schlage dich mit ihm unter gleichen Bedingungen.«
George Bernard Shaw, *Helden*

Karl saß in Wilsons Büro, heuchelte Gelassenheit und sah dabei zu, wie Lynne ihren Bruder in Stücke riss.

»Wie zum Teufel kannst du hier sitzen und behaupten, dass du nichts findest, Mark!«, kreischte sie und beugte sich über Wilsons verhärmtes Gesicht.

»Weil wir nichts gefunden *haben*, verdammt! Wäre nicht *irgendjemand* in Hannahs Haus eingebrochen, hätte er vielleicht nicht die Nerven verloren und alles verschwinden lassen, was ihn belasten könnte!«, gab Wilson zurück und sah Karl an.

»Oder wenn jemand aus deinem Büro ihn nicht vorgewarnt hätte …«, sagte Karl ruhig.

»Klar, dass du das sagst, Kane, nicht? Eine Riesenklappe, aber ein Gehirn wie eine Erbse. Bei der Polizei sind ja alle korrupt, was?«

»Ich glaube nicht, dass du gründlich genug gesucht hast, Mark«, sagte Lynne vorwurfsvoll.

»Herrgott noch mal, Lynne! Der Suchtrupp hat das Gefängnis drei Tage lang Zentimeter für Zentimeter durchsucht. Die haben sogar die zugemauerten Fluchttunnel wieder geöffnet, um ganz sicher zu sein. Was soll ich noch machen?«

»Meine Tochter finden! Das sollst du machen!« Unvermittelt brach Lynne in Tränen aus. »Finde ... finde sie einfach.«

»Ruhig, Lynne«, sagte Karl beschwichtigend, stellte sich neben seine Exfrau und nahm sie in die Arme. »Ganz ruhig, Mädchen ... tief durchatmen. So ist es gut ... ruhig ...«

»Oh, Karl, was ... was sollen wir nur machen?«

»Uns fällt schon was ein. Ich habe schon einen Plan. Komm, ich bring dich nach Hause.«

»Du solltest besser nicht das Gesetz brechen, Kane«, sagte Wilson und versperrte ihnen die Tür. »In dem Fall kannst du endgültig nicht mehr mit meiner Unterstützung rechnen. Ich habe dich gewarnt.«

In Karls Fußzehen wurde eine Zündschnur angezündet, deren lichterloh brennende Flamme im Höllentempo zu dem Pulverfass in seinem Gehirn wanderte. Er konnte sie gerade noch löschen, ehe es zur Explosion kam.

»Ich brauch *deine* Unterstützung für gar nichts, Mark«, antwortete Karl gelassen. »Aber in nicht allzu ferner Zukunft brauchst du vielleicht *meine*.«

»Deine Unterstützung? Ha! Dass ich nicht lache, Kane. Warum zum Teufel sollte ich die jetzt oder in Zukunft brauchen?«

Karl lächelte gezwungen. »Ein kleines Vögelchen hat mir gezwitschert, dass Phillips jetzt doch seine Pension bekommt. Da frage ich mich doch, warum? Aber vielleicht muss ich mich das gar nicht fragen. Vielleicht kenne ich den Grund bereits. Denk darüber nach, Mark, wenn du das nächste Mal vergisst, über die Schulter zu blicken. Und jetzt geh mir aus den Augen.«

Wilson wurde totenblass, entfernte sich hastig von der Tür und ließ sich auf seinen Stuhl fallen.

Hinter Karl und Lynne fiel die Tür ins Schloss.

Kapitel Achtunddreißig

»Ein Mann kann sich für gewöhnlich nur schwer entscheiden, wenn ihn nicht ein dringender Notfall dazu zwingt.«
Anthony Trollope, *Ayla's Angel*

Karl war sicher, dass die Bar – Ramblers – irgendwo in der Nähe sein musste. Nicht so sicher war er, wem sie gehörte; ob der Inhaber noch der Mann war, den er unbedingt sprechen musste. Die gestrige Konfrontation mit Wilson hatte ihn nervös gemacht. Er konnte es sich nicht mehr leisten, weiter nur auf seinem Hintern zu sitzen.

»Wonach suchen Sie denn, Mister?«, fragte ein Mädchen, das nicht älter als zehn sein konnte und das Gesicht eines Engels hatte: eine weiße Landkarte voll Sommersprossen, die wie die Köpfe rostiger Nägel aussahen. In der linken Hand hielt sie einen ramponierten Teddybär mit unheimlichen Glasaugen, dem ein Ohr fehlte. Er sah aus, als wäre er auf der Straße angefahren worden.

»Weißt du nicht, dass man nicht mit Fremden reden sollte, Kleine?«, fragte Karl.

»Und was ist mit dir? *Du* redest ja auch mit einer Fremden«, konterte das kleine Mädchen wie aus der Pistole geschossen. »*Na?* Oder etwa nicht?«

»Ist ein Argument. Aber ich bin älter als du.«

Das Mädchen dachte offenbar gründlich über diese Bemerkung nach, dann hielt sie plötzlich das Plüsch-Unfallopfer vor Karls Gesicht. Karl roch Hundepisse und Moder in dem räudigen Fell des Teddybären.

»Aber so alt wie ich bist du nicht«, sagte der Bär, ohne dabei die bizarren, zehenähnlichen Lippen zu bewegen.

»Oh, ein Mittelsmann? Da könnte sich ja selbst Richard Nixon noch eine Scheibe abschneiden, Kleine«, sagte Karl, der mitten auf der Straße stand, mit einem Plüschbären redete und sich dabei wie ein Volltrottel vorkam.

»Ich bin keine Kleine. Mein Name ist Bär«, sagte der Bär und näherte sich Karls misstrauischem Gesicht.

»Verstehe ... na ja, ich suche nach einem bestimmten Haus, das du ganz sicher nicht kennst, Bär.«

»Meinst du Brenda's?«, fragte Bär.

»Pardon?«

»Brenda's. Du weißt schon, das Haus, wo alle komischen Männer nachts hingehen.«

»Du meinst ein Obdachlosenasyl?«

»Bist du weich in der Birne, Mister? Die komischen Männer gehen dorthin, weil sie Sex haben wollen. Es ist ein Hurenhaus. Suchst du danach?«

Karl klappte fast der Unterkiefer runter. »Nein ... nein, aber ich merk's mir, für den Fall, dass ich mich mal wieder komisch fühle.« Er wolle schon weitergehen, als er sich überlegte, dass das kleine Nicht-Engelchen möglicherweise doch wissen könnte, wo Ramblers lag.

»Schon mal von einer Bar namens Ramblers gehört?«

»Klar. Wer nicht? Jeder kennt Ramblers. Ist am Clifton Square.«

»Clifton Square? Du kannst mir nicht zufällig sagen, wie ich dorthin komme?«

»Klar doch.«

Karl wartete, doch den zwei Worten folgten keine weiteren mehr. Er versuchte es erneut. »Kannst *du mir* vielleicht sagen, wie ich zum Clifton Square komme?«

Bär nickte. »Kostet aber was.«

»Was du nicht sagst«, seufzte Karl, zückte die Geldbörse und kramte ein paar Münzen heraus, die er in ausgestreckte Pfote und Hand legte.

»Das hier *ist* der Clifton Square«, sagte Bär. »Das da drüben ist Ramblers, gleich neben der Bäckerei.«

»Neben der ...« Karl sah über die Straße zu dem Gebäude, auf das sie zeigte. Ramblers sah aus wie eine alte Kirche, die zu einer anderen alten Kirche umgebaut worden war. »Kein Wunder, dass ich es übersehen habe.«

»Da solltest du aber echt nicht reingehen, Mister«, riet das kleine Mädchen. »Da drin prügeln sie sich andauernd und schlagen Leute zusammen.«

»Danke. Ich merk's mir.«

Vor dem Ramblers stieg Karl über einen spindeldürren, schlafenden Hund, der als Türstopper fungierte. Der Hund regte sich kurz und gab ein leises Knurren von sich, dann döste er weiter. Karl fragte sich, ob der Hund möglicherweise ein Omen war und das kleine Mädchen recht haben könnte.

Ein knochiger junger Mann – zwischen fünfzehn und zwanzig – hielt Karl auf, als er gerade eintreten wollte.

»Sorry, Alter. Nachmittags nur für Mitglieder. Komm Sonntagabend wieder. Da spielen die anderen alten Fürze Bingo und stricken Socken.«

»Das da in der Tür ist mein Fuß. Entweder er passiert die Schwelle, oder er landet in deinem Arsch. Noch hast du die Wahl, *Bübchen*.«

Bübchen sah Karl in die Augen und wandte sich rasch ab. »Ich ... ich melde dich beim Geschäftsführer.«

»Das dachte ich mir.«

Aus der Musicbox neben der Bar begrüßte Karl die sanfte Stimme von Boxcar Willie, der »Gypsy Lady and the Hobo« sang.

Der erste Hinweis darauf, dass diese Bar möglicherweise ein gefährliches Pflaster war, lieferte ein Schild:

Keine Schlägerei mit vollen Flaschen. Wer den Fernseher kaputt macht, erhält lebenslänglich Hausverbot. Wir kommen nicht für Ihre Krankenhauskosten auf.

Unter dieses offizielle Schild hatte ein Witzbold mit blauem Filzstift gekritzelt: *Auch nicht für Beerdigungskosten.*

Das Innere der Bar erinnerte an eine alte Cowboyserie, *Bonanza* oder *High Chaparral*: Sägemehl auf dem Boden, Saloon-Schwingtüren und sogar rostige Spucknäpfe höchst ungesunden Aussehens unter jedem Tisch. Boxcar Willie verstummte, es folgte das wehmütig schmachtende »I Fall to Pieces« von Patsy Cline.

Wie um das Authentische des Interieurs der Bar noch zu bestätigen, herrschte plötzlich eine wildwestmäßige Stille, als Karl die Bar betrat und betont lässig zum Tresen schlenderte – ein breitbeiniges Schlendern, auf das John Wayne stolz gewesen wäre. Doch obwohl es sich um eine säkularisierte Kirche handelte, glaubte Karl irgendwie nicht, dass es die Stille religiöser Ehrfurcht war – vielmehr wirkten die Gäste wie ein Lynchmob in mehr schlecht als recht gefälschten Designerjeans.

Karl schwang sich am Ende des Tresens auf einen Hocker und gab dem Barkeeper ein Zeichen. »Wenn du mal Zeit hast, Kumpel …«

Der Barkeeper betrachtete Karl mit so finsterer Miene, dass sich tektonische Verwerfungen auf seiner Stirn bildeten, und wandte sich wieder dem Fernseher zu.

»Kriegt man hier was zu trinken?«, beharrte Karl.

Der Barkeeper antwortete nicht, aber hinter Karl ertönte eine Stimme.

»Hat man dir nicht gesagt, nachmittags nur für Mitglieder?«

Karl wirbelte auf dem Hocker herum. Ein Mann mit einem Brustkorb wie ein Pulverfass, dem ein goldenes keltisches Kreuz um den Stiernacken hing, blickte Karl lächelnd an. Für Karl sah er wie ein Ringer aus, der sein Opfer gefunden hatte – ein Opfer namens Karl.

»Ich möchte Mitglied werden«, sagte Karl.

»Wir haben leider einen Aufnahmestopp«, antwortete der Stiernacken. »Was hast du hier zu suchen?«

»Sind Sie der Sheriff?«

»Der Sheriff besucht gerade eine Ranch«, sagte Stiernacken. »Ich bin der Deputy.«

»Was muss ein Mann tun, damit er hier was zu trinken kriegt?«

»Man kriegt hier nicht so leicht was.«

»Nicht mal als Mitgliedschaftsanwärter?«

Stiernacken lächelte noch breiter. »Was hättest du denn gern?«, fragte er.

»Für den Anfang wäre eine Flasche Harp nett. Kalt, wenn möglich. Ich würde Ihnen sogar eines spendieren, weil Sie so freundlich zu einem Grünschnabel sind, der zum ersten Mal durch die Prärie reitet«, sagte Karl und erwiderte das Lächeln.

»Joe? Eine Flasche Harp für den Cowboy – kalt.«

Joe langte mit einem baumstammförmigen Arm in eine Eisbox, nahm das Bier heraus und gab es Stiernacken, wobei er Karls ausgestreckte Hand geflissentlich übersah.

Die Flasche verschwand in der Pranke von Stiernacken.

»Hier«, sagte Stiernacken zu Karl und drehte den Kronkorken ab, als würde er einem kleinen Tier das Genick brechen. »Wohl bekomm's, und dann raus hier.«

»Ich muss Sie warnen, ich trinke ausgesprochen langsam.«

»Du siehst aus, als wärst du lernfähig. Dann lern, schnell zu trinken.«

Karl trank einen kräftigen Schluck. Das Bier war erfrischend und befeuchtete genau die richtige Stelle in Karls Hals. »Das war gut«, sagte er und stellte die halb leere Flasche auf den Tresen.

»Was willst du hier?«, fragte Mister Muskelpaket.

»Ich suche einen Mann«, antwortete Karl, holte eine Visitenkarte aus der Tasche und hielt sie Stiernacken hin. »Brendan Burns.«

Stiernacken nahm die Karte nicht. »Steck sie wieder ein. Wenn du jemanden suchst, bist du hier an der falschen Adresse. Trink aus und verschwinde. Du bist schon viel zu lange hier.«

Karl legte die Karte neben dem angebrochenen Bier auf den Tresen.

»Darf ich das so verstehen, dass Sie mir nicht helfen wollen?«

»Du darfst das so verstehen, dass du hier besser verschwinden solltest – sofort.«

»Was ist mit dem versprochenen Job?«, fragte Karl.

»Was für einem Job?«

»Na, dem Blowjob natürlich.«

Plötzlich lief Stiernacken dunkel an. Adern, dick wie Schnürsenkel, traten unter seiner Haut hervor.

»Woran erkennt ein Mann, dass seine Zeit gekommen ist?«, fragte Stiernacken, dessen Gesicht plötzlich dem eines Henkers entsprach, der gerade den perfekten Knoten entdeckt hat.

Karl sah besorgt drein. »Ich habe einen ganz unguten Verdacht.«

Und dann gingen für Karl die Lichter aus.

Karl stöhnte. Seine Rippen taten höllisch weh, seine Hände waren übel aufgeschürft. Er spuckte Blut. Einige seiner Zähne fehlten. Etwas, das nach Kotze schmeckte, brannte in seiner Kehle. Wenn er versuchte, sich zu bewegen, raste ein glühender Ball seine Wirbelsäule hinauf und haute den Lukas des Schmerzzentrums im Gehirn. *Ding, Dong, Dung!* Er lag in einer Art Gasse flach auf dem Rücken, eingeklemmt zwischen umgekippten Mülltonnen, deren stinkender Inhalt ihn bedeckte. Eine gewaltige Beule in einer der Tonnen lieferte ihm einen ersten Hinweis darauf, *womit* er möglicherweise niedergeschlagen worden war, nicht zu vergessen, natürlich, die Pranke von Stiernacken.

»Kam mir doch so vor, als ob du dich bewegst. Ich hätte nie gedacht, dass ein Mann solche Prügel überleben kann. Erstaunlich«, ertönte eine Stimme direkt über Karls Kopf. Es war Stiernacken, der gelassen eine Zigarette rauchte und die andere Hand hinter dem Rücken hielt. »Was ist das Unwahrscheinlichste auf der Welt, das dir einfällt, Cowboy?«

Karl wollte grinsen, aber das tat zu sehr weh. Sein Innerstes fühlte sich an, als wäre alles ein einziger Brei. »Dass deine Frau beim Sex kommt?«

»Dass ein Sterbender weiterleben darf. Die Chance biete ich dir. Willst du sie nutzen?«, fragte Stiernacken und zog plötzlich die andere Hand hinter dem Rücken hervor.

Karl betrachtete die klobige Schusswaffe vor seinem Gesicht. »Ich … gehe nicht hier weg … bevor ich mit Brendan Burns gesprochen habe«, flüsterte er.

»Tja. Vor Jahren hätten wir einen wie dich brauchen können«, sagte Mister Muskelpaket und schüttelte den Kopf, als hegte er eine klammheimliche Bewunderung für das zähe Greenhorn. »Ein Jammer, dass deine Eier größer sind als dein Gehirn. Zu viel Testosteron ist schlecht für die Gesundheit, wenn man es nicht mit einer entsprechenden Dosis Vernunft mischt.« Stiernacken ging auf die Knie und hielt Karl die Waffe vor das linke Auge. »Weißt du was über Hohlspitzgeschosse? Nicht? Dann will ich mal was für deine Bildung tun. Wenn dich die Kugel trifft, lassen die eingefrästen Sollbruchstellen sie in vier Teile bersten, die in vier verschiedene Richtungen fliegen. Dadurch hast du anschließend ein Loch wie eine Grapefruit im Bauch und ein Loch wie eine Melone im Rücken.« Stiernacken spannte den Hahn. »Also, entscheide dich: Vernunft oder Eier?«

Karl spuckte abermals Blut. »Ich gehe erst hier weg, wenn ich mit Brendan Burns gesprochen habe, du Arschloch.«

»Falsche Antwort.«

Die Lichter gingen wieder aus, und plötzlich befand sich Karl im freien Fall in ein schwarzes Nichts.

Bist du vielleicht weich in der Birne, Mister?, fragte Bär.

Kapitel Neununddreißig

»Wahnsinn muss nicht zwangsläufig Zusammenbruch bedeuten. Er könnte auch ein Durchbruch sein.«
R. D. Laing, *The Politics of Experience*

»In Ihrem Alter sollten Sie sich wirklich ein wenig zusammenreißen, Mister Kane«, sagte Schwester Williams missbilligend, während sie einer jungen Krankenschwester dabei zusah, wie sie die riesige Platzwunde an Karl Kopf nähte. »Müssen Sie unbedingt beweisen, was für ein harter Bursche Sie sind? Geht es darum?«

Karl erhob sich von dem Stuhl und versuchte zu grinsen, brachte jedoch nur eine gequälte Grimasse zustande, bevor er sich zaghaft Schwester Williams näherte. Sein Gesicht war teilweise verbunden, Arme und Hände mit breiten, fleischfarbenen Pflastern übersät. »Ich weiß, ich sehe aus wie Hundefutter, Schwester, aber Sie sollten mal den anderen Kerl sehen – der sieht aus wie die Stelle, wo das Futter wieder rauskommt.«

Karls Kopf glich einer blutigen Masse Gehacktes. Das Schlüsselbein zeichnete sich unnatürlich abgewinkelt unter der Haut ab; Schwellungen und Blutergüsse machten sein Gesicht fast unkenntlich. Geronnenes Blut und Steinchen bildeten eine Kruste über einem klaffenden Riss, der vielleicht einmal eine Augenbraue gewesen sein mochte. Das linke Auge war zugeschwollen; blutiger Schorf nahm die Stelle der Lippen ein. Zwischen den schmerzenden roten, schwarzen und blauen Stellen war seine restliche Haut leichenblass.

»Ich wünschte wirklich, Sie würden mich Ihre Familie benachrichtigen lassen. Sie sind in einer schlimmen Verfassung – selbst mit den Schmerzmitteln, die Sie gerade bekommen haben.«

»Nichts, was ein großer Hennessy und ein heißes Bad nicht wieder richten können. Danke, dass Sie mich wieder zusammengeflickt haben, Schwester. Ich weiß es zu schätzen. Falls Sie je Hilfe brauchen, lassen Sie es mich wissen.«

Er gab ihr eine Visitenkarte.

Eine Stunde später ließ sich Karl in ein heißes Schaumbad sinken und balancierte dabei einen großen Hennessy in einer Hand. Naomi stand an der Tür und hatte die Arme vor der Brust verschränkt.

»Ah. Das ist himmlisch. Dafür hat sich der Boxkampf fast gelohnt.«

»Wann sagst du mir, wo du gewesen bist und wer dich so zugerichtet hat?«

»Irgendwo, wo ich vermutlich nichts verloren hatte, und jemand, dem ich besser aus dem Weg gegangen wäre.« Er trank von dem Weinbrand, ehe er fortfuhr. »Ich dachte, ich könnte einen Mann sprechen, der mir helfen kann, Katie zu finden. Dabei bin ich in einen Schlamassel geraten, der mir mal wieder gezeigt hat, dass ich ein nutzloser Wichser bin.«

Naomi kam ins Bad und ging in die Hocke. »Wenn du dich umbringen lässt, hilft das Katie auch nicht. Die Polizei tut ...«

»Die Polizei tut einen Scheißdreck! Die haben die Suche eingestellt. Die halten sie für tot.«

Naomi sah aus, als hätte er sie geschlagen. »Sag so was nicht.«

»Nicht? Was soll ich dann sagen? Höflichen Blödsinn oder elegante Lügen? Die wissen, wer Katie hat. Sie sind aber zu korrupt, etwas dagegen zu unternehmen. Begreifst du das nicht? Die behaupten, dass sie in keiner von Hannahs Immobilien etwas gefunden hätten. Die stecken da alle mit drin. Auf die Weise zahlen sie es mir heim.« Karl kippte hastig den Weinbrand hinunter und hielt Naomi das leere Glas hin. »Mach es diesmal randvoll. Ich brauche was gegen diese höllischen Schmerzen.«

Naomi nahm das Glas und stand auf. »Bist du sicher, dass du wirklich noch einen ...«

»Herrgott noch mal, hör auf, so rumzuzicken, Naomi! Wenn ich angeschrien werden wollte, würde ich mir einen Brüllaffen halten!«

»Schrei du *mich* nicht an, Karl Kane!«

»Gib mir einfach das Glas, dann mach ich das verdammte Ding selbst voll!«, sagte Karl, riss Naomi das Glas aus der Hand und stieg aus der Badewanne. Zwei Sekunden später rutschte er auf dem nassen Boden aus, landete klatschend auf dem Rücken und knallte mit dem ohnehin ramponierten Kopf auf den Boden.

»Scheiße! Aaah ...«

»Karl!«, schrie Naomi und ließ sich mit erschrockener Miene neben ihm nieder. »Alles okay? Karl, antworte mir.«

»Bring mir einfach was zu trinken, verdammt! Ich brauch was zu trinken. Ohne was zu trinken bin ich völlig unbrauchbar, nutzloses Weib!«

Sie zog ihn fest an sich und drückte ihn. Er zitterte. Sie

hielt ihn noch fester, und plötzlich waren nur noch sein keuchender Atmen und ihr leiser Herzschlag zu hören.

»Schon gut. Schon gut«, tröstete sie ihn, strich ihm das Haar mit den Fingern zurück und küsste sanft sein geschwollenes Gesicht. »Alles wird gut.«

»Ich habe sie im Stich gelassen, Naomi. Ich habe meine wunderschöne Katie im Stich gelassen. Begreifst du nicht? Die Bullen haben recht. Sie ist tot.«

Kapitel Vierzig

»Wie trefflich kommt dein Besuch zupass,
An einem Tag, regnerisch, nass.«
Christopher Smart, *On a Bed of Guernsey Lilies*

Spätnachmittag, und alles im Schlafzimmer um Karl herum sah düster aus; düster und nicht allzu scharf umrissen. Nicht genügend Kontrast. Das trübe Licht vom Fenster reichte jedoch aus, dass er die Ruine seines Gesichts im Spiegel über der Kommode erkennen konnte. Einen Moment lang tröstete ihn der Anblick eines weiteren Menschen, auch wenn es sich nur um sein zerschlagenes Ebenbild handelte. Er versuchte, die schrecklichen Schmerzen von der Realität abzukoppeln, indem er sich sagte, dass Schmerzen nur im Geist existierten, nicht im Körper.

Als er abermals mit zusammengebissenen Zähnen das Gesicht verzog, musste er sich seine Niederlage eingestehen: Er litt Höllenqualen und konnte nichts dagegen tun.

Gestern Nacht hatten ihn immer wieder Träume von Katie heimgesucht; Träume von einem halben Dutzend Begegnungen zwischen Vater und Tochter in einem weit entfernten Zimmer. Jedes Mal, wenn er die Augen zumachte, sah er ihr Bild vor sich. Sie hatte das Gesicht eines Engels, ohne Schminke und ohne die Zornesfalten oder Linien vom Stirnrunzeln, die junge Leute heutzutage so oft besaßen. Alles an ihr war glatt und weich. Sie lächelte ihm zu und sagte etwas zu ihm, als er gerade gehen wollte. Aber er bekam es nie mit, wie eine Vision, die sich verflüchtigt, sobald man erwacht. Was hatte sie gesagt? *Mir geht es gut, Dad.* War es das? *Ruh dich aus. Du findest mich.*

Stunden später sah er immer noch nichts anderes als ihr Gesicht. Dann verschwand es; zurück blieben die Gesichter von anderen vermissten Mädchen mit Dunkelheit und Leid in den Augen.

»Karl? Schläfst du?«, fragte Naomi leise.

»Hm?«

»Unten im Büro wartet ein sehr großer, außerordentlich gut gekleideter Mann auf dich. Er hat seinen Namen nicht gesagt, nur, dass es sehr wichtig ist. Er sagt, er ist vom FBI. Offenbar nur ein superwitziger Zivilbulle, der wegen des Überfalls auf dich gekommen ist. Ich habe ihm gesagt, ich wüsste nicht, ob du ihn heute empfangen kannst. Vielleicht morgen. Aber er ist ziemlich hartnäckig. Er behauptet, es sei extrem wichtig. Soll ich ihm sagen, dass er ein andermal wiederkommen soll?«

»Wie lange habe ich geschlafen?«

»Ungefähr zehn Stunden.«

»Zehn verdammte Stunden! Warum hast du mich nicht geweckt?«, stöhnte er und richtete sich mühsam im Bett auf. »Ich müsste da draußen sein und nach Katie suchen. Sag dem Mann, dass ich gleich runterkomme. Vielleicht hat er ja was für mich.«

Naomi wandte sich ab.

»Naomi?«

»Ja?«

»Tut mir leid ... der ganze Mist ...«

»Anders würde es mir gar nicht gefallen.«

»Was würde ich nur ohne dich machen?«

»Ich bin sicher, irgendwann würde dir was einfallen. Wie immer.«

Keine Minute später stand Karl unter der Dusche, wo die ersten heißen Tropfen sich wie Nadeln anfühlten. Doch es tat gut. Er fühlte sich lebendig. Was hätte er nicht für eine Rasur gegeben, doch die Vorstellung, durch das Labyrinth der Schnitte und Blutergüsse in seinem Gesicht zu manövrieren, schien ihm wenig verlockend.

Fünf Minuten später stellte er das Wasser ab, trocknete sich ab, zog sich an, schluckte zwei Schmerztabletten und ging langsam nach unten in sein Büro.

»Lass den Mann bitte rein, Naomi«, sagte Karl und setzte sich, wobei er leicht das Gesicht verzog.

Sekunden später trat ein außerordentlich großer, durchtrainierter Mann ein. Sein pechschwarzes Haar war an den Schläfen leicht graumeliert. Er war auf eine rustikale Weise schön und hatte tief in den Höhlen liegende, dunkle Augen. Das Flussbett einer tiefen Narbe lief an seinem Gesicht hinab und am Kinn wieder aufwärts bis zur Lippe, als wäre sein Gesicht einmal in zwei Teile zerschnitten worden. Der Mann wirkte auf Karl beunruhigend, in seiner Miene lag etwas Greifbares und dennoch irritierend Unbestimmtes. Er sah aus, als sollte man sich besser nicht mit ihm anlegen, und besaß das Selbstvertrauen eines Unantastbaren. Und dennoch schien es, als wäre alles Leben aus ihm gewichen.

»Sieht ganz schön übel aus«, sagte der Mann.

»Ein Widerspruch in sich«, sagte Karl. »Ich hab beim Rasieren nicht aufgepasst und mich etwas geschnitten.«

»Verstehe. Ich habe auch oft schon nicht aufgepasst in meinem Leben.«

»Möchten Sie sich nicht setzen?«, fragte Karl.

Für einen so großen Mann bewegte er sich mit erstaunlich knappen Bewegungen, als er sich einen Stuhl heranzog und gegenüber von Karl Platz nahm.

»Sie sagten, Sie sind vom FBI?«, fuhr Karl fort.

»Fucking Big Irishman«, sagte der Mann und lächelte gepresst. »Bitte entschuldigen Sie, ich wollte Sie nicht erschrecken.«

»Mich erschrecken? Inwiefern?«

»Ich glaube, die gehört Ihnen?«, antwortete er, nahm eine Visitenkarte aus der Tasche und legte sie auf den Tisch.

Karl hob sie auf. Seine Visitenkarte.

»Erwischt«, sagte Karl. »Aber ich bin sicher, Sie haben nicht den weiten Weg auf sich genommen, nur um mir eine Visitenkarte wiederzubringen, Mister ...?«

»Burns. Brendan Burns.«

Plötzlich trommelte Karls Herz wie Platzregen auf einem Blechdach.

Kapitel Einundvierzig

»Ein Elend, nicht zu beschreiben,
Verbirgt sich im Herzen der Liebe.«
W. B. Yeats, *Das Elend der Liebe*

»Zuerst einmal möchte ich mich für Cormacs Übereifer vor drei Tagen entschuldigen«, sagte Brendan Burns. »Er meint es nur gut.«

»Cormac? Sie meinen Stiernacken mit den Dumdumgeschossen? Wenn das seine Version von ›gut meinen‹ war, dann will ich nicht wissen, wie es den Unglücklichen ergeht, die die Ponderosa betreten, wenn er es schlecht mit ihnen meint.«

»Ich nehme an, Sie verklagen ihn?«

»Sind Sie darum hier, um mir eine Visitenkarte zu bringen und mich zu bitten, dass ich Ihrem übereifrigen Freund eine Anklage wegen versuchten Mordes erspare?«

»Auch, aber in erster Linie wollte ich wissen, warum Sie nach mir gefragt haben.«

Karl zögerte ein paar Sekunden. »Ich brauche Ihre Hilfe.«

»Was für Hilfe?«

»Um meine Tochter zu finden.«

Burns setzte eine verwirrte Miene auf. »Ihre Tochter? Ich verstehe nicht.«

»Sie wurde vor über einer Woche entführt. Ich vermute,

sie wird im Gefängnis in der Crumlin Road gefangen gehalten.«

»Crumlin Road ... jetzt erinnere ich mich an Sie. Sie waren vor ein paar Tagen, nach der großen Suchaktion im Crum, in den Nachrichten. Das war Ihre Tochter? Tut mir wirklich leid, das zu hören, aber inwiefern kann ich Ihnen helfen?«

»Die Polizei behauptet, dass sie jeden Zentimeter des Gefängnisses drei Tage lang gründlich durchsucht hat. Sie haben sogar die alten zugemauerten Fluchttunnel geöffnet.«

»Das hört sich an, als hätten sie an so gut wie alles gedacht. Wie könnte ich da helfen?«

»Sie sind der größte Experte, was dieses Gefängnis betrifft. Sie haben sozusagen immense Erfahrungen in der Arbeit unter Tage. Sie kennen jeden Winkel da drin – und ich meine *jeden*. Sie sind der Meister unter den Tunnelbauern gewesen. Jeder Fluchttunnel, der jemals im Gefängnis Crumlin Road gegraben wurde, geht auf Sie zurück.«

»Sie sollten nicht alles glauben, was Sie hören, Mister Kane – schon gar nicht von Ihren Freunden bei der Polizei.«

»Es ist eine Tatsache, und eine Bitte. Wenn jemand alle Geheimnisse dieser Albtraumanlage kennt, dann Sie.«

»Mir scheint, Sie haben Ihre Hausaufgaben gemacht. Aber ich will Sie mit einer kleinen Information schockieren. Ich habe meine Hausaufgaben ebenfalls gemacht. Sie sind der Schwager von Mark Wilson. Korrekt?«

Karl zögerte, bevor er antwortete. »*War.* Vergangenheit.«

»Also, Wilson und ich haben *auch* eine Vergangenheit – eine lange. Ich glaube nicht, dass er es billigen würde, wenn Sie mich um Hilfe bitten.«

»Sie meinen die Tatsache, dass Sie ihn ins Gesicht geschossen, ihn fast getötet und für alle Zeiten verunstaltet haben?«

Der Hauch eines Lächelns umspielte Burns' Lippen. »Offenbar waren Sie bei Ihren Hausaufgaben noch gründlicher, als ich dachte.«

»Ich will ehrlich zu Ihnen sein, Mister Burns. Mir ist vollkommen egal, was für einen Kleinkrieg Sie und mein Exschwager vor Jahren ausgefochten haben; auch Ihre Ideale und politischen Überzeugungen gehen mich nichts an. Ehrlich gesagt, würde ich zum Teufel persönlich gehen, wenn ich wüsste, wo er wohnt, damit er mir hilft, meine Tochter zu finden. Ihnen bedeutet das vielleicht nicht viel, aber mir bedeutet es alles. Also, helfen Sie mir jetzt, oder nicht?«

Brendan Burns betrachtete Karl, als wollte er ihn abschätzen. Ein paar Sekunden vergingen, bis er etwas sagte. »Wie gut kannten Sie Wilsons rechte Hand, einen Psychopathen namens Duncan Bulldog McKenzie?«

Schlagartig wich das Blut aus Karls Gesicht. Ihm wurde schwindelig.

»Warum ... warum fragen Sie?«, sagte Karl, als er wieder Herr über seine Zunge war.

»Ist Ihnen bekannt, dass er vor wenigen Monaten erschossen wurde?«

Karl nickte. Er fühlte sich schwach.

Burns' Miene wurde finster. Er fletschte die Zähne zu einem fast wölfischen Lächeln. »Ich habe beinahe eine Woche lang gefeiert, als ich das hörte. Schockiert Sie das?«

Karl blieb stumm.

»Ich hatte eine Tochter, wie Sie, Mister Kane«, fuhr Burns fort. »Patricia war ihr Name. Acht Jahre alt. Reizendes Kind. Eben war sie noch da, und am nächsten Tag war sie verschwunden, für immer.«

»Das tut mir leid …«

»Ich war auf der Flucht. Wilson und seine Leute kamen, um mich festzunehmen. Einer ihrer verkommenen Informanten hatte ihnen einen Tipp gegeben. Sie stürmten die Waffe im Anschlag in mein Haus und scherten sich kein Jota darum, dass ich nicht allein war. Ich bekam vier Schüsse ab. Meine Frau Claire drei. Patricia einen. Nur den einen, Mister Kane. Meine Frau und ich überlebten, aber der eine Schuss reichte aus, Patricia zu töten. Stellen Sie sich das vor, wenn Sie können.«

»Ich …« Karl fehlten die Worte, sein Gesicht wurde plötzlich grimmig.

»Es war McKenzie. Ich werde sein Grinsen nie vergessen.«

»Ich … kann nichts sagen, Brendan; rein gar nichts, um Ihren Schmerz zu lindern. Ich hätte mich etwas gründlicher informieren sollen, bevor ich zu Ihnen kam. Jetzt verstehe ich Cormacs Reaktion. Er ist ein wahrer Freund.«

Brendan Burns nickte. »Jetzt wissen Sie wenigstens, warum ich versucht habe, Wilson zu töten. Ich bedaure nur, dass ich nicht derjenige war, der McKenzie erschossen hat. Ich würde alles tun, um dem Mann die Hand zu schütteln, der Bulldog getötet hat, um ihm aus tiefstem Herzen zu danken.«

Karls Gesicht lief rot an. »Jetzt begreife ich wenigstens, warum Sie mir nicht helfen wollen, Brendan. Für Sie stehe ich Wilson zu nahe. Ich an Ihrer Stelle würde mir vermutlich auch nicht helfen wollen.«

»Leben Sie wohl, Mister Kane«, sagte Brendan Burns, stand auf und ging fast ebenso schnell, wie er gekommen war.

Es verging fast eine Minute, bis Naomi nach Karl sehen kam.

»Alles klar?«

»Bestens.«

»Ich frage dich nicht.«

»Musst du auch nicht. Die Form deines Körpers, ein lebendes Fragezeichen, sagt alles. Er ist ein Mann von früher, vor langer Zeit, ein Mann, der – verständlicherweise – nicht anders kann, als im Zorn zurückzublicken, statt voller Hoffnung nach vorn.«

»Kann ... kann ich etwas tun?«

Karl lächelte gequält und klopfte sich auf das Knie. »Setz dich einfach ein paar Minuten zu mir. Hilf mir, nicht wie dieser Mann zu werden.«

Kapitel Zweiundvierzig

»For hope grew round me, like the twining vine,
And fruits, and foliage, not my own, seemed mine.«
Samuel Taylor Coleridge, *Dejection: An Ode*

Am nächsten Tag um die Mittagszeit erhielt Karl einen höchst ungewöhnlichen Anruf.

»Karl? Anruf, Leitung zwei«, sagte Naomi.

»Wer?«

»Hat seinen Namen nicht genannt. Sagt aber, es ist wichtig.«

»Hallo?«, sagte Karl und hielt den Telefonhörer ans Ohr.

»Die Wahrscheinlichkeit ist groß, dass es ein Schlamassel wird – ein *Riesen*schlamassel. Sind Sie bereit dafür?«, fragte Brendan Burns am anderen Ende.

»Ich bin für alles bereit. Ich will nur Katie wiederhaben.«

»Okay, aber sagen Sie nicht, ich hätte Sie nicht gewarnt.«

»Wieso haben Sie es sich anders überlegt?«, fragte Karl, der unverhohlene Erleichterung empfand.

Sekunden herrschte ein zögerliches Schweigen am anderen Ende der Leitung, dann sagte Brendan Burns: »Ich hatte Bedenken, aber ich habe gestern Abend mit Claire gesprochen. Sie sagte, wenn Patricia sich irgendwo da draußen in der Gewalt eines Monsters befinden würde, hätte sie auch gern, dass ihr jemand hilft.«

»Bitte … bitte danken Sie Claire von mir, Brendan. Ich freue mich, dass sie Sie umstimmen konnte. Ich weiß, wie schwer das gewesen sein muss – für Sie beide.«

»Ihnen ist klar, dass es schwierig werden wird, ins Crum einzudringen, ohne Aufmerksamkeit zu erregen? Der Abschnitt in der Antrim Road wird vom dortigen Polizeirevier aus überwacht. Wir müssen einen Weg auf der Rückseite finden. Das wird kniffelig.«

»Den Weg kenne ich bereits. Ein guter Freund.«

»Kann man diesem *guten Freund* vertrauen?«

»*Ich* vertraue ihm.«

»Okay, aber er wird nichts von mir erfahren. Einverstanden?«

»Einverstanden.«

»Ich muss Ihnen noch etwas sagen.«

»Das wäre?«, fragte Karl.

»Wenn Katie da drin ist, ist sie vielleicht nicht mehr am Leben.«

Plötzlich herrschte Stille in der Leitung.

»Das ist Ihnen doch klar, oder?«, beharrte Brendan.

»Wo treffen wir uns?«, fragte Karl, der der unheilvollen Frage damit auswich.

»Parken Sie Ihr Auto am Anfang der Antrim Road, beim Carlisle Circus. Dort gibt es ein kleines Café namens T 42, nicht weit von der Ulster Bank, an der Ecke. Wir treffen uns morgen Abend um acht Uhr in diesem Café. Kommen Sie nicht zu früh und nicht zu spät.«

»Brendan?«

»Ja?«

»Danke.«

»Heben Sie sich Ihren Dank eine Weile auf. Noch haben wir gar nichts erreicht.«

»Sie haben mir wieder Hoffnung gegeben. Das vergesse ich Ihnen nie, ganz gleich, wie die Sache ausgeht.«

Kapitel Dreiundvierzig

»Hinab zur Höll! und sag, ich sandte dich.«
William Shakespeare, *Heinrich VI.*

Obwohl der Sommer gerade seinen Zenit erreicht hatte, herrschte eine seltsame herbstliche Dunkelheit am Nachthimmel von Belfast, als das Trio die Crumlin Road hinauf zum anvisierten Ziel ging. Die Haut der Nacht war kupfer- und lilafarben, wie ein riesiger Rorschach-Tintenklecks. Karl fand, dass der Kupferfarbton wie die Augen eines Toten aussah.

»Seltsamer Himmel«, sagte Willie, als hätte er Karls Gedanken gelesen.

Karl nickte zustimmend, sagte aber nichts.

Brendan sagte auch nichts; ihn schienen offenkundig andere Themen als der Wetterumschwung zu beschäftigen. Er trug einen ramponierten marineblauen Rucksack auf dem Rücken.

Karl kam das nächtliche Dunkel auf eklige Weise substanziell vor, wie schwarzer Haferbrei, der über einen Topfrand quillt. Er erschauerte, als wäre er in einem grotesken Gemälde gefangen, das der sterbende Künstler nicht mehr vollenden konnte. Die verfallenen Häuser beiderseits der Crumlin Road trugen wenig dazu bei, seine Stimmung aufzuhellen.

»Sieht nach Regen aus«, fuhr Willie fort, der ein wenig nervös aussah. »Hat seit fast sechs Wochen nicht mehr geregnet, aber jetzt sieht es aus, als würde es heute Nacht noch in Strömen gießen. Aber dann sind auch weniger Leute unterwegs.«

Weder Karl noch Brendan antworteten.

»Was ist in dem Rucksack, Großer?«, fragte Willie und wies mit einem Nicken zu Brendan.

»Proviant«, antwortete Brendan frostig.

»Weißt du nicht mehr, was ich dir gesagt habe, Willie?«, sagte Karl. »Keine Fragen.«

Bevor Willie antworten konnte, riss plötzlich der Himmel auf und zwang die Dreiergruppe, schneller zu gehen.

Keine fünf Minuten später standen sie im Schatten der Mauern des viktorianischen Gefängnisses, wo sich der Regen auf dem Dach eines halb verfallenen Wachlokals sammelte und wie ein Sturzbach auf sie herunterprasselte.

»Wir sind da, Jungs«, flüsterte Willie, und wie auf Kommando blickten alle drei nach oben, als wollten sie das riesige Gebäude mit Blicken durchbohren.

Am 31. März 1996 hatte der letzte Direktor des Belfaster Gefängnisses in der Crumlin Road die festungsartige Anlage verlassen, und das schwere Tor mit seiner Schleuse war zum letzten Mal ins Schloss gefallen. Damit war eine hundertfünfzigjährige Geschichte von Inhaftierungen, Aufständen und Hinrichtungen zu Ende gegangen. Für die meisten Bewohner von Belfast – und den Rest des Landes – war das Gefängnis in der Crumlin Road ein abscheuliches Zeugnis dessen, was der Mensch anderen Menschen anzutun in der Lage ist. Schätzungsweise fünfundzwanzigtausend Menschen hatten hier eingesessen, teils wegen begangener Straftaten, teils als politische Gefangene.

Die offizielle Geschichte des Gefängnisses hatte im März 1846 begonnen, als einhundertsechs Häftlinge – Männer, Frauen und Kinder – vom Gefängnis in Carrickfergus dorthin zwangsverlegt worden waren. Als jüngster Insasse wurde ein zehnjähriger Knabe in dem Gefängnis gehängt, Patrick Magee, des schrecklichen Verbrechens angeklagt, dass er ein Hemd gestohlen hatte. Zu den prominentesten Insassen gehörten der irische Präsident Éamin de Valera und Ian Paisley, ein weiterer potenzieller irischer Präsident.

Fast fünf Minuten verbrachte das Trio reglos, in stummer Kontemplation, als würden sie vor den Toren des Hades auf eine gottlose Abordnung warten.

Eine ältere Frau auf der anderen Straßenseite beobachtete sie aus dem Schlafzimmerfenster ihres Hauses. Ohne Gebiss wirkte ihr Gesicht wie nach innen gestülpt, während sie unablässig vor sich hin murmelte, bis sie am Ende verschwand.

»Neugierige alte Vettel«, zischte Willie. »Hat wohl nichts Besseres zu tun, als ihre krumme Nase in anderer Leute Angelegenheiten zu stecken. Ich hasse solche Leute.«

»Dieses Gefängnis sieht aus wie aus einem Roman von Charles Dickens«, sagte Karl.

»Kein Ort für Weicheier, das dürft ihr mir glauben«, sagte Willie. »Die alte Bude wurde 1846 erbaut und war, ob ihr es glaubt oder nicht, eines der fortschrittlichsten Gefängnisse seiner Zeit. Siebzehn Gefangene wurden hinter diesen Mauern hingerichtet. Man sagt, dass man ihre Geister heute noch nachts heulen hören kann. Es hat vier Flügel, jeder vier Stockwerke hoch. Alles in allem sind es sechshundertundvierzig Zellen.«

»Du weißt ja ziemlich gut Bescheid«, sagte Brendan.

»Ich habe vor Jahren neun Monate in dem Drecksloch

abgesessen«, prahlte Willie. »Ich kenne seine Geschichte in- und auswendig.«

»Neun Monate? Das muss schrecklich gewesen sein«, sagte Brendan.

»Das kannst du laut sagen. Nichts für Schwächlinge. Wenn ihr mich jetzt entschuldigen wollt, ich habe zu arbeiten.«

»Wenn mir jemand gesagt hätte, dass ich eines Tages ins Crum einbrechen würde ...«, sagte Brendan zu Karl, während er Willie zusah, wie der sich an dem mittelalterlichen Schloss im Seitentor des Gefängnisses zu schaffen machte.

Karl sagte nichts, sondern sah nervös die unheimlich verlassene Straße hinauf und hinunter und hielt nach Streifenwagen Ausschau.

Inzwischen regnete es allerdings so heftig, dass er kaum noch etwas erkennen konnte.

»Ich kann das verdammte Schloss kaum sehen«, beschwerte sich Willie, der ein dünnes, nadelförmiges Werkzeug in die Öffnung des Schlosses einführte, während ihm schmutziges Regenwasser auf die Hände prasselte. »Können wir nicht kurz die Taschenlampe anmachen?«

»Nein. Das würde die Polizei wie Motten anziehen«, sagte Brendan. »Und wenn die kommen, müssen wir nicht mehr einbrechen. Die bitten uns dann persönlich rein.«

»Lass dir ruhig Zeit, Willie«, sagte Karl aufmunternd und brach damit sein eigenes Schweigen. »Du hast doch schon unter ganz anderen Bedingungen gearbeitet.«

»Was du nichts sagst. Ich erinnere mich, wie mich ein Klient einmal fragte, ob ich direkt neben einem Polizeirevier einbrechen könnte. Ha! Das waren die guten alten Zeiten, als man ...«

»Wir können in Erinnerungen schwelgen, wenn wir drinnen sind«, sagte Brendan ungeduldig.

»Halt mal schön den Ball flach, Großer«, antwortete Willie. »Ich weiß nicht, was du bei der ganzen Sache für eine Rolle spielst, und will es auch nicht wissen. Aber ohne mich ist hier Endstation. Klar?«

»Jeder hier ist wichtig«, ging Karl hastig dazwischen und versuchte, die Situation zu entschärfen. »Aber ihr müsst beide konzentriert bei der Sache bleiben ... bitte ... für Katie.«

Es folgte ein zerknirschtes Schweigen, dann ertönte Willies Stimme in der Dunkelheit. »Du hast recht, Karl. Wir benehmen uns wie Schulkinder beim Weitpisswettbewerb. Entschuldige.«

»Konzentrier dich«, wiederholte Karl.

»Ich hab's!«, rief Willie triumphierend aus. »Ich hab das Scheißding geknackt!«

»Gut, Willie. Gut«, sagte Karl anerkennend, wobei ihm die Erleichterung ins Gesicht geschrieben stand.

Sekunden später traten die drei Männer ein und schlossen hastig die Tür hinter sich.

Es herrschte völlige Stille. Eine sonderbare, fast beängstigende Stille. Die alte Notbeleuchtung war fast völlig ausgefallen, sodass die Straßenlampen hinter dem Gefängnis die einzigen Lichtquellen darstellten, die den schmalen Weg zwischen dem Hof und den Flügeln des Gebäudes spärlich erhellten und die Silhouetten des Trios wie graue Gespenster vor den Gitterstäben hervorhoben. Stacheldrahtrollen krönten die Mauern.

Karl hörte sein Herz in den Ohren pochen, pochen, pochen, als befände er sich unter Wasser. *Jetzt reiß dich zusammen*, dachte Karl, dem plötzlich mulmig zumute wurde.

»Keine Menschenseele«, sagte Willie.

»Die Anlage wird nicht mehr bewacht, weil es hier nichts mehr zu holen gibt. Die Flügel wurden entkernt, weil wohl mal ein Fünf-Sterne-Hotel daraus werden soll. Nur ein Flügel ist noch unversehrt«, antwortete Brendan.

»Und welcher wäre das?«, fragte Willie.

»Der A-Flügel. Dort haben die Bullen ihre dreitägige Suche durchgeführt. Im A-Flügel haben sie, soweit ich weiß, republikanische Häftlinge eingesperrt«, erklärte Brendan. »Die loyalistischen Häftlinge waren im C-Flügel untergebracht. Und in dem berüchtigten Keller saßen die Ratten ein.«

»Ratten?«, fragte Karl.

»Die Schlimmsten. Die Verräterischsten. Die zweibeinige Variante.«

»Das stimmt«, bekräftigte Willie. »Zwei gute Freunde von mir landeten wegen der Ratten im Keller im C-Flügel. Du hast mir immer noch nicht verraten, woher du das alles weißt.«

»Los, weiter«, sagte Karl, der verhindern wollte, dass Willie weitere Fragen stellte. »Wir vergeuden hier kostbare Zeit.«

»Okay. Hier lang«, forderte Willie und ging über den Hof, dicht gefolgt von Karl und Brendan. »Das große Tor da vorn müsste zum Zirkel führen. Da haben alle Flügel ihren Anfang. Wenn wir drinnen sind, müsste direkt vor uns schon einer liegen, wenn mich die Erinnerung nicht trügt.«

Die moderne Tür, die zum Zirkel führte, war ein Kinderspiel für Willie. Drei Minuten später sprang sie auf. »Wir nehmen die Treppe neben dem …«

»Moment mal, Willie«, sagte Karl. »Du bleibst hier.«

»Was?« Willie sah ihn verblüfft an. »Was zum Teufel redest du da?«

»Von hier an dürfte es ausgesprochen kitzelig werden. Du hast schon genug für mich riskiert. Außerdem musst du mit diesem Walkie-Talkie draußen bleiben«, sagte Karl und drückte Willie das Gerät in die Hand. »Wir müssen wissen, ob jemand kommt. Es ist sehr wichtig, dass du uns warnst.«

»Das ist nicht dein Ernst. Wie zum Teufel wollt ihr zwei euch ohne mich da drin orientieren? Hm? Sag mir das mal, Bamber Gascoigne.«

»Das kann *ich* dir sagen«, meldete sich Brendan.

»*Wie?* Wie zum Teufel willst *du* dich hier zurechtfinden?«

»Ich war fast zwölf Jahre … hier zu Gast.«

Willies Augenbrauen krümmten sich zu haarigen Fragezeichen. »Du? Zwölf Jahre? Du nimmst mich auf den Arm. Er *nimmt* mich doch auf den Arm, Karl. Richtig?«

»Nein … nein, Willie. Brendan sagt die Wahrheit.«

Willie schüttelte fassungslos den Kopf. »Und da prahle ich mit meinen neun Monaten«, murmelte er. »Ich komme mir wie ein alter Trottel vor.«

»Musst du nicht«, sagte Brendan. »Neun Wochen, neun Monate, neun Jahre – das ist alles eins, wenn einem Zeit gestohlen wurde.«

»Du willst mir vermutlich nicht sagen, weshalb du gesessen hast?«

»Willie, ich sagte doch, keine Fragen«, sagte Karl hastig, als er Brendans verkniffene Miene sah. »Tu einfach, worum ich dich gebeten habe. Nimm das Walkie-Talkie und …«

»Ich habe beim Glücksspiel gemogelt«, sagte Brendan.

»Gemogelt … und dafür haben die dir zwölf Jahre gegeben?«, fragte Willie misstrauisch. »Da musst du ja im verdammt großen Stil gemogelt haben.«

»Ich habe die Bank gesprengt.«

»Was?«

»Buchstäblich. Sprengstoff.«

»Oh.«

»Oh, richtig«, ging Karl dazwischen. »Also, stehst du jetzt für uns Schmiere, oder nicht?«

Willie nickte, nahm das Walkie-Talkie, ging zum Eingang und flüsterte dabei: »Zwölf Jahre …«

Im Inneren wartete eine nahezu pechschwarze, undurchdringliche Finsternis auf Karl. Trübe Lichter, kaum größer als ein Babyzeh, säumten die Wände und verliehen der Schwärze einen unheimlichen Blauton.

»Trostlos«, sagte Karl, der spürte, wie sein Magen die altbekannten Purzelbäume schlug.

»Was hatten Sie erwartet?«

»Ich weiß nicht, was ich erwartet habe.«

»Erwarten Sie stets das Unerwartete. Das ist der Gesundheit zuträglich«, sagte Brendan, nahm eine Taschenlampe aus dem Rucksack und gab sie Karl. »Ich habe auch zwei Fackeln dabei, aber die heben wir uns für den Notfall auf.«

»Wo fangen wir an?«, fragte Karl.

»Das ist der einfache Teil. Am Ende des Flügels, in der ehemaligen Kantine linker Hand. Kommen Sie.«

Der kreideartige Lichtstrahl der Taschenlampe geleitete sie und ließ ihre langen Schatten vor ihnen tanzen.

In der Kantine fiel spärliches Licht durch eine eingeschlagene Fensterscheibe, sodass sie die Taschenlampen löschen konnten. Im Küchenbereich waren enorme Löcher zu sehen.

»Das ist eine regelrechte Baustelle«, sagte Karl erstaunt. »Die Polizisten müssen Presslufthämmer eingesetzt haben.« Einen Moment lang verspürte Karl Schuldgefühle. Wilson hatte tatsächlich gründlich gearbeitet.

»Das sind die Zugänge zu meinen alten Tunneln«, sagte Brendan mit einem Unterton von Stolz in der Stimme. »Acht, um genau zu sein.«

»Alle Tunnel entstanden hier?«

»Die meisten. Alles in allem waren es zwölf Tunnel. Bleiben noch vier zu überprüfen«, sagte Brendan und ging zu den sanitären Einrichtungen.

Die Duschräume glichen einem Kriegsgebiet. Toiletten und Duschwannen zertrümmert; Rohrleitungen zu Knoten aus Metall verformt. Wasser aus undichten Zisternen hatte enorme Pfützen in den Mulden im Boden gebildet. Orangerote, rostige Streifen verliefen von Wasserhähnen und Duschköpfen zu den Abflüssen, nahmen auf dem Boden eine dunklere Färbung an und verschwanden in den dunklen Öffnungen.

»Das nennt man in Gefängniskreisen eine Durchsuchung mit Vorschlaghammer und Feinkamm. Die Polizei hat ganze Arbeit geleistet«, sagte Brendan, der die Verwüstungen begutachtete. »Das muss man ihnen lassen.«

»Es ist kein Stein auf dem anderen geblieben«, stimmte Karl zu, dessen Magen sich in der Niederlage zu einer kalten Faust zusammenballte. »Die haben alles auf den Kopf …«

Plötzlich ertönte unter statischem Knistern Willies Stimme in der Dunkelheit.

»*Karl?*«

»Ja, Willie?«

»*Da kommt jemand. Bleibt in Deckung …*«

»Scheiße!«, sagte Karl verzweifelt.

»Ganz ruhig«, sagte Brendan. »Es führen mehrere Wege raus.«

»*Raus?* Wer will denn *raus?* Meine Tochter ist irgendwo da *drin*. Glauben Sie, ich gehe ohne sie hier weg?«

»Hören Sie, Karl, manchmal muss man eben den Rückzug antreten, damit man später …«

»Kommen Sie mir nicht mit ihrer blödsinnigen Kriegsphilosophie! Sie können machen, was Sie wollen! Ich bleibe hier – und wenn ich hier jeden Dreckklumpen einzeln umdrehen muss …«

»Karl? Hörst du mich?«, ertönte Willies flüsternde Stimme wieder. *»Karl?«*

»Ja … ja, Willie. Ich höre dich«, sagte Karl.

»Alles klar, Karl. Das war nur ein Spaziergänger. Wie läuft es bei euch?«

»Alles … alles bestens, Willie. Du machst das großartig. Bleib wachsam.«

»Ehrensache. Wir sehen uns bald … oder, over and out, wie es immer im Film heißt.«

Das Walkie-Talkie verstummte.

»Ich sagte doch, es sind zwölf Tunnel«, sagte Brendan. »Bis jetzt haben wir erst elf.«

Karls Herz schlug einen Takt schneller.

»Es gibt noch einen?«

»Ich hoffe, er ist noch da.«

»Wo?«, fragte Karl und versuchte verzweifelt, ruhig zu bleiben. »Ist es weit?«

»Ein besonderer Korridor führt vom Gefängnis zum Gerichtsgebäude auf der anderen Straßenseite. Eine Sicherheitsmaßnahme, um Häftlinge direkt in den Gerichtssaal schaffen zu können.«

»Und Sie haben da einen Tunnel gegraben, direkt unter der Crumlin Road?«, fragte Karl fassungslos.

»Die Behörden waren dumm, fantasielos und arrogant. Sie hätten nie gedacht, dass ich die Frechheit besitzen würde, direkt unter dem Arsch des Richters zu graben«, sagte

Brendan lächelnd. »Kommen Sie. Es sind gute zehn Minuten.«

Fünfzehn – nicht zehn – Minuten später betraten Karl und Brendan den sicheren Korridor, der gemeinhin »der Tunnel« genannt worden war.

Sie bewegten sich vorsichtig voran. Die alten Mauern um sie herum befanden sich in einem fortgeschrittenen Zustand des Verfalls.

»Sieht extrem einsturzgefährdet aus«, sagte Karl und leuchtete die Wände mit der Taschenlampe an.

»Jetzt wissen Sie, warum man von einer Gefängnisruine spricht«, sagte Brendan lächelnd. »Was immer Sie auch tun, niesen oder furzen Sie nicht.«

»Verdammt eng hier«, sagte Karl, dem schien, als würden die rissigen Mauern ihn bedrängen. Der Geruch von Fäulnis und Nässe war allgegenwärtig.

»Breit und hoch genug für drei Wachen und zwei Häftlinge«, sagte Brendan als Erklärung.

»Ist es hier immer so dunkel und feucht gewesen?« Karl sah Katies vor Angst verzerrtes Gesicht vor sich. Er verdrängte es rasch. Dafür war jetzt keine Zeit. Irgendwie musste er sachlich bleiben.

»Sehen Sie diese Heizungsrohre an den Wänden?«, fragte Brendan. »Stellen Sie sich die so aufgedreht vor, dass Ihnen der Schweiß den Rücken runterläuft. Wie in einem drückend schwülen Dschungel. Das einzig Gute daran war, dass die Wärter auch gegrillt wurden. Sie hassten den Dienst im Tunnel. Nichts als Staub und unerträgliche Hitze.«

Selbst im Halbdunkel sah Karl, wie die Erinnerung Brendan zum Grinsen brachte, während er fortfuhr.

»Schon bald setzten die Wachen alles daran, nicht im Tunnel Dienst schieben zu müssen. Sie machten sich manchmal nicht einmal die Mühe, die Häftlinge auf dem Rückweg zu zählen.«

»Ich nehme an, Sie waren einer der Häftlinge, die sie nicht gezählt haben?«

»Ich habe fast zwei Jahre an dem Durchgang gearbeitet. Manchmal als anderer Häftling verkleidet. Manchmal war Geld erforderlich, dass einer der Wachen wegsah. Es ging so weit, dass ich manchmal derjenige war, der die anderen Häftlinge rüberführte.«

»Da ist was«, sagte Karl, der die verunzierte Wand betrachtete. »Lange, rötliche Streifen.«

»Sehen wie verschmiertes Blut aus«, antwortete Brendan und betrachtete sie eingehend im Licht der Taschenlampe.

»Ich wette, diese Farb- und Betonflocken sind identisch mit denen unter Martinas Fingernägeln. Hier muss es sein.« Plötzlich schwärmten dunkle, haarige Spinnen über Karls Hände, der zu Tode erschrak. »Scheiße!«

»Was?«

»Spinnen. Hier wimmelt es davon – buchstäblich. Ich hasse Spinnen.« Plötzlich leuchtete das Bild eines kleinen Jungen, der sich in einer Besenkammer vor einem Monster versteckt, in der Dunkelheit von Karls Verstand auf.

»Dies ist ihr Reich, Karl. Vergessen Sie das niemals. Wir sind nur Gäste. Außerdem habe ich oft Spinnennetze benutzt, um meine Grabungen hier zu tarnen und …«

»*Psst!*«, zischte Karl und packte Brendan an den Schultern. »Hören Sie. Können Sie etwas hören?«

Brendan legte den Kopf schief und spitzte die Ohren. »Hört sich an wie der Wind. Aber das ist unmöglich. Hier gibt es keine natürlichen Geräusche.«

»Nicht der Wind. Etwas … *Lebendiges* …« Das Geräusch hörte sich auf eine fast unterbewusste Weise bedrohlich und böse an, wie Krallen auf einer Schiefertafel. Das rhythmische Klickern machte Karl eine Gänsehaut; nicht zum ersten Mal kamen ihm nagende Zweifel.

Katies Gesicht tauchte wieder auf. Er verdrängte es hastig.

»Lassen Sie sich nicht einschüchtern, Karl. Dieses alte Gemäuer kann einen wirklich das Fürchten lehren. Jedenfalls ist *dort* die Metalltür, die zum Gerichtsgebäude führt«, verkündete Brendan und zeigte den Tunnel hinab. »Kommen Sie.«

Das geheimnisvolle Geräusch beschäftigte Karl immer noch, während Brendan den Rucksack von den Schultern nahm.

»Das Tor ist vollkommen verrostet. Es geht nie und nimmer auf«, sagte Karl, bestürzt über den Zustand, in dem sich die viktorianische Metalltür befand. »Wie um alles in der Welt soll Willie so ein Schloss knacken?«

Brendan wühlte in seinem Rucksack und förderte mehrere, teils in wasserdichtes Papier gewickelte, Gegenstände zutage.

»Willie könnte dieses Schloss trotz aller Erfahrung nicht knacken, Karl. Das erfordert unkonventionellere Methoden. Etwas ... Flexibleres.«

»Was ist das für ein Zeug, das Sie da kneten?«, fragte Karl und betrachtete das ziegelrote Stück gummiartiger Substanz, das Brendan in der Hand formte.

»Semtex. Ein Plastiksprengstoff. Ausgesprochen fies und doppelt so stark wie TNT.«

»*Was?*« Karls Magen verknotete sich. »Haben Sie den Verstand verloren? Das wollen Sie doch nicht ernsthaft hier unten einsetzen?«

»Haben Sie eine Alternative? ›Sesam, öffne dich‹? Diese Tür wurde seit Jahren nicht geöffnet. Glauben Sie allen Ernstes, dass man sie mit einem Schlüssel oder Dietrich aufbekommen würde? Darum haben die Bullen ihr auch keine Beachtung geschenkt.«

»Aber ... ist das auf so engem Raum nicht zu gefährlich? Wenn hinter dieser Tür ein Tunnel liegt, dürfte er mit ziemlicher Sicherheit ...« Karl verstummte.

»Einstürzen? Hinter dieser Tür ist kein Tunnel, sondern der Anbau des Gerichtsgebäudes.« Brendan schüttelte den Kopf. »Außerdem brauche ich nur eine winzige Menge, gerade genug, um die Tür zu sprengen. Ich hatte mit so etwas gerechnet, Karl. Ich habe die Chancen und Risiken immer wieder durchgespielt. Und ich hatte Sie gewarnt, dass wir in ein Schlamassel geraten könnten.«

»Mir war nicht klar, dass Sprengstoff zum Einsatz kommen würde.«

»Wenn wir uns an der Vorderseite des Gefängnisses Zugang zu dem Gerichtsgebäude verschaffen, sehen uns die Polizisten in der Antrim Road. Es wäre unmöglich, unbemerkt da reinzukommen. Es sei denn, natürlich, das Grundstück gehört einem, so wie Bob Hannah. Zweifellos konnte er kommen und gehen, wie es ihm beliebt, ohne Verdacht zu erregen.«

»Ich ...«

»Hören Sie mal«, antwortete Brendan ungeduldig. »Nur ein Wort, und das Semtex verschwindet wieder in der Tasche. Aber ich versichere Ihnen hier und jetzt noch mal, es gibt keine andere Möglichkeit, diese Tür zu öffnen.«

Karl leckte sich die trockenen Lippen. Sein Mund fühlte sich wie Baumwolle an. »Nein ... nein, machen wir es. Aber seien Sie vorsichtig ... bitte.«

»Wir gehen durch den Tunnel zurück. Ich habe den Zeitzünder auf zwei Minuten eingestellt. Das ist Zeit genug«, sagte Brendan und hob den Rucksack hoch.

»Hören die das da draußen nicht?«

»Machen Sie sich darüber keine Gedanken. Die dicken Mauern dämpfen die Explosion so einer winzigen Menge Sprengstoff vollkommen ab.«

Karl machte mit der Taschenlampe in der Hand hastig kehrt, floh den Tunnel hinab und rechnete jeden Moment damit, dass der Schacht über ihm zusammenstürzen würde.

»Wann ist es sicher?«, fragte Karl, der plötzlich noch schneller ging.

»Wie lang ist ein Stück Schnur?«, antwortete Brendan. »Gehen Sie einfach weiter, bis ich es Ihnen sage.«

»Ich hoffe, Sie wissen, was Sie tun …«

»Hoffnung hat damit nichts zu tun.«

Etwas anderes als Hoffnung habe ich nicht, dachte Karl.

»Okay. Das ist weit genug«, verkündete Brendan zehn Sekunden später und blieb stehen. »Drücken Sie sich an die Wand, und halten Sie sich die Ohren zu.«

Karl steckte sich die Finger in die Ohren und wartete. Jede Sekunde kam ihm wie eine Stunde vor.

Plötzlich ertönte ein gedämpfter Laut in dem unterirdischen Gang; Karl spürte ein Beben, Staub und kleine Steinchen rieselten ihm auf den Kopf. Ihm schien, als wäre seine Wirbelsäule ein wenig verrutscht.

»Das war's«, sagte Brendan und klopfte sich den Staub ab. »Alles in Ordnung?«

Karl schlug die Augen auf und blinzelte. Alles war merkwürdig still, wie Schnee, der auf einen See fiel. Überall herrschte graue Dunkelheit, während sich der Staub senkte und trübes Licht an der Stelle preisgab, wo die alte Tür gewesen war.

»Verdammt noch mal. So ein Wahnsinn«, sagte Karl und schüttelte fassungslos den Kopf.

»Ich habe die Druckwelle der Explosion berechnet. Es bestand kein Grund zur Sorge«, sagte Brendan.

»Kein Grund zur Sorge? Sagen Sie das der Taschenlampe«, sagte Karl und hielt die geborstene, nutzlose Leuchte hoch.

»Scheiße! Die hätten wir verdammt noch mal gut gebrauchen können. So was ist mir noch nie passiert.«

»Lassen Sie mich Willie anrufen, nur zur Sicherheit. Mal sehen, ob er die Explosion oben auf der Straße gehört hat.«

»Sie verschwenden Ihre Zeit«, sagte Brendan, gab Karl aber ein Walkie-Talkie. »Willie kann die Explosion nicht gehört haben – und auch sonst niemand. Sie war zu gedämpft.«

»Willie? Hörst du mich, Willie?«, fragte Karl in das Funkgerät. »Melde dich, Willie.«

Nichts; nur statisches Rauschen.

»Willie? Kannst du mich hören?«

»Willie kann Sie nicht mehr hören, Karl«, antwortete Robert Hannah mit gleichgültiger Stimme aus dem knisternden Walkie-Talkie. *»Er ist zu seinem Schöpfer heimgegangen.«*

Kapitel Vierundvierzig

»Und in des Grabes eis'ger Stille ...«
John Keats, *The Living Hand*

»Hannah ...?«, fragte Karl zögernd.

Keine Antwort, nur Rauschen und verzerrtes Gelächter.

»Hannah!«, zischte Karl. »Was ... was hast du ... was hast du Willie angetan, du Dreckskerl?«

»Angetan? Angetan ist genau das richtige Wort. Alles Ihre Schuld, Karl, wie ich hinzufügen möchte. Sie haben Silly Willie hierhergebracht, und er hat Ihren Namen verflucht, als ich ihm die Kehle von einem Ohr zum anderen aufgeschlitzt habe. Er hat gequiekt wie ein Schwein und dabei nach seiner Frau Isabel geschrien. Ich glaube, Isabel war der Name. Bei dem vielen Blut, das er gespuckt hat, konnte ich ihn kaum verstehen.«

»Elender Dreckskerl!« Karl umklammerte das Walkie-Talkie fester. »Wenn ich dich in die Finger kriege ...«

»Die Gelegenheit dürfte bald kommen. Ich bin so nahe, dass ich den Schweiß auf deiner Stirn und die Angst in deinem Gesicht sehen kann. Du bist zum Greifen nah.«

Karl bekam eine Gänsehaut auf dem Rücken. Er sah sich hastig um, doch bevor er ein weiteres Wort sagen konnte, riss ihm Brendan das Funkgerät aus der Hand.

»Es reicht! Wir haben zu tun!«

»Willie ist tot«, murmelte Karl erschüttert.

»Das habe ich mitbekommen«, antwortete Brendan und nickte ernst. »Es tut mir leid, aber wir müssen weiter. Die Empfangshalle liegt direkt unter uns. Kommen Sie, aber geben Sie acht, wo Sie hintreten. Wir müssen vorsichtig sein, ohne Taschenlampe.«

Karl folgte wie ein Zombie, während er mit Schuldgefühlen rang. Er sah Isabels Gesicht vor sich, wenn er ihr die Nachricht von Willies Ermordung überbringen würde. Sie würde ihn hassen, weil er ihren Mann da mit reingezogen hatte.

»Reißen Sie sich zusammen!«, fuhr Brendan ihn plötzlich an und rüttelte Karl an den Schultern. »Sie werden zum Risiko. In Selbstmitleid können Sie sich später noch suhlen. Sie haben keinen Grund, sich Vorwürfe zu machen. Kapiert?«

»Ja.«

Keine fünf Minuten später stand das Duo am Eingang der eindrucksvollen Empfangshalle.

»Ist sie abgeschlossen?«, fragte Karl, der Brendan zusah, wie er mit den Händen über die Metallhaut der Tür strich.

»Felsenfest. Ich kann die Scharniere sprengen, aber hier drin ist es so dunkel, dass ich nichts sehe. Ich muss eine Fackel nehmen. Dabei wollte ich beide für den Notfall aufheben.«

»Was ist das für ein schwarzer Schatten, der da aus der Wand ragt?«

»Hm?«, murmelte Brendan und sah, wohin Karl zeigte.

»Da drüben, neben der Wand mit den Wasserrohren.«

»Ich hoffe, es ist, was ich denke«, antwortete Brendan.

»Und das wäre?«

Brendan bückte sich vor dem klobigen Ding, holte ein Feuerzeug aus der Tasche und drehte die Flamme hoch. »Ein Notstromgenerator«, antwortete er und zog an der Tür.

Die Tür des Generators ließ sich problemlos öffnen.

»Funktioniert er?«

»Wurde kürzlich geschmiert«, antwortete Brendan und drückte mit dem Finger auf einen Knopf aus grünem Glas. »Jemand hat ihn benutzt. Höchstwahrscheinlich Hannah.«

Der Generator summte ein paar Sekunden unregelmäßig, dann verharrte er in tödlicher Stille.

»Können Sie ihn reparieren?«, fragte Karl mit besorgter Stimme.

»Ich versuche es«, sagte Brendan und drückte noch einmal auf den Knopf. *»Komm schon! Spring an!«*

Das sporadische Summen setzte erneut ein und schwoll langsam an, bis es zu einem konstanten Brummen wurde.

Karl hielt den Atem an.

Plötzlich gab der Generator ein Klicken von sich, dann erschien wie durch Zauberhand eine haarfeine helle Linie unter der Tür zur Empfangshalle.

»Er funktioniert! Im Empfangsraum ist das Licht an. Gehen Sie in die Ecke da drüben – schnell«, befahl Brendan, holte ein winziges Stück Semtex aus dem Rucksack und befestigte es an einem Zeitzünder.

Sekunden später kam er im Laufschritt zu Karl.

»Kopf runter!«

Die Explosion war schwächer als die erste, dennoch verspürte Karl einen schmerzhaften Druck auf den Ohren.

»An den Mist könnte ich mich nie gewöhnen«, murmelte Karl, dessen Nerven blank lagen.

»Niemand gewöhnt sich je daran«, erwiderte Brendan.

Beide Männer warteten und sahen dem Staub bei seinem Tornadotanz zu. Zwei Minuten später legte sich der nunmehr nur noch harmlos kreisende Staub und gab den Blick auf ein klaffendes Loch frei, wo zuvor die Tür Wache gestanden hatte.

»Bleiben Sie hier«, befahl Brendan. »Wir wissen nicht, was in …«

»Versuchen Sie doch, mich aufzuhalten«, zischte Karl und drängte sich an Brendan vorbei. »Versuchen Sie es …«

Sekunden später traten beide Männer ein, und Karl sah sich um.

Er riss schockiert die Augen auf.

Der Boden war aufgerissen und von Schutt übersät. Überall lagen leere Verpackungen verstreut; in einer Ecke standen Milchflaschen mit schimmeligem, kobaltblauem Inhalt. Zum sauren Geruch der Milch gesellte sich ein Beigeschmack von Exkrementen und Pisse, der in den Augen brannte. Schäbige Kleidungsstücke bedeckten den Boden wie ein Gobelin unheimlicher Farben.

Brendan nahm einen kleinen Backstein, bückte sich und fischte in den Trümmern, als suchte er nach Hinweisen. Er hob etwas empor, betrachtete es und spreizte es wie die Schwingen eines toten Vogels. Es war ein Büstenhalter, schlicht im Design und vollkommen verdreckt.

Karl wollte sich die Kleidungsstücke genauer ansehen, doch ihm graute davor, etwas Bestimmtes zu finden.

Brendan schien eine Frage auf der Zunge zu liegen, doch er schwieg, als er Karls besorgte Miene sah.

Brendan setzte seine Suche fort, hob einen Milchkarton hoch, schnupperte daran und überflog dann den Text auf der Plastikverpackung. »Gut«, sagte er und riss Karl damit aus seinen Gedankengängen.

»Gut? Was zum Teufel meinen Sie damit, gut?«

»Das ganze Zeug. Es war jemand hier … könnte *noch* hier

sein. Das Verfallsdatum dieser Milch ist noch nicht abgelaufen.«

Karl spürte, wie sein Herz einen Takt schneller schlug. Was Brendan sagte, konnte durchaus der Wahrheit entsprechen.

»Wir müssen uns trennen, um Zeit zu sparen«, fuhr Brendan fort und zeigte auf zwei Räume an der hinteren Wand der Empfangshalle. »Sie durchsuchen den Raum da hinten. Ich übernehme den anderen. Wenn Sie etwas finden – wie unbedeutend es auch scheinen mag –, rufen Sie. Verstanden?«

Karl nickte, dann betrat er den zugewiesenen Raum und versuchte verzweifelt, das Grauen aus seinen Gedanken zu verdrängen. Auch der Boden dieses Raumes war aufgerissen und zeigte verschiedene Sedimentschichten. Der Gestank nach Exkrementen war so stark, dass er Karl regelrecht in den Augen brannte.

Eine Schaufel, die wie ein betrunkener Wachmann an einer Wand lehnte, ließ ihn erschauern. Sofort schoss ihm eine Frage in den Kopf, doch er verdrängte sie hastig, da er die Antwort gar nicht wissen wollte.

Er nahm die Schaufel und trug damit zaghaft die oberste Erdschicht ab, bis er auf Beton und alte Backsteine stieß.

»Dreckskerl«, murmelte er jedes Mal, wenn er auf den harten Untergrund stieß, wie in Trance und schaufelte immer verzweifelter. Winzige Funken tanzten, wo er auf Beton stieß. Er stellte sich vor, der Boden wäre Hannahs grinsendes Gesicht. »Dreckskerl! Dreckskerl! Dreckskerl!«

»Karl!«, rief Brendan und riss ihn aus seiner Trance. *»Karl!«*

»J… ja?«

»Hierher … Beeilung!«

Karl sputete sich und sah, dass Brendan etwas betrachtete, das er mit einem Stock emporgehoben hatte.

»Was ist das?«, fragte Karl außer Atem.

»Ich ... es besteht die Möglichkeit ...«

Nur das obere Drittel des Gesichts war über einer Maske von Steinen und Staub zu erkennen. In Dunkelheit gehüllte Augen blickten bestürzt und verängstigt zwischen Strähnen fettigen, schmutzigen Haars hindurch ins Leere. Die dürren Arme ausgestreckt, als wollten sie nach etwas greifen. Die abgemagerte Brust wie ein Krater in das Gitter der Rippen gedrückt. Die welke Haut war rot und mit Flecken getrockneten Blutes übersät. Doch am beunruhigendsten sah das Geschlechtsteil aus, geschwollen und aufgeplatzt wie eine überreife Frucht.

»Nein ... o Gott, nein ...« Karl spürte, wie der Wahnsinn unaufhörlich an den Rändern seiner Vernunft nagte. Es war das Schrecklichste, das er je in seinem Leben gesehen hatte. Die Wände rückten näher. Er bekam keine Luft mehr. Erbrochenes schwappte ihm aus dem Mund.

»Ruhig ... ruhig, Karl. Atmen Sie tief durch ... ruhig«, beschwichtigte Brendan ihn, hielt ihn fest und verhinderte so, dass er zusammenklappte.

»Ich ... will nicht hinsehen. Ich habe genug gesehen«, sagte Karl, kämpfte gegen die Tränen und wischte sich saures Erbrochenes vom Mund.

»Es geht nicht anders. Wir müssen wissen, ob es ...«

»Ich sagte *nein*! Nicht ... lassen ... lassen Sie mir einfach ein wenig Zeit ...«

»Okay, okay. Kein Problem. Gehen wir raus und ...«

»Was war das für ein Geräusch?«, fragte Karl mit weit aufgerissenen Augen und irrem Blick. »Haben Sie das auch gehört?«

»Ich nehme Ihnen die Schaufel ab, Karl«, sagte Brendan und blickte Karl in die Augen. »Gehen Sie einfach raus und …«

»Hören Sie!«

Es hörte sich an, als würde eine Katze in einem Pappkarton miauen. Ein krächzendes Miau. Hohl. Weit entfernt. Irgendwie absichtlich unheimlich.

»Vermutlich sind das Tunnelgeräusche, Karl … sonst nichts.«

»Es kommt von da hinten, vom anderen Ende des Raums«, beharrte Karl, zwängte sich hastig an Brendan vorbei und stieß ihn um ein Haar zur Seite. »Hallo? Wer ist da? Hören Sie mich?«

Nichts. Deine Nerven spielen dir einen Streich.

Er versuchte es erneut.

»Hallo? Hören Sie …?«

»Hilfe …«

»Scheiße. Sie haben recht, Karl. Die alten Toiletten! Es kommt von dort.«

Karl trat die Tür so fest ein, dass sie beinahe aus den Scharnieren gerissen wurde, und stürmte in den Toilettenraum.

»Wo sind …?« Er verstummte. Direkt an der Wand gegenüber lag ein nackter Leib in Dreck und Exkrementen, in Embryonalhaltung, fest an die Mauer gepresst. Der Körper sah wie ein alter Kohlesack aus; nur das Weiß der angstgeweiteten Augen verriet, dass es sich um einen Menschen handelte.

»Bitte … bitte tun Sie mir nicht weh«, ertönte eine krächzende, flüsternde Stimme.

»Katie …? *Katie!*«, heulte Karl, ein Laut zwischen Fassungslosigkeit und Freude, während er Katie in die Arme nahm.

»Dad …?«

»Meine Katie. Meine wunderschöne Prinzessin«, flüsterte er, küsste sanft ihr Gesicht, küsste Dreck und Exkremente weg und strich ihr das Haar mit den Fingern zurück.

»Oh, Dad! Bist … bist du es wirklich?« Tränen brannten Karl in den Augen, während er hastig den Mantel auszog und behutsam über Katies Schultern legte.

»Du hast mich, seit ich sieben war, nicht mehr Prinzessin genannt.«

»Fünf, aber streiten wir uns nicht wegen zwei Jahren«, sagte Karl, der gleichzeitig lachte und weinte. »Kannst du aufstehen? Wir müssen hier raus, Süße.«

»Ich fühle mich … so schwach. Ich habe unglaublich oft gebrochen …«

»Schon gut, schon gut … Bleib einfach stehen. Ich rufe einen Krankenwagen und die Polizei«, sagte Karl, kramte das Handy aus der Tasche und drückte blitzschnell 999. »Hallo? *Hallo!* Was ist denn mit dem Scheißding los?«

»Sie haben hier unten kein Netz, Karl«, sagte Brendan und legte sich Katies linken Arm über die Schulter. »Kommen Sie. Schaffen wir sie hier raus, so schnell wir …«

Unvermittelt gingen die Lichter aus; schlagartig herrschte völlige Finsternis.

Katie fing an zu zittern.

»Das ist *er*! Er kommt meinetwegen!«, schrie Katie. »Er kommt immer im Dunkeln. Lass nicht zu, dass er mich wieder anfasst, Dad! Lass nicht zu, dass er …«

»Pst. Ganz ruhig, Liebes. Ich schwöre dir, dass er dich nie wieder anfasst.«

»Versprochen?«

Karls Knöchel traten kalkweiß hervor. »Versprochen.«

»Hierbleiben, alle beide«, befahl Brendan und holte eine Waffe aus dem Rucksack.

»Was haben Sie vor?«, fragte Karl.

»Das weiß ich, wenn es so weit ist. Bleiben Sie hier, bis ich das Okay gebe.«

Karl hörte, wie Brendan vorsichtig aus dem Raum schlich. Sekunden später herrschte wieder die grässliche Stille.

»Was macht der Mann, wenn er das Monster gefunden hat, Dad?«

»Brendan? Ich weiß es nicht, Liebes«, antwortete Karl und zog Katie fester an sich.

»Hoffentlich tötet er ihn. Lässt ihn leiden ...«, antwortete Katie mit einer Stimme, bei der es Karl kalt über den Rücken lief.

Kapitel Fünfundvierzig

»Wenn du noch keinen Namen hast,
an dem man dich kennt, so heiße Teufel!«
William Shakespeare, *Othello*

Brendan schlich langsam, aber zielstrebig an der Wand entlang und stellte sich im Geiste die Route vor, die er durch die Empfangshalle genommen hatte. Die Waffe hielt er auf Hüfthöhe, leicht angewinkelt, und wünschte sich, er hätte die abgesägte Schrotflinte dabei, die einen Kopf in Asche verwandeln konnte. Die abgesägte Flinte mochte unhandlich sein, aber sie war zweckdienlich und absolut zuverlässig.

Genau wie du selbst, dachte Brendan und schlich weiter voran in die Dunkelheit.

Als er links von sich ein Geräusch hörte, blieb er stehen. Er ging augenblicklich in die Hocke, damit sein Körper kein so großes Ziel bot, und horchte. Ein grimmiges Lächeln beherrschte sein Gesicht. *Groß mag besser sein, aber in dieser Situation ist klein klüger.*

Er atmete flach und spannte lautlos den Hahn des Revolvers. Ein mechanischer Puls ging durch den schweren Stahlrahmen der Waffe: ein Puls, der sich durch Brendans Körper fortpflanzte und in seinem Gehirn einnistete wie eine Kugel. Es war lange her, dass er diesen Puls zum letzten Mal gespürt hatte. Das Gefühl kam genau rechtzeitig und war herrlich.

Er kroch auf Ellbogen und Knien vorwärts, bewegte sich quälend langsam voran, wobei der Betonboden seine Kleidung zerschliss und ihm die Haut aufscheuerte. Er spürte die Nässe frischen Blutes an Armen und Beinen und biss instinktiv die Zähne zusammen, um eine Schmerzbarriere zu erzeugen.

Das ist gar nichts. Du hast schon Schlimmeres überstanden. Achte nur darauf, dass du diesen Dreckskerl findest, bevor er dich findet.

Etwas zischte dicht an seinem rechten Ohr vorbei und ließ ihn erstarren. Es hatte sich angehört wie hundert wütende, in einer Flasche eingesperrte Wespen.

Was zum Teufel war das? Beweg dich!

Er rollte sich zur Seite und feuerte zwei Schüsse in Folge – *peng! peng!* –, dann sprang er auf und lief zur Wand.

Keine Panik. Konzentrier dich.

Er vernahm ein weiteres Zischen, als er gerade mit dem Rücken die Wand berührte. Angst und Wut stiegen in ihm auf; weil er so unbeholfen in die Falle getappt war.

Etwas bewegte sich vor ihm in der Dunkelheit. Er ließ sich auf ein Knie nieder, da das Adrenalin, das durch seinen Körper raste, instinktiv Selbstschutz gebot. Sekunden später schlug etwas wenige Zentimeter über seinem Kopf in der Wand ein.

Peng! Brendan schoss; im Mündungsfeuer war kurz ein grotesker Schatten zu erkennen. Hannah, kein Zweifel. Hatte er den Dreckskerl getroffen, verwundet, im besten Fall vielleicht sogar getötet?

»Aaah!«, kreischte Brendan und spürte, wie sein Körper rückwärts geschleudert wurde, als ein weiteres Zischen ertönte und er einen Treffer direkt abbekam.

Kapitel Sechsundvierzig

»Der letzte Akt ist immer blutig,
so schön unter anderem die Komödie gewesen sein mag.«
Blaise Pascal, *Pensées*

»Was … was waren das für Schüsse, Dad?«, flüsterte Katie und klammerte sich noch fester an ihren Vater.

»Ich … weiß es nicht, Süße.«

»Glaubst du … glaubst du, Brendan hat ihn erschossen?«

Karl konnte nicht antworten. Dunkelheit strömte in sein Gehirn und erschwerte das Denken. Etwas sagte ihm, dass Brendan tot war.

»Ich hab was gehört, Dad.«

»Was? Was, Süße?«

»Ein Geräusch. Da draußen. Hör doch …«

Karl hielt den Atem an und horchte. Er verfluchte sein Herz, das so laut pochte, dass er nichts hören konnte.

»Du musst dich ausruhen, Süße. Leg dich hin. Nur eine Minute.«

»Was? Nein! Lass mich nicht allein!«, kreischte Katie und klammerte sich noch fester an Karl.

»Psst, Süße. Ich lasse dich nicht allein. Ich schwöre es. Aber du musst mir vertrauen. Tu, was ich dir sage. Schnell. Wir haben nicht viel Zeit.«

»Ich hab Angst, Dad.«

»Das weiß ich, Süße, aber halt durch. Vertrau deinem alten Herrn. Okay?«

Katie wischte sich Tränen und Dreck aus dem Gesicht und nickte.

»Braves Mädchen«, sagte Karl und ließ Katie zu Boden gleiten. »Bleib ganz still und …«

Ein Geräusch, ein verstohlenes Geräusch, als wollte jemand nicht gehört werden, ertönte in der Dunkelheit.

»Dad …«

»Pssst …«

In dem gottlosen Dunkel näherte sich ein Schemen.

Ein schreckliches, stechendes Gefühl in Karls Magen breitete sich bis in die Eingeweide aus. Kalter Schweiß bedeckte sein Gesicht.

Komm näher, du Drecksack. Gut so. Nur noch ein bisschen näher, und du …

»Karl …? Mich hat's erwischt … ziemlich böse …«, stöhnte Brendan und brach zusammen.

»Brendan!«, rief Karl und beugte sich hastig über den am Boden liegenden Mann. »Was ist passiert? Ich habe Schüsse gehört und … Sie bluten … Was zum Teufel ist das?«

Aus Brendans Oberkörper ragte grässlich und angewinkelt der Schaft eines Bolzen hervor.

»Ich … habe ihn gesehen, Karl. Der Dreckskerl ist splitternackt und mit Blut oder Kriegsbemalung beschmiert. Er war nur wenige Schritte von mir entfernt.« Brendan verzog das Gesicht; er schwitzte schrecklich. »Er hat … wie der Teufel ausgesehen … der Drecksack … trägt eine Nachtsichtbrille und …«

»Nachtsicht? Scheiße.«

»… und ist mit einer Art Armbrust und einem Köcher voller Bolzen bewaffnet. Der hier in meiner Schulter hat sich irgendwie geöffnet. Fühlt sich an, als hätte ich eine Stahlfaust da drin.« Brendan verzog wieder das Gesicht.

»Ich kann ihn nicht rausziehen. Zu gefährlich. Wir müssen Sie irgendwie hier rausbringen, bevor Sie verbluten.«

»Nein! Nein ...«, rief Brendan und knirschte mit den Zähnen. »Außerdem ist mehr als ein Bolzen von Wilhelm Arschloch Tell erforderlich, um mich fertigzumachen. Helfen Sie mir nur hoch. Ich habe einen Plan B.«

»Plan B?«, fragte Karl, der rasch das Hemd auszog und in Streifen riss.

»Ganz recht. Und ja, ich hoffe genau wie Sie, dass er besser als Plan A ist«, antwortete Brendan, der die Hand ausstreckte und sich langsam aufhelfen ließ.

»Lassen Sie mich mit diesen Streifen die Wunde verbinden, Brendan. Das dürfte die Blutung wenigstens ein bisschen eindämmen.«

»Ich glaube, ich habe ihn getroffen.«

»Was?«

»Bin nicht hundertprozentig sicher, aber ich glaube, ich habe ihn am Bein erwischt.«

»Immerhin. Ein Jammer, dass es nicht sein Kopf war.«

»Dad? Wie geht es jetzt weiter?«, fragte Katie mit besorgter Stimme.

Karl sah Brendan an.

»Dein Vater und ich müssen dieses Monster finden, bevor er uns findet, Katie.«

»Nein! Sag's ihm Dad. Du hast versprochen, dass du mich nicht im Stich lässt.«

»Niemand lässt dich im Stich, Liebes. Ist es nicht so, Brendan?«

»Es wird schwierig genug, auch wenn wir uns keine Sorgen machen müssen, dass ...«

»*Ist* es nicht so, Brendan?«

»Okay«, sagte Brendan resigniert. »Gehen wir. Vergesst aber nicht, dass er uns die ganze Zeit sehen kann – allerdings dürfte er vorsichtig sein, denn er weiß, wir sind bewaffnet.«

»Katie, Süße. Bleib direkt hinter mir, Liebes. Okay?«

»Ja ... aber geh nicht zu schnell oder zu weit voraus ...«

»Ich bin ganz dicht bei dir. Keine Bange.«

Langsam schlich das Trio aus dem Raum, dicht an die Wand gedrückt, Karl voraus.

»Ich übernehme die Führung und gehe ein paar Schritte voraus«, flüsterte Brendan.

»Machen Sie sich nicht lächerlich«, zischte Karl. »Er pustet Sie weg wie auf dem Schießstand.«

»Wenn wir uns nicht verteilen, erledigt er uns einen nach dem anderen. Aber so leicht machen wir es ihm nicht.«

»Mit seiner Nachtsichtbrille sieht er jede unserer Bewegungen.«

»Auch mit der Brille weiß er nicht, wie viele Waffen wir haben. Hier. Nehmen Sie die«, sagte Brendan und drückte Karl die Waffe in die Hand. »Können Sie damit umgehen?«

Karl hielt den Revolver in der geballten Faust. Obwohl ihm die Waffe wie ein totes Ding vorkam, fühlte sich der Griff angenehm vertraut an. Die Schusswaffe schmiegte sich auf unheimliche Weise in seine Hand.

»Warum geben Sie mir die?«

»Ich spiele den Lockvogel. Er wird sich zuerst das verwundete Tier vornehmen, um ihm den Rest zu geben.«

»Sie bluten, Brendan, das schaffen Sie nicht. Lassen Sie mich vorgehen.«

»Nein, das ist mein Part. Sie beschützen Ihre Tochter. Das hat oberste Priorität. Ich habe noch eine Überraschung für Arschloch Tell im Ärmel, und es ist kein verdammter

Apfel. Wenn Sie meinen Befehl hören, schießen Sie einfach auf alles, was sich bewegt. Verstanden?«

»Nein, das verstehe ich nicht, aber ich mache es trotzdem.«

»Gut«, sagte Brendan und verschwand in der Dunkelheit.

»Was ist los, Dad? Warum geht er weg?«

»Alles in Ordnung, Süße, aber von jetzt an müssen wir unbedingt still sein. Okay? Katie? Katie!«

Katie war unvermittelt ohnmächtig geworden.

Kapitel Siebenundvierzig

»Eine dicke, schwarze Wolke ballte sich vor meinen Augen zusammen, und ich fühlte, dass in dieser Wolke, die mich unheimlich bedrückte, alle Schrecken und unfassbaren Bosheiten und alles Grauen der ganzen Welt konzentriert verborgen waren.«
Arthur Conan Doyle, *Der Teufelsfuß*

Brendan schlich langsam durch den Tunnel; sein rechte Arm hing nutzlos herab. Das Blut strömte fast ungehindert aus der klaffenden Wunde, sodass ihm schwindelig wurde. Er fragte sich, wie viel Zeit ihm noch blieb, bevor er das Bewusstsein verlor. Bezeichnenderweise verspürte er keine Schmerzen. Er wusste, was das bedeutete.

Plötzlich hörte er etwas nicht allzu weit voraus. Leider nicht plötzlich genug. *Du dummer Idiot*, dachte er, und ehe er weiter denken konnte, traf etwas sein rechtes Bein.

»Aaah!«

Brendan spürte, wie das Blut an dem Bein hinabfloss und die Haut wärmte. Instinktiv drückte er auf die Wunde. Er verspürte Erleichterung, als er die roten Spritzer an der Wand hinter sich sah, denn das bedeutete, dass es eine Austrittswunde gab und der Bolzen durch sein Bein hindurchgegangen war.

Er ließ er sich auf ein Knie sinken und drückte sich

schwer atmend flach an die Wand. Sekunden später prallte ein zweiter Bolzen über seinem Kopf gegen den Stein.

»Daneben, du Arschloch!«, rief Brendan wie ein Irrer lachend. »Du hast Angst vor Männern, was? Darum zittern deine Hände. Hast es nicht mehr mit kleinen Mädchen zu tun, du kranker Drecks…«

Ein Bolzen surrte an Brendans Gesicht vorbei und verfehlte nur knapp das Auge. In seinem Schrecken verstummte Brendan, aber nur ein paar Sekunden.

»Komm schon, Hannah! Das kannst du doch besser. Selbst ein krankes Schwein wie du kann doch sicherlich …«

»Klar kann ich«, zischte Hannah triumphierend, stand plötzlich direkt über Brendan und hielt ihm ein Skalpell an den Hals. »Du zuerst, dann die hübsche Katie. Ich möchte, dass Kane alles sieht, bevor sie stirbt. Damit er sich die Schuld an eurem Elend gibt. Er ist an allem selbst schuld – aaah!«

»Jetzt, Karl! *Jeeetzt!*«, brüllte Brendan, der die gleißende Fackel hochriss und Hannah damit blendete. Plötzlich war der Tunnel in grelles Licht getaucht. Der nackte Hannah schrie und versuchte hektisch, sich die Nachtsichtbrille herunterzureißen, als hätte man ihm Säure ins Gesicht geschüttet.

Karl rannte mit erhobener Waffe den Tunnel entlang und blieb direkt neben dem kreischenden Hannah stehen.

»Erschießen Sie ihn, Karl!«, schrie Brendan. »Jetzt, solange Sie die Gelegenheit dazu haben. Erschießen Sie den Dreckskerl!«

Karls Hände zitterten schrecklich, als er die Waffe an Hannahs Kopf hielt und den Hahn spannte.

Hannah hielt sich immer noch schreiend die Augen.

Karl feuerte in die Luft, und die Schreie verstummten.

»Es ist vorbei«, sagte Karl und stieß den zitternden Hannah zu Boden.

»Es wird nie vorbei sein«, sagte Brendan fast flüsternd. »Begreifen Sie das nicht, Karl? Hannah besitzt zu viel Macht und Einfluss. Der geht nicht einen Tag ins Gefängnis. Er kommt frei und macht einfach mit seinem Wahnsinn weiter. Für Kreaturen wie ihn gibt es keine Heilung. Begreifen Sie das nicht?«

»Dafür weiß ich keine Lösung.«

»Aber ich!«, rief Brendan, riss Karl die Waffe aus der Hand und richtete sie auf Hannah. »Ich lasse nicht zu, dass dieser Kerl jemals wieder Mädchen foltert und ermordet. Für den ist es vorbei. Nehmen Sie Katie, und verschwinden Sie von hier.«

»Machen Sie das nicht, Brendan«, flehte Karl. »Sie bereuen es für den Rest Ihres Lebens.«

»Sie haben nicht viel Zeit, Karl«, sagte Brendan und nahm ein kleines Päckchen aus dem Rucksack, der am Boden lag. »Es ist ein Druckzünder. Er geht hoch, sobald ich den Finger wegnehme.«

»Was ... was zum Teufel haben Sie damit vor?«

»Sie und Katie müssen schnellstens hier raus! Ich verliere gleich das Bewusstsein. Sobald das passiert, fliegt hier alles in die Luft.«

»Bitte ... bitte, Brendan, tun Sie das nicht. Sie haben eine Frau, die Sie liebt. Tun Sie ihr das nicht an.«

»Claire ist tot, Karl«, sagte Brendan mit plötzlich ernster und sanfter Stimme. »Kurz nach Patricias Beerdigung. Claire ging nach Hause, ließ Wasser in die Badewanne, setzte sich hinein und schnitt sich die Pulsadern auf.«

»O Gott, Brendan ... das ... tut mir so leid.«

»Sie müssen gehen. *Jetzt!* Nehmen Sie Katie mit. Sie muss nie wieder Angst vor Hannah haben.«

»Ich …«

»Gehen Sie, verdammt!«

Karl hielt Brendan die Hand hin. »Als wir uns kennenlernten, sagten Sie, Sie würden gern dem Mann die Hand schütteln, der Bulldog getötet hat.«

Der Hauch eines Lächelns umspielte Brendans Lippen, der Funke der Erkenntnis leuchtete in seinen Augen auf.

»Leben Sie wohl, Brendan.«

»Leben Sie wohl, Karl.«

Fast eine Minute lang hallten Karls und Katies Schritte durch den Tunnel. Dann herrschte Stille.

Brendan spürte, wie seine Hände zitterten. »Noch nicht. Noch ein paar Minuten!« Er biss die Zähne zusammen und zwang seine Hand, nicht mehr zu zittern.

»Wer … wer *sind* Sie?«, fragte Hannah, der ihm reglos gegenübersaß.

»Wer?«, sagte Brendan, lächelte verzerrt und richtete die Waffe auf Hannahs Gesicht. »Ich bin der, der Ihnen alles nimmt. Ich bin das Ende Ihrer Welt.«

Karl, der Katie sicher in den Armen hielt, passierte den Zirkel und lief in Richtung der Tür am Ende des Korridors. Er atmete immer abgehackter und hatte das Gefühl, als würden ihm die Beine jeden Moment den Dienst versagen.

Komm schon. Wir sind fast da. Obwohl er sich bemühte, positiv zu denken, wusste er nicht, wie lange das Adrenalin, das in seinen Adern kreiste, ihn noch aufrecht halten würde. Sein Herz raste. Er bekam kaum noch Luft.

Keine zwanzig Sekunden später erreichte er die Tür, trat

sie auf und ließ die kühle Nachtluft über sein verschwitztes Gesicht strömen. Direkt vor ihm lag die Tür, die wieder zum Nebeneingang des Gefängnisses führte. Er blinzelte sich den Schweiß aus den Augen.

Du schaffst es. Es ist nicht mehr weit. Fast ...

Plötzlich war der Innenhof von blinkenden Lichtern erfüllt. Blau. Rot. Orange. Sie sahen aus wie Farbflecken aus einem Regenbogen.

»Was zum ...?« *Ein Krankenwagen! O mein Gott ...* »Hilfe! Hilfe! Hier drüben! Hiiilfe!«

Die Sanitäter – zwei Männer und eine Frau – sahen ihn verblüfft an. Zwei Streifenwagen hielten neben dem Notarztfahrzeug.

»Hilfe! Meine Tochter braucht medizinische Versorgung! Schnell!«

Die Männer holten umgehend eine Bahre aus dem Krankenwagen und kamen zu Karl gelaufen. Drei Polizisten stiegen aus den Streifenwagen aus und kamen ebenfalls näher.

»Schon gut, Sir. Alles wird gut. Wir haben sie«, sagte einer der Sanitäter.

»Woher ... woher wussten Sie, dass Sie hier gebraucht werden? Ich wollte anrufen, hatte aber kein Netz«, sagte Karl, der den Männern zum Krankenwagen folgte.

»Wir haben keinen Anruf wegen Ihrer Tochter bekommen, Sir. Es ging um diesen Mann«, sagte der Sanitäter und zeigte auf eine Gestalt, die im Inneren des Wagens lag. »Er wurde überfallen und mit aufgeschlitzter Kehle liegen gelassen – offenbar hielt ihn der Täter für tot.«

Karl wurde übel, als er den reglosen Willie da liegen sah.

»Kennen Sie diesen Mann, Sir?«, fragte einer der Polizisten, der plötzlich direkt neben Karl stand.

»Sein Name ist Willie ... William Morgan, ein guter Freund von mir.«

»Sie müssen im Revier eine Aussage machen, Sir. Wir müssen wissen, was hier geschehen ist.«

»Mein Name ist Karl Kane. Rufen Sie Inspektor Mark Wilson an. Er wird Ihnen alles erklären. Ich möchte gern meine Tochter und meinen Freund ins Krankenhaus begleiten. Klar?«

»Ich nehme an, wir könnten ...«

Plötzlich erbebte der Boden.

»Was zum Henker war das?«, fragte einer der Polizisten. »Hat sich fast wie ein kleines Erdbeben angefühlt.«

Karl sah schmerzerfüllt zu dem Gefängnisbau, bevor er in den Krankenwagen einstieg.

»Schafft er es?«, fragte Karl und betrachtete den reglosen Willie.

»Wer weiß«, entgegnete einer der Sanitäter mit neutraler Miene. »Es dürfte knapp werden, aber wenn er es schafft, verdankt er sein Leben Mrs Blackburn.«

»Mrs Blackburn?«

»Ja. der alten Dame in Nummer achtzehn«, antwortete der Mann und zeigte zu der alten Frau auf der anderen Straßenseite. »Sie hat gesehen, wie er überfallen wurde, und wählte den Notruf.«

Karl sah über die Straße. Die alte Dame – die Willie als naseweise alte Vettel bezeichnet hatte – stand mit verschränkten Armen da und betrachtete den Schauplatz und die wachsende Menschenmenge.

Sekunden später raste der Krankenwagen in die Nacht hinein.

Epilog

Lynne und Naomi wechselten kaum ein Wort miteinander, während Karl sich mit Kaffeekochen beschäftigte. Im Apartment herrschte eine greifbar eisige Atmosphäre.

»Wie geht es Katie, Lynne?«, fragte Naomi verlegen, aber mit besorgter Miene. »Karl sagte, sie hat Schlafstörungen.«

Sekunden vergingen, bis Lynne schließlich antwortete. »Ich war gestern Nacht bei ihr, da schlief sie tief und fest, aber das lag vermutlich an den starken Beruhigungsmitteln. Sie muss sich einer monatelangen medizinischen Behandlung unterziehen, um den post-traumatischen Stress zu verarbeiten.«

»Was für einen schrecklichen Albtraum sie durchmachen musste.«

»Gott sei Dank ist er vorbei.«

»Gott hat damit nichts zu tun, Lynne«, sagte Karl, der aus der Küche kam. »Brendan Burns hat den Albtraum beendet.«

»Natürlich. Ich meinte nur ...«

»Entschuldige, dass das so schroff rausgekommen ist, Lynne. Ich weiß, was du gemeint hast. Aber Gott muss geschlafen haben, während das alles passiert ist, genau wie bei den anderen Morden.«

»Seien wir einfach dankbar«, beschwichtigte Naomi diplomatisch.

»Ich habe gerade mit dem Krankenhaus telefoniert. Die haben Willies Zustand von kritisch auf ernst heruntergestuft. Die Ärzte sagen, dass er wieder ganz der Alte wird.«

»Das sind gute Neuigkeiten«, sagte Lynne.

Naomi nickte zustimmend. »Oh, bevor ich es vergesse«, sagte sie, »Tom hat vorhin angerufen und nach Katie gefragt. Er sagte, die Polizei hat den Namen des jungen Mädchens veröffentlicht, das Hannah in dem Tunnel ermordet hat. Judy McCambridge. Offenbar auch eine Ausreißerin.«

»Dieser Dreckskerl schmort jetzt in der Hölle«, sagte Lynne, deren Gesicht sich plötzlich veränderte. »Ein Jammer, dass er so schnell gestorben ist.«

Karl sagte nichts; er war in Gedanken bei Brendan Burns, der die Explosion ausgelöst hatte. Aus den Polizeiberichten ging hervor, dass die Wucht der Explosion in dem engen Raum so groß gewesen war, dass die Polizei nicht sagen konnte, ob sie die Reste von einer oder zwei Leichen gefunden hatten. Auch die Medien waren sich uneins und diskutierten, ob Brendan Burns ein Held oder ein Schurke war. Trotzdem stimmte die Presse fast zähneknirschend darin überein, dass Burns eine entscheidende Rolle bei Katies Befreiung gespielt hatte. Mark Wilson hingegen hatte Karl über Lynne umgehend wissen lassen, dass er Burns für einen Terroristen und Mörder hielt und der Überzeugung war, dass Karl ihn nur hinzugezogen hätte, um Salz in Wilsons Wunden zu streuen.

»Ich muss bald gehen«, sagte Karl und riss sich damit selbst aus seinen Gedanken.

»Wohin?«, fragte Naomi. »Kannst du dir nicht mal eine kurze Pause gönnen?«

»Ich ... ich muss nach Dad sehen. Bei dem ganzen Wahnsinn war ich letzte Woche nicht bei ihm.« Plötzlich ertönte draußen lautstark eine Autohupe.

»Das ist mein Taxi. Ich muss auch gehen«, verkündete Lynne, stand auf, nickte Karl zu und würdigte Naomi keines Blickes. »Bestell Cornelius schöne Grüße von mir, Karl. Sag ihm, seine Lieblingsschwiegertochter wünscht ihm alles Gute.«

Sekunden später waren Karl und Naomi allein.

»Brrr«, sagte Naomi und lächelte gezwungen. »Hast du die Kälte auch gespürt, oder lag das nur an meiner Einbildung?«

»Mach dir keine Gedanken, Liebes. Lynne kann es spielend mit einer Gefriertruhe aufnehmen. An sich war sie gar nicht so mies drauf, wie ich befürchtet hatte. Du möchtest nicht erleben, wenn sie jemanden *wirklich* nicht leiden kann«, sagte Karl lächelnd, küsste Naomi und ging die Treppe hinunter und hinaus in das für die Jahreszeit ungewöhnlich kühle Belfast.

Als Karl das Pflegeheim betrat, schlug ihm der Übelkeit erregende Geruch von Urin, Exkrementen und verkochtem Essen entgegen. Doch der Geruch, der ganz besondere Schuldgefühle in Karl weckte, war ein ganz anderer: der von Einsamkeit.

An der Rezeption bat man ihn, einen Moment zu warten. Doktor Moore – der Arzt seines Vaters – wollte ihn sprechen.

Keine Minute später erschien Moore und bat Karl in ein winziges Büro. Der sonst so fröhliche Moore sah recht ernst drein.

»Der Reihe nach. Wie geht es Katie?«

»Den Umständen entsprechend gut. Danke der Nachfrage.«

Moore nickte, dann fuhr er fort. »Es geht um die Untersuchungsergebnisse Ihres Vaters, Karl. Sie kamen heute

Morgen. Leider habe ich keine guten Nachrichten für Sie«, sagte Moore, zog eine Schublade auf und nahm einen Hefter heraus.

Etwas nagte in Karls Magen, wie winzig kleine Mäuse in einem Schuhkarton.

»Was … was für Untersuchungsergebnisse?«

»Es tut mir leid, dass ich Ihnen das sagen muss, Karl, aber bei Cornelius wurde Alzheimer diagnostiziert.«

»Alzheimer …« Karl sprach das Wort langsamer als beabsichtigt aus. »Wie das? Ich … meine, wie lange hat er es schon?«

»Der Gehirnscan zeigte eine messbare Schrumpfung des Gehirns, möglicherweise über das ganze letzte Jahr.«

»Ein Jahr? Aber es hieß doch immer, dass es sich nur um eine milde Form von Demenz handelt, die zu gelegentlichen Gedächtnisverlusten führt. Wie zum Teufel kann Alzheimer übersehen worden sein?«

»Wenn Alzheimer anfängt, die Gehirnzellen zu zerstören, Karl, macht sich das nicht sofort in äußerlichen Symptomen bemerkbar. Nach einer Weile werden kleine Erinnerungslücken größer und ernster. Der Betroffene vergisst die Namen bekannter Personen oder Orte, die Worte, um auszudrücken, was er will, und die Position alltäglicher Gegenstände. Wenn die Krankheit sich verschlimmert, kommen noch Verhaltensprobleme hinzu.«

»Was für Verhaltensprobleme?«

»Gedächtnisverlust und kognitive Defizite, die zu massiven Persönlichkeitsveränderungen und am Ende zum Verlust der Kontrolle über die Körperfunktionen führen. Bei Ihrem Vater sind die meisten dieser Symptome erst in jüngster Zeit aufgetreten. Da habe ich den Gehirnscan und andere Untersuchungen angeordnet.«

»Ich weiß, dass sein Gedächtnis Aussetzer hatte, aber mir war nicht klar, dass er seine Körperfunktionen nicht mehr kontrollieren kann.«

»Er uriniert häufiger ins Bett und besudelt sich.«

»Mein Dad uriniert und besudelt sich? Warum zum Teufel hat mir das niemand gesagt?«, fragte Karl und gab sich größte Mühe, nicht die Beherrschung zu verlieren.

»Es fing erst in den letzten Tagen an. Ich habe beschlossen, Sie vorerst nicht sofort zu informieren, da Sie wegen der Sache mit Katie ohnehin schon großen Belastungen ausgesetzt waren. War es falsch, Sie nicht zu informieren?«, fragte Moore und sah Karl unverwandt in die Augen.

»Nein ... vermutlich nicht. Ich hätte sowieso letzte Woche schon hier sein sollen.«

»Sie wissen, dass das unter den gegebenen Umständen unmöglich war, Karl. Also machen Sie sich keine Vorwürfe.«

»Ich denke ... ich wünschte nur, ich hätte es früher gewusst.«

»Cornelius wird dem Personal gegenüber zunehmend aggressiver. Das ist verständlich und allein auf Frustration zurückzuführen. Aber es gab noch andere Vorfälle, die sich nicht wiederholen dürfen.«

»Vorfälle? Was für Vorfälle?«

»Er ... er masturbiert unverhohlen am Fenster, wo Gäste und Personal ihn sehen können.«

»Herrgott noch mal.« Aus den nagenden Mäusen wurden Ratten.

»Eine Krankenschwester musste auf eine andere Station versetzt werden, weil Cornelius sie immer wieder als seine Frau bezeichnete und unter anderem darauf bestand, Geschlechtsverkehr mit ihr auszuüben.«

Karl gab einen langen Seufzer von sich. »Wenn das nicht

so ernst wäre, wäre es komisch. Ich weiß nicht, ob ich lachen oder weinen soll. Wenn ich jetzt losheule, würden Sie vermutlich bestätigen, dass Kontrollverlust bei uns in der Familie liegt.«

Moore lächelte höflich. »Ich wünschte, ich hätte bessere Neuigkeiten für Sie, Karl. Sie sind in den letzten Wochen durch die Hölle gegangen. Ich wollte Sie nicht auch noch damit belasten.«

Irgendwie entschärften Moores Worte die Situation doch ein wenig.

»Wie sind die Aussichten?«, fragte Karl. »Ich muss es wissen, damit ich mich darauf vorbereiten kann.«

»Alzheimer verläuft in drei Stadien. Das frühe, mittlere und späte Stadium. Die Dauer jedes Stadiums ist von Patient zu Patient verschieden, ebenso, in welchem Stadium sich welche Symptome bemerkbar machen. Da sich die Stadien überlappen, ist es manchmal schwierig zu bestimmen, in welchem Stadium sich eine bestimmte Person definitiv befindet. Aber am Ende verschlimmern sich alle Symptome stets unweigerlich. Ich muss Ihnen leider sagen, dass Cornelius inzwischen die klassischen Symptome des Endstadiums zeigt.«

»Gibt es irgendein Heilmittel, so eine Art Wunderdroge?«

»Derzeit ist Alzheimer noch eine fortschreitende tödliche Krankheit. Das soll nicht heißen, dass die Medizin nicht schon längst fieberhaft nach einem Heilmittel sucht.«

»Wollen Sie ... wollen Sie damit sagen, dass er bald stirbt?«

»Hm ... ich wollte Sie nur informieren, damit Sie vorbereitet sind, sollte plötzlich etwas Unerwartetes geschehen. Ich wünschte, ich hätte bessere Neuigkeiten für Sie, Karl.«

Benommen stand Karl auf und reichte Moore die Hand.

»Danke. Ich weiß, Dad wäre mehr als zufrieden mit dem, was Sie und Ihr Personal für ihn getan haben. Er hat Sie stets gelobt … ich meine, er *lobt* Sie stets«, sagte Karl, der die Vergangenheitsform, in der er sprach, hastig verbesserte.

»Wenn ich etwas für Sie tun kann, egal was, zögern Sie nicht, sich zu melden«, antwortete Moore und schüttelte Karl die Hand.

»Nur eines. Dad hatte in den letzten Tagen doch keinen Zugang zu einem Fernseher oder den Nachrichten, oder?«

»Nein. Ich habe strikte Anweisungen gegeben, nicht über Katies Entführung mit ihm zu reden. Aber ehrlich gesagt, Karl, hätte Ihr Vater es vermutlich gar nicht mitbekommen, selbst wenn er Nachrichten gesehen oder gehört hätte.«

Cornelius saß am Fenster und starrte hinaus, als Karl, ohne anzuklopfen, das Zimmer betrat. Sein Vater war eine große, ausgemergelte Hülle von einem Mann, der nur noch in den Hautlappen am Hals ein wenig Fleisch zu haben schien.

»Ist es Zeit für die Medizin, Sir?«, fragte Cornelius, wandte sich vom Fenster ab und sah Karl direkt an.

Karl kam es so vor, als wären die Augen seines Vaters glasig, wie in einer Trance. Seit Karl ihn vor mehr als zwei Wochen zum letzten Mal gesehen hatte, schien er sichtlich geschrumpft zu sein.

O Gott, Dad … »Ich … ich bin es, Dad. Karl. Dein Sohn«, sagte Karl, bückte sich und gab Cornelius einen Kuss auf das noch dichte Haar.

»Sohn …?«

»Ich habe ein paar Tafeln Bournville-Schokolade mitgebracht, und ein paar Flaschen Lucozade.«

»Sohn …?«

»Ja, Dad. Karl. Erinnerst du dich?«

»Karl … ich erinnere mich an einen Karl … es fällt mir schwer, mich zu erinnern …«

»Ich … ich weiß, Dad. Es ist nicht leicht. »Mach dir … mach dir deswegen keine Gedanken.«

»Er war … er war ein guter Junge.«

Karl spürte einen Kloß in der Kehle. Er brauchte einen Schluck Wasser.

Aus einem Plastikkrug auf dem Tisch schenkte er sich etwas Wasser in einen Becher ein, dann schraubte er den Verschluss einer Lucozade-Flasche auf und goss etwas davon in die Tasse seines Vaters.

»Hier, Dad. Ich wünschte, ich dürfte dir einen Jameson mitbringen«, sagte Karl und lächelte, als er daran dachte, wie sehr sein Vater die Marke geliebt hatte.

Cornelius trank aus der Tasse in Karls Hand, trank die dunkelorangerote Flüssigkeit und schmatzte nach jedem Schluck.

»Karl …«

»Ja, Dad?«

»Karl …«, wiederholte Cornelius. »Er … er war ein guter Junge …«

»Und du bist ein guter Vater, Dad. Der Beste der Welt«, sagte Karl, der etwas Unkontrollierbares in sich aufsteigen fühlte.

Plötzlich packte Cornelius Karl an der Hand, zog ihn näher zu sich und flüsterte: »Lass … lass mich nicht … so leben, Karl. Versprich es mir.«

»Was?« Karl wollte sich losreißen, doch der Griff seines Vaters war unglaublich stark.

»Noch habe ich mein Gehirn. Noch kann ich lachen und weinen. Ich habe Gefühle! Aber um das alles ist es bald geschehen … lass mich nicht in der Dunkelheit dahinvegetieren … bitte … sag mir, dass du das Richtige tun wirst … wenn die Zeit gekommen ist …« Plötzlich waren Cornelius' Augen hell und klar; der Nebel lichtete sich und verschwand.

Karl schlang die Arme um seinen Vater, drückte ihn fest und dachte an eine Zeit, die eine Ewigkeit zurücklag, als ein kleiner Junge, der Angst vor der Dunkelheit und einem Monster mit Messer hatte, sich in einer Besenkammer versteckte und weinte.

Es gibt kein Monster, Junge, versicherte ihm sein Vater und nahm ihn zärtlich in die Arme. *Das Monster ist für immer fort. Ich lasse nicht zu, dass es dir jemals wieder etwas tut.*

Versprochen?

Versprochen …

»Ich … ich lasse nicht zu, dass dir ein Leid geschieht, Dad.«

»Versprochen?«

Draußen war es merklich kühler geworden, als Karl das fast menschenleere Gelände vor dem Pflegeheim betrat. Vereinzelte Bewohner und Angestellte schlenderten zur Kantine; der Geruch von Essen lag in der Luft.

Irgendein Vogel – möglicherweise ein Rabe – balancierte auf dem dünnen Ast eines Baumes in der Nähe, nur wenige Schritte von Karl entfernt. Es schien, als würde der Vogel ihn beobachten.

Karl wartete, bis alles um ihn herum still war, dann nahm er ein Taschentuch aus der Hosentasche und schnäuzte sich lautstark. Er tupfte sich die Tränen aus den Augen und flüsterte: »Versprochen.«

Deutsche Erstausgabe
1. Auflage

Die Originalausgabe erschien 2009 unter dem Titel
The Dark Place bei Brandon, Dingle und Unit 3, London

Aus dem Englischen von Joachim Körber
Umschlaggestaltung: Zero Werbeagentur, München
Umschlagillustration: FinePic®, München
Satz: Pinkuin Satz und Datentechnik, Berlin
Druck und Bindung: CPI – Clausen & Bosse, Leck
Printed in Germany 2013
ISBN 978-3-85535-511-2

www.atrium-verlag.com